我的非常闺密

冉甲男　著

谨以此书献给我的母亲
——作者

新星出版社 NEW STAR PRESS

图书在版编目（CIP）数据

我的非常闺密 ／ 冉甲男著. —北京：新星出版社，2010.10
ISBN 978-7-5133-0059-9

Ⅰ. ①我… Ⅱ.①冉… Ⅲ. ①长篇小说－中国－当代 Ⅳ.①I247.5

中国版本图书馆CIP数据核字（2010）第178463号

我的非常闺密

冉甲男 著

责任编辑：何　睿
责任印制：韦　舰
装帧设计：老　俚

出版发行：新星出版社
出 版 人：谢　刚
社　　址：北京市西城区车公庄大街丙3号楼　100044
网　　址：www.newstarpress.com
电　　话：010-88310888
传　　真：010-65270449
法律顾问：北京市大成律师事务所

读者服务：010-88310800　service@newstarpress.com
邮购地址：北京市西城区车公庄大街丙3号楼　100044

印　　刷：北京凯达印务有限公司
开　　本：910×1230　　1/32
印　　张：8
字　　数：150千字
版　　次：2010年10月第一版　2010年10月第一次印刷
书　　号：ISBN 978-7-5133-0059-9
定　　价：25.00元

自 序

像我这个年纪的人，还没有机会经历人生重大的挫折，也没有足够的存款等着遭受一次巨额的经济损失，每每有人愁眉苦脸，不用问，失恋了。

爱情大过天的年纪，好像一切准备就是为了一场轰轰烈烈刻骨铭心的爱情，然后一个安慰另一个："面包会有的，爱情也会有的。"怪了，面包和爱情有什么关系呢？就像房子和车子跟爱情有什么关系呢？可人们都这样说，最后，大家奋斗的目标就这样不知不觉变成了面包，变成了车子，变成了房子。

好吧，你说的都对！丈母娘的刚性要求抬高了房价。那我就理想一点儿，再梦想一点儿，反正是一个虚构的故事。于是我的主人公一开始就有房子，有车子，有高薪的工作，有体面的生活，我想知道，她们的爱情会不会因此就一帆风顺……

几经波折，《我的非常闺密》终于完成拍摄，也印刷成册，和大家见个小面，说点儿小事儿，聊点儿小秘密，受点儿小委屈……也许我有点儿小悲观，我觉得有了面包，未必有爱情，有了爱情也未必没有烦恼。越具体的烦恼越是容易平复的烦恼，就好像凡是能用钱解决的问题都不是大问题一样。扯远了……

因为我是个女人，所以我的女主人公都很完美，因为我喜欢完美的女人；因为我是个女人所以我的男主人公也必须完美，因为只有这样，才有完美的爱情。这不是对昔日时光的怀旧，不是由现实原型引发的故事，它更像是一个长篇的"好运设计"一个现代版的童话，我设计了开头，我不知道结局；我希望能有一个美满的结局，我不确定它是否一帆风顺。

好吧，我必须承认，她们每个人都很完美，但是她们每个人都很烦恼，很纠结，很拧巴，因为她们每个人的问题都是怎么妥协？跟谁妥协？为什么要妥协？……既然不能因为马桶盖是抬起来还是放下去的问题就提出离婚，那么马桶盖到底是抬起来还是放下去就必须有一个人妥协，哪个？凭什么是我？

潘子晴不妥协，于是快四十岁了依旧单身，不是没人爱她，只是她的爱太明白。陈静不甘心妥协，于是一个假离婚，把自己逼到进退两难的地步。唯有彤丽在妥协，她的妥协换来她想要的生活，可为什么会难过？

不妥协，不甘心，不甘心妥协！可是生活还要继续，我们只能幸福！我们必须幸福！因为我爱你！

这样拧巴的故事，这样拧巴的人物，现在能够期待它的播出，其中的功劳当然首推导演康洪雷。因为他的努力、他的坚持、他的认真，让《我的非常闺密》有了一个幸福的结局。制片人杜君女士更是这个剧的关键人物，没有她的推动、她的欣赏、她的信心，恐怕这个故事现在还是白纸黑字地躺在电脑硬盘里。北京合谷川影视公司的戴征宇先生是这个剧中最最重要的核心人物，他的笃实和担当鼓舞着我们每一个人。还有主演吴越、柯蓝和众多演员的努力，她们的加盟赋予了人物以生命力。最后我还要感谢康洪雷导演，他以其多年的拍摄经验，为故事和人物的改良做了非常多的贡献，使其丰富、更生动！电视剧是一个合作的作品，缺少任何一个人都必是它的损失。如今我把大家的贡献又一次集结成白纸黑字，绝不敢居功。

谢谢大家！合作愉快！

冉甲男

2010 年 8 月于北京

1、"剩"是一种精神

把两只猴子，一公一母，分别关上几天，不喂任何东西，直到它们奄奄一息。然后一起放出来，在它们面前扔一把面包屑，分量刚好够一只猴子活下来。论身体条件，母猴肯定抢不过公猴；当公猴子抢占面包屑的时候，母猴子却不慌不忙地翘起尾巴，在它面前晃动，尽量挑逗公猴子的性欲。直到公猴子终于趴在母猴子背上，用最后一口气交配，母猴子慢慢吃光地上所有的面包，活下来。

"这就是女人跟男人根本的区别！"潘子晴说这话的时候，口气毋庸置疑又带有一丝轻蔑。看着对面那个男人瞠目结舌的表情真是舒服。这个世界是由女人的意志来决定的，从来就是，一直都是。这样的话再加上潘子晴人类学女博士的头衔，就有那么一点儿真理的味道，尤其是在嘈杂的酒吧，灯光晦暗，烟雾缭绕，用几乎嘶叫的方式说出来，具有一种特别的魅力。这就是潘子晴的日常生活，三十五岁，狮子座，一头大卷亚麻色长波浪的头发，巴宝莉的格子礼帽，复古的红唇，异型耳环，泡夜店酷爱朋客装，左手夹一根香烟，右手举着高脚杯，不说话的时候，你以为她是那种典型的胸大无脑的酷美女，谁都想请她喝一杯，其实是个女博士，还读了一个最没用的学位——人类学，比哲学都让人抓瞎的名目。她漂亮，并非五官如何精致，皮肤如何白皙，而是无论多么混乱的酒吧

1

或者聚会，只要潘子晴的"铁蹄"踏入门槛，所有的人，尤其是男人们都要看上一眼，明目张胆地看，或者偷偷地一瞥，一眼扫过去，音乐没停聊天仍在继续，可这些男人对面正在卖弄风情的女人立刻就能感觉到，她面前的这个猎物精神不集中了。就是这样一个女人，至今未婚，不是单身而是未婚。两者之间有重大的差别，单身不能保证从未有过婚姻，但能保证目前的状态；未婚这两个字除了说明此人从未有过婚姻关系之外，什么都不能保证。

一大清早，潘子晴就被白宏的电话吵醒，迷迷糊糊地听见晚上有聚会，什么七年之痒，潘子晴哼哼两声算是收到信息。挂了电话，翻身坐起来，闭着眼睛先点根烟，神经渐渐清醒了。潘子晴看看自己身边的另一只枕头，空的，但留着睡过的痕迹，心里又是一阵舒服。懂事儿！这是潘子晴对男人最高评价。像潘子晴这样的单身女人，集智慧性感美貌于一身，总的来说一个生活在大都市里成功的单身女性，根本不需要男人拯救。所以在她们的眼中，男人只有两种，懂事儿的和不懂事儿的。至于责任、实力、成就和地位——那些让男人们争相攀比炫耀的东西，无非是男人身上的蕾丝花边，装饰罢了。在潘子晴眼里，男人本身就是一个装饰。

至少目前是这样。把那个懂事儿男人用过的和可能用过的东西通通扔进洗衣机或垃圾桶，然后洗澡，再叫小时工来打扫，全部归零。离开的时候，房间就像从来没人住过一样，干净整齐，像透了高档楼盘的样板间。

潘子晴正要出发的时候，白宏又打来一通电话。

"今天收敛点儿。"

"有病啊，我跟老陈还要装孙子？"潘子晴一句话顶了回去。

"我给你介绍个男的，你注意点形象。"白宏深知潘子晴的个性。

"我形象怎么了？回头率百分之四百！"

"算了算了，反正我跟你说了，你自己看着办。嫁不出去的又不是我！”

“嫁不出去，我给你做小呗！”潘子晴站在穿衣镜前端详自己，嘴里逗着白宏。镜子里的她，亚麻的长披风，紧身小内衣，宽腿中裤，三寸细高跟，假睫毛，长指甲。要不要露一点儿乳沟？露多少？她对着镜子比对着。

“你杀了我得了，普天之下有胆子娶你当姨太太的，还没生出来呢！”白宏在电话里说。

闺密的老公就是拿来耍的，尤其这种时候，难不成要潘子晴做出一副恨嫁的样子来给白宏看？对女人来说，最丢人的事儿莫过于此！不管怎么说，潘子晴还是精心打扮了一番。她的原则是：只有我看不上你，没有你看不上我！

人不多，提前在陈静家里候着，老美最爱的惊喜派对，一向是从主人公的惊喜开始的，却从来不提惊喜之前的乏味时段如何度过。现在潘子晴几人干等着，白宏不失时机地给潘子晴介绍自己师弟郑云，壹车间艺术工作室经理人，俗称画廊老板。潘子晴上下打量他一番，个头够了，算不上挺拔，长相过得去，英俊清秀都不靠边，只能说很 MAN（很男人），这个评价就像说女人有气质一样。

潘子晴歪着头，“健身？”

这种话对男人有绝对的杀伤力，不跟你客套，直接表扬你身材。

郑云赶紧说：“都是干雕塑出身的，平时干活比健身还管用！”

潘子晴微微一笑。

白宏紧接着介绍潘子晴，“正牌海归，耶鲁的博士。”

“骂我呢？”

白宏顺势说：“现在不是说嘛，世界上有三种人，男人女人女博士。站在外面看人情冷暖不如参与进来，结网终究是为了捕鱼嘛！”

“算了吧，现在的水里，污染严重，鱼未见得有，一网下去尽是

3

泥鳅，搞不好捞上来的是王八。"潘子晴毫不客气，牙尖嘴利。

这话让白宏一愣，看着郑云不知道该笑不该笑，旁边陈建举着DV 哈哈笑起来，正对着郑云的脸。

郑云掩饰尴尬，"你看着可不像女博士。"

陈建插嘴："说这话，就是没见过风情万种的女博士，今天见过我子晴姐，你才算见过女博士！"

白宏拦住陈建，"给你姐打个电话，催催。"

潘子晴白眼一翻，"这事儿还能催啊？没听说过！"

陈建特爱表现，掏出手机就打，嘴里说："那看怎么催！"电话通了，陈建一副大惊小怪的口气，"姐，姐夫出车祸了，你快点儿回家！"

一句话大家都愣了，没想到他这么催的。白宏正要说话，陈建做手势让他别出声，张牙舞爪的，嘴里说："现在在家呢。你快回来吧！"挂了电话，白宏一把抄过来电话，"吓唬她干吗？"

陈建一脸愣头青的样子，"没事儿，我姐准保二十分钟就回来！"

白宏不放心，"我给她打个电话好了，万一着急她再出点儿什么事儿呢！"

潘子晴拦住他，"算了，打都打了，还抹什么！等着吧！"

白宏只好说："要不说你没有男朋友呢！一点儿都不体贴。"

"你怎么知道我没有男朋友？我潘子晴的男朋友多了去了，一人一张扑克牌，一副都不够发的！"

郑云终于找到空了，"就没有一个合适的？"他自打潘子晴进门就对这个女人充满好奇心，从外观到言行，再到头衔，根本不匹配。郑云想不出来这样的女人是怎么把自己弄到这个份儿上的。白宏今天说给他介绍女朋友，就是这个女侠，而且事先打过预防针，厉害。现在郑云领教了。

虽然问题是郑云提的，潘子晴也没客气，"点灯熬油上了这么多

4

年的学，就这么嫁了？嫁给谁都觉得亏得慌！"

陈建倍儿支持，举着DV，"子晴姐说得对，嫁什么嫁啊！"

白宏目的明确地把话接过来，"把你的标准说来听听！不行我就给你定做一个！"

"男人嘛，要出得厅堂，入得厨房，上得牙床。当年王婆是怎么教西门大官人的，潘、驴、邓、小、闲，一个也不能少。"

陈建抱着DV，"什么意思？"

潘子晴斜他一眼，"小屁孩，没长大呢，问这么多干吗？"

陈建不服气，"我都二十五了！"

潘子晴乐了，"那也是小孩儿！"

白宏起哄，"给我这大人听听呗！郑云，我跟你说，我们这晴格格可不是一般人，任何东西到她嘴里都能理论化！特长学问！"

潘子晴摇头，"这也算学问？《金瓶梅》都没看过，你们还敢说自己是男人？潘就是貌似潘安！邓就是富可敌国！小就是忍气吞声！闲就是无所事事！懂了吧？"

三个男人在心里数了一遍，只有陈建问出来，"那驴什么意思？"

潘子晴没说，做出一副妩媚的样子，冲陈建眨眨眼。

白宏摇头，"少儿不宜！带坏青少年！"

正说着，门口一阵钥匙声。大家都停下来。

2、闺密第一式：没事儿偷着乐

门一开，白宏看也不看就扑了上去，听着是亲一口，可看着却像是咬了一块肉似的。陈静身子一挣，推开白宏，就像在路口推开一个要非礼的男人一样，就差一个嘴巴。愕然转眼就变成一脸的厌恶，张嘴正要说什么，看见满屋的人，又闭上了，把情绪像唾沫一样咽了下去。这个情绪的调整非常快，只有潘子晴看见了。

其实潘子晴不是看见了，她自打听白宏说了计划，就等着陈静这个表情呢。她对陈静了解到指甲盖、头发梢去了。潘子晴嘴上对白宏的提议一百个支持，心里却大不以为然。尤其是陈建又来那么一出，潘子晴看着陈静变脸，又看着她变回去，是早有准备的。坦白说，这年头有个闺密，乐子特别多，但有两样是不能公开的，只能偷着乐，一个是调戏闺密老公，一个是看闺密发飙。现在潘子晴心里那个乐，比白宏给她介绍男人都让她高兴，好像今天她就是为这个来的似的。

紧接着潘子晴跟着陈静进了卧室，两个女人一关门，叽咕起来。

"你怎么也不事先跟我通个气？"陈静这句话就像在水里沉了好久终于浮出水面的第一口气一样，又快又呛。

"那多没意思！"潘子晴毫不在意，反而一脸坏笑地说，"就等着看你失魂落魄的样子呢。"潘子晴说完还上一眼下一眼地打量陈静。

陈静让她看得不自在了，"看什么看？有什么好看的？"

潘子晴吐了一口烟，半戏谑地说："一晃你都结婚七年了！怎么老公还这么没正经的？"

"这是浪漫，懂吗？"闺密就是这样，明明心里跟你看法一致，只要你先说了，她就一定要反对！

"浪是真够浪的！漫嘛……"潘子晴伸手摸摸陈静的额头，"汗都出来了，你这浪得够快的！"

"滚蛋滚蛋！死女人！"陈静没好气地说。

潘子晴没滚，挨着陈静坐下来，"知道我今天来干嘛吗？"

陈静眼皮不抬地说："给我庆祝七年之痒呗。"

"别臭美了！我是过来相男人的。你家白宏说给我介绍一男人用用，我才过来的。本姑娘这么忙，你痒不痒又用不着我挠……"

潘子晴话没说完，陈静已经来情绪了，"姑娘个屁！你是哪个朝代的姑娘啊？介绍的谁？"

潘子晴进卧室跟陈静交底的目的就是让她心情好一点，虽然自己抱着看热闹的心态来的，看也看了，差不多就行了，赶紧找个台阶让陈静的情绪以最快的速度和大家保持一致。

一听说是郑云，陈静连连摆手，不成不成。

潘子晴听见反对的声音来了情绪，"怎么不成，只要我乐意。"

"那也不成！"

"怎么啦？"

陈静跟潘子晴解释一番郑云和白宏的关系，紧接着说："你们要是成了，咱们就得跟妯娌似的，我可受不了你这么个妯娌，到时候你还不得把我搅合离了？"

潘子晴一副不以为然的样子，"白宏说介绍个男人让我用用，还不知道好用不好用的，我也没说要用多久，不过你既然这样说……嗯……"她故作思考状，一拍大腿，"行，我先用着，就为了能跟你亲上加亲！"

这是一个主题聚会，放音乐，切蛋糕，倒酒，吃饭，聊天。

大家入席坐定了，等白宏的开场白说完，潘子晴第一个举杯。

"我们十几年的好朋友，好姐妹儿，我先说。女人要么嫁得好，要么干得好。都不容易，你算是都占全了，我羡慕你！"潘子晴一饮而尽，陈静照例笑盈盈地举着杯，和大家一一碰了，才喝。

"羡慕你还不赶紧把自己嫁出去？"陈静放下酒杯，话说得不那么严肃。

"婚姻是爱情的坟墓。"陈建老是不客气地接话，好像生怕潘子晴嫁出去似的。

潘子晴伸手在陈建脑袋上一扒拉，"你想让我死无葬身之地？臭小子。"

陈建摸摸脑袋不说话了，对于潘子晴这个动作他是熟悉又喜欢的。

"那就赶紧找个风水好的，买块墓地吧。"白宏说着。

"行了啊，别拿我们子晴开涮了。人家凭什么非得跟咱一样，结婚生子，活得一点儿悬念都没有！"陈静帮着潘子晴说话，倒不是护着她，这是个乐子，其实是反着挤对潘子晴。要说闺密之间没有一点儿醋劲儿，那就不是闺密，女人之间的首要关系就是"比"，明着暗着，一边较劲儿，一边安慰，乐趣无限啊。

要说潘子晴羡慕陈静，她能挑出一千条结婚的弊端，可话说回来，一个人做噩梦，醒来身边还有一个喘气的，有时候运气好他还能迷迷糊糊地安慰两句，对潘子晴这样的女人来说有致命的杀伤力。是啊，女人就是女人，读八个博士也得睡觉不是？这个道理陈静明白，潘子晴自己也明白，所以劝婚这事儿不能太狠了，自己找乐子，也得给闺密留点儿，说得好听就叫彼此尊重。

3、男人结拜在桃园，女人结拜在洗手间

一座城市里耸立着无数的写字楼，每栋楼中安插着上百的公司，大大小小，规规矩矩，一个挨着一个罗列起来，大同小异。裁员从来都是一个大问题，这次又逢国际性的金融海啸，裁员的消息从年前就开始透风，人人小心谨慎，又莫名兴奋着。盥洗间里，几个女

人在补妆的同时也不忘探讨一下时局。陈静今天来得算晚了。

她打完卡，匆匆进来，里面已经有几个女子，站在宽大的镜子前作修饰。

"嘿，怎么都挤在这儿啊？"

一女子从镜子里和她打招呼，并未回头，"临阵磨枪嘛！"说着还在刷睫毛膏，上半身凑近镜子，仔细端详。

Amy说："我的全部积蓄都套在股市里。网上那帮狗屁专家一会儿说今天大盘要涨，一会儿说明天大盘要涨，都他妈的跌破了，涨个屁。"2008年股票一跌再跌，整年都没爬起来。

一阵抽水马桶声响，Vivian出来，和陈静打招呼："Carolin！"如今白领们喜欢用外文名字相称。

Vivian拿出随身的小包，对另外几个女人说："嗨，给点儿地方。"站定，打开包，从粉底开始抹，嘴上接着Amy刚才的话说："去年就叫你赶紧抛，你不听，早听我的多好！那会儿都转了投黄金，比现在强多了！知道吗，现在只有买房才能避险！你说呢Carolin？"她问陈静。

陈静笑着说："现在房价这么高，谁买得起啊？"

"Carolin，你有内部消息没？"

陈静打开手包也开始补妆，"我哪来的内部消息？"

此时Mercy手机响，Amy嘲笑她，"怎么？男朋友的无敌追命call？这才九点！"

Mercy看完手机，压低声音，"灭绝师太被裁了！这会儿正在那儿吵呢！"

几个女人高兴起来，禁不住欢呼："哦耶！"

"终于等到这一天！"

"她就是更年期综合症！"几个同事的话一个比一个狠。

"裁员这种事，不能听风就是雨！Mercy你有睫毛膏吗？我忘带了。"陈静摆摆手让她们压低声音，她也高兴，可现在不是高兴的时候。

Mercy 翻着自己的包，"不知道以后谁当总经理，千万要来个正常人。"说着将睫毛膏递给陈静，"要是你就好了！"

"不可能，肯定从上面指派。到时候来个周芷若，嘿嘿！"陈静心里也这么想，话却要留三分，现在这个局面难说会有什么动作，裁了谁都不奇怪。

"天呐，到时候我就辞职！还让不让人活了？"

"到时候，你就舍不得了！哎哟，怎么是蓝色的，你不早说。"陈静对着镜子看自己，现在的八〇后可什么都敢往脸上抹，也不怕过敏。

Vivian 递给陈静另一只睫毛膏。"租房眼下最明智！我和 Carolin 的房贷才是致命的呢。你到网上看看，美国现在流落街头的都是我们这种人，还不起贷款，房子归银行，辛苦好几年的钱，打水漂了。"说着看了陈静一眼，"其实蓝色也不错啊。"

Mercy 忙说："就是，我这不算出位，今年人家都流行白色。"

"我可不行。"陈静看看 Mercy 手上一只白色的睫毛膏，直摇头。

这小姑娘齐刘海儿直发，每天必用假睫毛，所有的东西上都带蕾丝和蝴蝶结，把自己搞得像个 Loli，其实工作都五年了，这年头，全民 Loli 化，还没老呢就开始装嫩了，还不叫嫩，叫萌。九〇后的还没进青春期就开始扮可爱，如果身高允许，保不定就有人往两岁孩子身上靠。走在街上，冷不丁就能听见一个真 Loli 叫嚣着，"去找你那个九二年的老女人吧！"让这些八〇、七〇的听见了情何以堪啊！

Amy 打量着陈静说："你就是太保守。"吸口烟吐出来，Amy 是八〇后的另一个极端，一切像芭比看齐，成熟性感，波浪卷发，抽烟、喝酒、玩骰子，谈论男人直奔下三路，动不动就问屁股翘不翘。

Vivian白了她一眼，"我们可和你们不一样，女人到这个年龄，还是保守点的好。"一边说着，一边凑近镜子看看眼袋下面，说，"谁有遮瑕膏？"

Mercy在自己的手袋中翻找说："那现在怎么办啊？物价一个劲儿涨，利息一个劲儿降，我这点儿钱都不够应付生病的，现在每天得甲流的人就有好几百，上地铁都不敢大口喘气。"边说边拿出遮瑕膏，"Vivian，你看我的遮瑕膏颜色你用得上吗？"

Vivian接过来，"还行。"开始对镜子补妆。

Amy一副不以为然的样子，一边抽烟一边说："想那么多干吗？看我，从来不戴口罩，想去哪儿去哪儿。这比非典那年差远了，又不死人。就算是死人也拦不住我享受生活。"

Mercy叹口气，眨着戴假睫毛的大眼睛说："你可真想得开。"

"你别听她跟这儿痛快嘴，没落到自己身上，谁都想得开。"陈静开始收拾东西了。

Amy强调地说："我真这么想！"

洗手间的聊天无关痛痒，却是组团结帮的重要场所，可以互通有无，传递消息，这个场合里的信息和关系，正好处于严肃和非严肃之间，想认真对待就是正经事儿，不想认真对待，谁也不能揪住不放。于是化妆包的功能和男同事之间的烟盒打火机一样，属于社交道具。

下午消息放出来，陈静顶替了被人们称为灭绝师太的朱琳。

当朱琳抱着自己的箱子离开那个已经属于陈静的办公室的时候，陈静也开始收拾自己的工作台。

二人面对面，都有点懵。

朱琳看着陈静，面无表情。这场面要是再吹进来一股风就更像

11

武侠片了。朱琳的神情显然在逼陈静开口。

"谢谢你推荐我。"陈静口吻温和谦逊。

"你不用谢我，这个位置不舒服！以后你干的活比我多，薪金只有我的一半。"

"那我也要谢谢你，这个职位对我而言，很重要。"陈静说的是实话，也因为是实话，显得格外真诚。

别的同事纷纷停下手里的工作，或站，或坐，有的侧目，有的索性插着手抱着肩围观，也许是一场别开生面的战争，人们心里纷纷把自己对换成陈静，早已替她想好了若干台词。

"你谢谢我？好，我接着，我帮你收着这份谢意，等你哪天想收回去的时候，恨我的时候，我通通还给你！"这样的时候，连朱琳自己都希望能狠狠地吵一架。

"人和人是不一样的。"

"作为女人都一样。你不过比我年轻而已，但我警告你，女人的年华更容易老去。你已经为了工作，为了这个职位失去了要孩子的最佳时机，现在，你知道吗？你将丧失最后的机会。别说一样不一样的话，我们想要的东西不同，但付出的代价都是一样的，你记住我这句话，有一天，你要说给另一个人听！可惜那个人不是我了。"朱琳尖刻地说。

"我记住了，谢谢你。"

灭绝师太看着陈静的神情忽现出几分怜惜，片刻又恢复了常态，转身走了。那变化，真是干净利索。

陈静还站在原地。刚才在洗手间里八卦的女同事拥上来，七手八脚帮忙，看得出来不是为了陈静，是为了她们自己。高兴啊，表情丰富得都挡不住。

陈静看着她们心里可没那么高兴，她知道自己坐朱琳的位置就得干朱琳的活，其实公司派什么人来接替朱琳的位置都一样，最后都必然要变成灭绝师太，这跟人没关系，是位置决定的，有时候善良只是因为你没权没势罢了。

4、老公是女人的第一装饰品

白宏精心准备的结婚纪念并没有让陈静的心情好起来，因着车祸的念想回家，这个落差造成的不是惊喜，倒有几分恼怒。三十五六岁的女人实在没法子让自己和二十出头的小姑娘一样快乐得像个小鸟。能够立刻看穿升职这样的好事儿背后的难受，陈静怎么会那么容易"惊喜"呢。只是眼见着潘子晴郑云等人在背后鼓劲儿，陈静顾大局更是顾着自己的面子，没说，尽量配合，结婚七年，调教老公也是调教自己，配合才是上策。所以潘子晴说陈静嫁得好干得好都不容易，陈静听了可算是五味杂陈了。

更让她不舒服的是席间的一个电话，对方以为她是白宏，叽里呱啦地说了一通。原来白宏今天在学校砸了一个学生的作品，还拒不道歉，系主任电话追到家里，他还烦，听一半就挂了。别的倒没什么，关键是正在评职称的坎儿上，容不得闪失。

"我知道了，那个学生叫什么名字？"

"卓梦，今年大四的学生，白宏砸的是她参加校展的作品。"

"我会跟白宏说，谢谢您啊。"陈静一副胸有成竹的口气，对方也不好说什么，挂了。

陈静放下电话，不舒服，真不舒服！加上白天自己刚升职，其间险恶让此时的她对白宏更是一万个不满意。

白宏坐在餐桌边，很高兴，又是碰杯，又是劝酒。没有一点儿丢了职称的迹象，这时还回过身来招呼陈静："完了吗？过来啊。"

此时陈静脑子里闪过潘子晴的话——七年了，老公还这么没正经！突然一阵强烈的耻辱感涌上来，没有道理，也完全用不着这样，陈静看着白宏一瞬间觉得陌生。

聚会结束之后，白宏靠在沙发上，看着电视，还在享受聚会的余温，陈静在他面前来来回回几次，把餐桌上的东西拿进厨房，白宏没有动弹。陈静走过来，伸手关了电视，房间一下子安静下来。"帮我收拾一下。"口气平静中带有不可抗拒的命令。

白宏格外用力地站起来，仿佛在用站起来这个动作，对陈静的要求做无声的抗议。随后，他跟着陈静走进厨房，从后面抱住开始洗碗的陈静说："明天再弄吧。"口气温婉，略带撒娇，身体也一同晃着。

"你明天没课？"话冷冰冰硬邦邦的，就像白宏怀里的身体一样，晃不动。

"有啊。"

"我也要上班啊！"

白宏长叹一声返身往外走。这就是默契，就是七年学到的经验，纠缠于要不要收拾，结果不但要收拾而且还要吵架，不但吵架还会升级，那么今晚就毁了。何必呢，收拾又能怎样？收拾完了，还有时间做别的，至少还有心情做别的。这个比收拾重要多了。

"你明天先把学生的事情处理了。"两个人隔着厨房说话。

白宏开始收拾桌子，整理各种物什，"你甭操心了。"

"你别不当回事，评上教授什么的，难道不好吗？"

"今天能不能不说这个？挺好的事儿！"

"我就想不通，怎么越是别人打破头抢的东西你越是往后缩？本来就该是你的为什么不争取？"

14

"我评不上也无所谓，我是教授还是讲师你真很在意么？没这么虚荣吧你？那些教授也不一定比我强！"白宏顾左右而言他，陈静可不管，抓住话题一路追下去。

"这是个利益问题，不是虚荣，而且职称不是你一个人的事儿，这是我们家的事。"

白宏有些不高兴了，"我们家还有谁？除了我就是你。"

陈静不高兴，把洗干净的碗很重地放进碗柜里，不说话。

所谓知识分子就是这样，吵架不会说什么"没本事"、"瞎了眼"，她会一条一条地论证、求证、分析、罗列，尤其是准精算师出身的陈静。至于她是在跟你讲道理还是吵架，取决于声量和口气。对付这样的老婆，绝不是抱抱亲亲哄两句买个什么礼物就混得过去的，这种行为很可能会导致更严重的后果。哄她等于嘲弄她的智商。结果很可能是连续冷战一个月。

对于陈静来说，吵架从来都不解决问题，对付男人，她比潘子晴有招多了，软硬兼施恩威并重。恋爱是演习，婚姻则是一场实战。演习还可以打个平手然后握手言和，大不了分道扬镳。实战就不同了，成王败寇，不是东风压倒西风就是西风压倒东风，最要命的是一拍两散。那个代价太大，所以无论如何还要相处下去，那么就必须喜欢对方。这太难了！所以更加讲究策略。像白宏这样的男人，她一早就知道吵架没用。但是吵是一定要的，敲山震虎警钟长鸣的作用还是要的。一般来说，任何家庭生活里，男人比女人更害怕吵架。

白宏没有针锋相对地吵下去，选择了迂回的策略。

陈静明白重头戏在夜里。

很多受过高等教育的女人都鄙视在床帏之间做交换，利益或者其他的，那是二奶或者包养妹的做法，不屑也不齿。陈静不然，这是一个绝好的手段，无论进还是退都将是最有效的手段，有效就是好手段。陈静要配合白宏。

晚上卧室里灯光柔和，一整墙的装饰架上都是各式各样的雕像。一只微微张开的手，半张脸眼帘低垂，一只微微开启的嘴唇，一段扭动的腰身，一双翘起的足尖……每个作品下面写着姓名和时间，"陈静2003年6月"，"陈静2004年8月"，"陈静2006年7月"，"陈静2007年12月"……这些都是白宏为她做的作品，年年做，不烦不厌，好像是证明，好像是宣言。对，爱情么，婚姻么，总是需要一点证据的。

一段红纱从陈静头顶上落下来，划过她的脸，白宏蒙住自己的眼睛，他们两个头发都湿漉漉的，在肩膀上滴着水，白宏的手指轻轻划过陈静的脸庞，嘴里念着："眉骨、眼窝、睫毛，嗯——好湿的睫毛，这是鼻梁、鼻尖、颧骨、脸颊、上唇、下唇、下巴、脖子……"这是他们特有的仪式。

这个过程是陈静最为迷恋的，一个漫长的前奏，让她所有的神经都放松下来，一个床上的好男人，大约就是这个意思。

此时她可以搂着白宏的脖子嗯声绵软地说些话，比如自己压力大啊，很不舒服啊，那个职称很重要啊，自己需要照顾啊——适时的示弱是有必要的——还有……孩子。一个孩子，是白宏的愿望，最好是个女孩儿，可以挂在自己脖子上荡漾。这是白宏向自己描述过很多次的场面。然而要孩子是需要基础的，那么道歉也好，职称也罢，白宏都可以妥协，好吧，好吧。贴着陈静的身体，皮肤温软，味道淡淡的，若有若无，脸上落着陈静长长的发丝，卷曲着。白宏说好吧好吧，为了你。

"不是为我，是为你，为你闺女！"陈静轻声纠正着，温热的呼吸随着话流出来，浮在白宏耳边。

"好吧，好吧。"

"不许你敷衍我！"略带嗔怪的声音，搂着白宏的手臂紧了紧。

"不会，不会。"

"明天就去！"

"好，好。"

陈静的头发真香啊！

这个情景，那些和陈静共事的人是打死也想不出来的。这个难度对于男同事来说尤甚——这样一个公事公办，有条不紊，就算是吵架都要论证的女人，一个男人到底在爱她什么呢？相貌逐渐老去，就算往回数十年也不见得是个美人坯子。陈静有气质，对，可以说气质不凡，那又怎么样呢？男人还是想不出来，这个女人硬邦邦冷冰冰，保不齐还是个性冷淡，在床上不是指挥男人该怎么办，就是应付了事，没准儿你在上面忙活的时候她嘴里正念叨数据计划……可白宏就是爱她，说"爱"太抽象了，是顺着、宠着、时常还安排一些不大不小的浪漫情调，结婚几年之后还有这个闲心的男人太少见了。有人见过白宏到公司来接陈静吃饭，可以算得上一表人才气宇轩昂，看着白宏对待陈静的态度，男同事想不通。

女同事则一副艳羡的样子，认为陈静有手段，把男人收得服，可是怎么到自己身上却不管用了呢？这些女同事，年轻的颐指气使把男朋友谈崩了。陈静说，女人最忌无理取闹，已婚的女同事学着和老公讲道理，为什么臭袜子不能随便放，结果自己没说明白，反而越扯越多，真的治起气来。

可对白宏来说，陈静看上去越是硬邦邦冷冰冰，越是有味道，那种只有他自己才了解的味道，只有和自己在一起的时候才融化的味道。白宏将其归功于自己，陈静也乐得如此。越是说不出来、让人意想不到，白宏越得意。于是陈静手臂紧一紧，白宏就都答应了。

5、判断力越强的人越容易疏忽

次日清晨，伴随窗外小区里清扫院落的沙沙声，新的一天开始了。

陈静已经妆容整齐，坐在床边套上丝袜，站起来，走进套裙，顺着脚踝膝盖这样提上去，背冲着床，向后退，直到床边。背后的拉链敞开着，白宏的手适时地伸过来，将拉链拉上。

每个早晨都如此。

白宏是大学老师，不必打卡上下班，可每天必和陈静一同醒来，半靠在床头，欣赏她换衣的整个过程——从夜晚一条温热的母蛇变成早晨的天鹅，头发一丝不乱，下巴翘起，整个人精致而傲慢，美好的姿态和笑容里带着一丝虚伪。这就是现代的白领，变形记，易容术……怎么说都行。白宏欣赏这个过程，变化的过程，一点一滴将自己收敛起来，包裹起来，这让他有一种洞悉某种秘密的快乐，所以最后帮陈静拉上拉链，就像是他亲手将这个女人改头换面。等陈静上班之后，他再睡一觉，才去学校。

此时陈静手里拿着两块丝巾，转身问白宏："选哪个？"

白宏头枕着手，用下巴指指："那个。"他看着陈静打丝巾，很享受地说，"我最喜欢你穿套装，那些世界名牌应该找我老婆做广告，你看看这气质！"

陈静对着镜子边系围巾边说："你今天别忘了把学生的事情解决了，啊？"

白宏躺在床上，不接茬儿，对她张开手，"来，亲一个。"

陈静俯身过来，让白宏亲亲，"你臭死了，赶紧起吧。"笑着说完，转身出了门。

白宏对着手呵气，又闻了闻，做出很臭的表情，正要返身继续睡。

陈静又回来了，拉开抽屉找着什么。

"找什么呢？"

"我记得还有药……"陈静嘟囔着。

白宏噌地翻身坐起来，"不说了顺其自然吗？"

陈静也不理他，继续找自己的。

"我就是见不得你这副如临大敌，谨小慎微的样子，干嘛什么都要计划好了，有些事就是顺其自然嘛。"白宏的不满瞬间爆发。

"不找了，我出去再买一盒。"陈静自语，说完就走。

白宏穿着内裤追出来，"我说话你听见了没有？！"

陈静边穿着鞋边说："要孩子不是一个人的事儿，不能你说要就要！"声音不大，口气听起来倒像是安慰。

"对，不是我一个人的事儿，是你一个人的事儿！你说不要就不要！"白宏口气尖刻地回了一句。

陈静抬头看着白宏，"干什么呀？"

陈静不愿意和他正面冲突，现在也不是解决这个问题的时机，"我先上班去了，晚上回来再说吧。"

"说什么说？你这种行为就是谋杀！"白宏不依不饶嚷了一句。

"我没时间跟你吵！"陈静说完出门了，口气好像在陈述事实，随后门"砰"的一声关上。

没等陈静上了电梯，门开了。白宏站在门口，穿着内裤，对她吼："我也没时间和你吵！"说完，这才"砰"的一声把门关上。

陈静看看重新关上的门，摇摇头。电梯门开了，就迈步进去。

一路上陈静也埋怨自己，怎么能把吃避孕药的事说出来，今天是正式升职后的第一天，多少有点儿兴奋，有点儿期待，千万别因为早晨这点儿事儿，把昨天的努力白费了，一切都要顺顺当当的。经过药店，陈静买了药出来。这种避孕药最麻烦，算着日子吃，少一天，晚一会儿都难说。她不是不想要孩子，只是所谓事业上升期，要不起，更何况房价这么涨，大的工作环境又不稳定，还是尽快供完房子再说，按她的计划明年年底就差不多了，想至此，陈静不由得高兴，到时候不告诉白宏，给他一个惊喜。至于今天晚上，陈静才不担心呢，这才哪儿到哪儿啊，小菜儿。

来不及想那么多，陈静赫然发现新办公室里第一份传真就是一份裁员名单，有她熟悉的人。

看着眼前这份名单，陈静本可以选：直接给这几个人发一封官方的E-mail，通知被裁员，说明补偿条件；或者指派助理去通知那几个人，自己躲在新办公室里做新的工作计划。但是陈静选了第三种方式，她要亲口说。不是为了让对方有一个直面自己质疑甚至发泄的出口，而是要让自己成为朱琳那样的人，必须，并且是马上。

从谁开始？陈静目光一个一个地浏览，玻璃窗外开放式的办公间，每个人就是一个喷墨的名字。

Amy推门进来，坐在陈静对面，大大咧咧地"嗨！"，然后走过来一屁股坐在陈静办公桌上，似乎探密一样，"你老公没事儿吧？今天晚上庆祝也行，说吧，去哪儿？"

陈静努力让自己平静了一下。她得先一步进入角色。

"嗨，怎么了你这是？老公真的出事儿了？"

Amy这个人一向大大咧咧的，直来直去。陈静从她开始不是没有考虑，一来自己跟她关系算不错的，二来她这个人脾气冲，说来就来，陈静了解。过了她这关陈静就过了自己这一关。来吧！

可是Amy很关心自己，问候真诚神情关切，她对接下来的一切都一无所知的样子让陈静格外难受。

"Amy，是这样，那个，我，是代表公司的，这个决定是，这样，通知你，由于人员调整，公司打算，终止合同。"好容易说完了，陈静回避了她的目光，她心里埋怨自己为什么不能像背台词一样把预先准备好的话说出来，不就是几个音节吗？

"什么？"她一下子没反应过来。

"对不起！"

"你的意思是……我被裁了？"

"对不起！"

Amy 开始有点儿明白了："噢，我……？！"

"对不起！"

"为什么是我？谁决定的？你？"这一声直接提高八度，Amy 半个身子几乎长了一大截，俯看着陈静。

"真的对不起！"陈静被她这么一吼，把后面的台词都忘了，像个日本人似的一个劲儿说"对不起"，眼睛也不敢抬，好像是自己错了。

"我不想听对不起！你说这个没用！我就想知道，为什么！"

陈静张张嘴，答不上来，Amy 看着她的样子，冷场了。两个人好一阵颓丧。还是 Amy 先说话："算了，这也不怨你。"

"对不起！"还有别的话么？真没有，陈静想解释她可能获得的最大补偿以及打算把她介绍到一个熟悉的猎头公司去的这些话都没说。

Amy 看了她一眼，摆了摆手，没再说话，站起来向门口走去。

走到门口，她又停下脚步，转过身来，看着陈静。

陈静不知道她要说什么，慢慢地站了起来，似乎是在等她再次发飙。

Amy 平静地看着陈静说："你坐这个位置就不要再说对不起，我要是你，我做得比你狠，必须！适者生存！"

陈静没想到她这样说，有些愕然，随即感动，看着她点点头。

接下来的工作容易多了，至少突破了第一关。连续三天都是裁员，一个一个，坐在陈静面前哭泣的男人，诉说自己房贷压力的女人，年轻气盛说此处不留爷自有留爷处的同事，更有破口大骂说陈静比朱琳还阴险狡诈的下属。一个一个，一个完了还有一个，朱琳临走时说这将是史上裁员力度最大的一次，接连不断的工作，公共办公间一个一个空了，陈静每天数着，看着。

洗手间里面传来说话的声音，很是热闹，几个女人，热烈地聊着，补妆或者抽烟的。一切照旧，陈静脚步停在外面，这两天的工作让她明显感觉到一种疏离，现在她听见里面的谈话，心里多了几分感慨。

"是吗？"

"那当然了。"

"够狠的！"

"才多长时间啊，这个部门就走了一半人了，你说她刚坐这个位置吧，行事倒像是计划了一辈子似的。哎哟，真是。"

陈静站在门口，声音一句句钻进来。

"换了我可狠不下心来，昨天还一起吃饭，今天就叫你滚蛋，我都不知道该怎么张口。"

"所以人家不提你啊！"

"还不一定是怎么上去的，别人都被裁了，她还升了。你们不奇怪吗？"

听到这里，陈静不愿意再听，迈步进去，装作若无其事。

正要继续编派的同事们互相推搡一下，略微有些尴尬，几个在镜前化妆的，也迅速地开始收拾散在洗手台上的东西，同时礼貌地打招呼："Carolin！"

陈静一如既往地微笑点头，假装对她们的尴尬熟视无睹，侧身进了一间厕所隔间。

几个人相互使眼色，动作加快，纷纷离开。

等陈静从隔间出来，看见整个盥洗室已经没有人了，她慢慢地走到镜子前，伸手，冰冷的水流出来，她抬头看着自己，空旷而孤单，只有水声哗哗。那个瞬间她突然理解了灭绝师太朱琳的处境，除了工作她没有别的支点，同样陈静此时也意识到朱琳的温柔，没有人真正这样想过，一个单身女人，工作就是全部生活，却在公司里遭人疏远，但是朱琳从没有在下班以后骚扰过任何人，也不会占用员工的业余时间，更不会刻意刁难，真不容易啊。陈静突然意识到这些，只是因为自己一瞬间心里升起的怨恨：凭什么？

直到第四天晚上，下班后人们都走了，只有陈静办公室的灯还亮着。

陈静开始故意和同事保持距离，每天都推迟下班，走过自己原来的位置，停下来。那里已经空空如也，而紧挨着的另一个工作区，是 Amy 的，也空了，桌面凌乱。在一侧墙上还挂着她的日历，写着每日的工作，一个日期用红笔勾起来，写着庆祝 Carolin 升职。后面的日子都是空白。

她拉开她的椅子，坐下。心情复杂。突然，她看到电脑后面有一株很小的仙人掌，是 Amy 忘记拿走的，陈静举起来端详了一番，拿到自己的办公室里。

她把仙人掌放在桌子上，浇了一点儿水，看着。突然很想念 Amy，打开抽屉，里面有几个人去年在 KTV 的照片，是 Amy 临走时专门洗出来送她的，说还是好朋友，陈静一直没仔细看过，今天突然特别想看。

顺着那些文件翻下去，照片找到了，陈静也看到了一盒没开封的避孕药，心里咯噔一下，数了数已经三天没吃了，也可能是四天，陈静打开药盒仔细看说明书，希望能找到什么说明，安慰自己。没有。

此时电话响起，白宏问她什么时候回来吃饭，顺便还告诉她，自己的同学骆驼生了一个女儿，口气甚是高兴。陈静一点儿心情都没有，应付过去，拆了药盒，拿出一粒，喝下去，恶狠狠地，好像可以把之前的日子都补回来。

6、有才华就是有病，自认为有才华就是得了绝症

潘子晴来得正是时候。

白宏一个晚上都在陈静耳边叨咕自己哥们儿骆驼生了女儿的事情，显然他开始馋了。其实没什么，时不常的两人都难免眼馋别人的孩子，可是条件不允许，关键时候理性战胜一切。放在平时陈静也不会特别认真，今天不同，她不是忘了吃药吗？一路上就担心自己会怀孕，再加上同事这些天的态度，还不够心烦的呢。陈静也不绕弯子，直接问白宏学校道歉的事情，白宏支支吾吾的更让陈静心烦。

然后，潘子晴开始敲门。

陈静知道潘子晴又拿自己当免费劳动力，不过不要紧，她也愿意借这个机会炫耀一下自己的专业。白宏乖巧，听不懂，直接去洗碗。

正事儿说得差不多了，陈静问起郑云，想听听潘子晴的意见，不行就赶紧分开。话一出来潘子晴就瞪眼睛，"什么意思？你们这结了婚的是不是都了不起啊？个个敢给人当媒婆啊！我一堂堂的博士，学历比你高，人长得比你漂亮，还有钱、有车、有房。这时候不好好游走世界，亏不亏啊？"

陈静斜眼看她，不服气地问："你比我漂亮？你哪儿比我漂亮？"

24

潘子晴正要辩解，白宏从厨房出来，穿着围裙，撸胳膊挽袖子，"没事儿，老婆，我这就把她收拾得比你还丑！"

潘子晴"扑哧"笑喷了，合着这个人一直没闲着，都听见了。

陈静嗔道："你也觉得我比她长得丑，是吧？"

白宏故意严肃地说："不能够！我娶你，因为你性格好！温柔，体贴，善良，能挣钱，能养活男人，使我这无家可归的流浪者，有了今天这个温馨而结实的家！"

陈静笑着踢了他一脚。

现在轮着潘子晴不干了，"合着你的意思是我性格不好呗？"

白宏这边躲着陈静的物理攻击，那边还得化解潘子晴的精神干扰，"不不不，你哪儿都好，就是想要你的男人挺多，敢要的没有！"说完赶紧溜回厨房。任何男人都知道，面对两个女人，就是自己的灾难。

潘子晴看着白宏夸张地缩回厨房的样子，一副不屑的口气跟陈静说："你说现在的男人都怎么了？肾不好就算了，胆也没了，还动不动肝儿颤！"

陈静大笑，大声对白宏说："听见没有？"

没等白宏回话，潘子晴又说，"我就最见不得这号男人，哪都想占上风，不能让女人压着一点儿。说到底，俩字——虚弱！你看那有点儿钱的吧，见人就浑身抖机灵。那没钱的呢，就满世界骂街，全是别人对不起他。病态！"

陈静不干了，"这是说我男人呢？我男人可不弱！"

潘子晴哈哈大笑，"不敢不敢，我可不是说他，瞧这护食儿的样？谁敢说他弱啊！！哈哈……"

陈静知道再往下说就兜不住了，赶紧转移话题，"所以照我看啊，郑云不合适，那小子我知道，不成熟。回头还是我帮你介绍一个成熟稳重的。哎，我们头儿不错，人挺好的，也挺有意思的，年龄嘛正好大你两岁，唯一的缺点就是离过婚。见见吗？"

"帅吗？"潘子晴问得认真。

"帅能当饭吃啊？"

"我都不嫌弃他是个二手的，你还不让我挑一个好看的？"

陈静无奈了，"你挑吧你，等过了四十，再找，没了！"

潘子晴做宣誓状："宁为玉碎，不为瓦全。"

"狗屁！"陈静一副过来人的口气说，"什么玉啊，瓦啊，弄到家里，都是块破石头！"

"那我也不将就！"说真的，陈静知道，潘子晴不是不想将就，就算是她想，恐怕她也不能将就。

事实就是当你想将就现实的时候，现实还不将就你呢！

白宏擦着手，出了厨房问："子晴啊，你好好说说，你到底要什么品种，我们去帮你踅摸。"要说白宏对潘子晴不感兴趣，陈静都不信。白宏算是特别关心潘子晴终身大事的人之一，而且他的关心比陈静的关心还单纯。是真为潘子晴着想，好像她嫁不出去，白宏就不得安宁似的。不过要是谁说白宏真跟潘子晴怎么着了，杀了陈静也不信。分寸也好界限也罢，这个说不清楚，但是陈静就是这么肯定。反倒经常拿潘子晴的单身揶揄白宏。

"简单，出得厅堂，入得厨房；长得端正，工作不忙。"

"一个男人，既能创业还能做饭？还得长端正，工作还不要太忙？你想得真美！"白宏摇摇头。

"怎么着，我还打算要龙凤胎呢！"

陈静笑着看潘子晴和白宏掐架。

"陈静，你赶紧的，劝劝她，要孩子不是你一个人的事儿。"他前半句跟陈静说，后半句跟潘子晴说。

陈静瞪白宏一眼跟子晴说："有这个想法好啊，那就抓紧结婚啊。老一个人想管什么用啊？"

"就是！你没看电视上，网上尽是些想要孩子要不上的大龄男女吗？照你现在这想法，别说龙凤胎了，想要个轮胎都没有！"白宏这话没过脑子，正触了陈静的霉头。

"怎么说话呢？不要孩子就不能过啊？"陈静这话明着听是替潘子晴说话，其实是为了自己。

"能！谁说不能了！我这不过得挺好吗？"

"这是人家子晴自己的事儿，人家乐意。想怎么着就怎么着……"

"对！现在女人啊都这样，都觉得这世界欠你们的，你们不想要孩子，就不要，想要就有？想要一个有一个，想要两个有两个。当自己是女娲还是以为自己是圣母玛利亚？"白宏说着坐在两人面前。

"我说的生存现实，不是这个！"陈静的口气中没有玩笑的意思了。

"有区别吗？你想让我评职称，哦，评上了就是现实？评不上呢？人家也得现实啊？我正是因为替别人考虑我才不评的。一共就那么两个破名额，我上了，别人上不上？！"白宏的不爽也泛起来了，他口气不阴不阳地非要理论一番。

两人你一言我一语，句句在理，谁也说服不了谁。语速越来越快，道理也越来越大，生存现实，房贷，孩子的成本，等等问题……

潘子晴被夹在二人之间，想劝又不知道怎么开口，显得无比尴尬。

白宏不服气，"对对，你是精算师，你算吧，你算算，等你还完房贷几岁了？还能不能生养？教育？你得有孩子你才能教育！没有，你教育谁啊！说我不现实，我看你才不现实呢！"

陈静生气了，瞪着他，语速忽然慢了，"你知道什么是现实吗？"她一个字一个字地说，"现实就是我必须把原来的同事一个一个都辞掉，他们有的背着二十多年的房贷，有的全部身家都套在股市，有的还在到处租房，四处漂泊。他们刚刚为我庆祝了升职，我就要把他们裁掉。你知道什么是现实吗？现实就是我必须看着他们的脸，看着他们的眼睛说对不起，你失业了，公司跟你解除合同了，限你三天之内卷铺盖滚蛋！然后我看着他们伤心，难过，流泪！还不能安慰他们！因为这是现实！因为我也欠银行几十万，而我的老公却根本不在乎自己的工资待遇！因为他是艺术家，因为他有才华，因为他要与众不同，要特立独行！因为是我选择嫁给他，我就必须做到这一切！这就是代价！这就是婚姻！这就是爱情！这就是幸福！"说完，陈静白天的委屈一下子涌了上来。转身跑进卧室，把门"砰"的一声关住。

白宏怔住了。

潘子晴朝白宏狠踹了一脚，又狠狠地瞪着他，用下巴示意他赶紧去道歉。

白宏走到卧室门口，敲了敲门，没有任何回应。他靠在门边："老婆？宝贝！太太？我错了！我真错了！真的没想到老婆工作压力这么大，这么辛苦，都是为了老公着想。都是我不好，别生气了！你看子晴还在呢，出来吧？你这样不是给子晴做反面榜样吗？再这样她不就更不结婚了吗？以后你还得担待着她独身的后果，对吧？你要真的气不过，你出来打我几巴掌，我绝对不反抗，行不行？老婆大人？"白宏趴在门上，口气温柔，也不顾及潘子晴在。

潘子晴看着他们，忽然感觉很孤单，悄悄地收拾了东西，轻轻地走了。

按理说陈静这样外表冷酷，回家贤惠，对付男人软硬兼施，好的时候是一滩水，硬的时候是一块冰，给任何一个男人，早就乖乖地投降做温柔乡里的俘虏了。是啊，就算是以为自己能独当一面的男人也抵抗不了女人从里到外的渗透。她们会在某个时刻突然消失，让你惶惶不安，生活似乎是一团烂泥，提不起来。然后又在某个时候出现，对你招招手，一切就恢复原样。陈静就是有这个能力，这是女人的能力，这么多年所谓女主内这句话并不是强调分工，而是强调才华。内比外难主，管人比管事儿难。但是白宏有点儿棘手。

白宏之所以特别就在于他自认为是一个有才华的人。

但是，"有"和"自以为有"之间的界限是十分模糊的。通常一个牛逼的人必然有一个牛逼的事儿，通过牛逼的事儿，发现了牛逼的人。可是很多人在没事儿的时候也坚信自己牛逼，这就比较要命了。因为中国有句古话说"大器晚成"，还有个叫齐白石的人直接给这句话做了注。可是多晚是晚啊？身边的人等得花儿也谢了好几回了，你还没成，怎么办？要是"自认为有"才华的人，是个特别没脾气、没性格、逆来顺受、吃嘛嘛香的主儿，其实他身边的人也不会遭什么灾。可是，谁信啊？一个注定特牛逼的人，一点儿脾气一点儿性格一点儿与众不同都没有？不但身边的人不信，连自己也不能信。所有但凡认为自己有才华的人，一定要"作"，不是一般"作"，还要足够"作"。大器晚成，成不成在天，作不作在我！

作谁呢？简单，跟谁过日子，就作谁！

至于白宏，他那套原则和方式，他那个作，初见之时真可谓特立独行鹤立鸡群。陈静年幼，不懂，稀里糊涂地爱上了，浪漫的代价就是等你清醒过来的时候，发现睡在自己身边的不是一个男人，而是一个男孩儿。心理年龄十四岁半，特立独行、鹤立鸡群的范儿不过是因为不成熟的自恋导致的。陈静也无可奈何。此时婚姻对她来说，就是一杯卡布奇诺，等浪漫的泡沫喝下去之后，才发现咖啡原来是苦的。做妻子，就是那杯奶，恰如其分同时还要水乳交融，这样咖啡入口虽苦，还算是有一股回味儿。

现如今陈静在房间里哭得一塌糊涂。白宏就在外面温言软语，不是第一次了。陈静知道，男人都这样，认错比翻脸都快，特别爱认错，可你要是跟他较真，问他错那儿了，他就能硬着头皮把"我错了"说上八十遍，直到你问烦了为止。骨子里是坚决不服软，所谓的认错无非是避免吵架。用陈静的话说，"我错了"在不同语境里可以解释成若干种意思，例如：

"有完没完？"

"我烦着呢！"

"你怎么那么不懂事儿呢？"

"这个问题重要吗？"

"你这不是胡搅蛮缠么？"

"我不跟你一般见识！"

"行了行了，早点儿睡吧！"

"我可是让着你！"

……

万语千言汇成一句话——"我错了。"

潘子晴独自从陈静家里出来，那两口子的爱情浪漫剧还在上映中，她先退场了。站在楼下，长长地出了口气，回头看看楼上，好些房间都亮着，说不上哪家是哪家。万家灯火的样子突然让她伤感。

潘子晴拉开自己的车门，坐进去。

从车窗里看那些回家的人们，虽然争吵，却很热闹。再回转头来看，身边的座位却是空的。有个人多好，不管是谁，就现在，坐在身边，什么话都不用说，就够了。是啊单身的女人经常这样想，好像自己特别需要一个男人。不过你一定要记住，她们更想要的是召之即来挥之即去的男人，是在她们需要的时候适时出现，在她们不要的时候及时离开。非但如此，还要相貌堂堂有教养有学识，聪明才智刚好够上自己的水平，还要对自己一颦一笑无比关注。换句话说，一个绝顶优秀的男人，为你的一丝寂寞唱一夜情歌，当你转而关注自己的才华时，又绝尘而去，不说一个不字，永远心甘情愿……别说人了，机器人都做不到，设定的程序还有死机的时候呢！打开收音机，声动网著名的"午夜星空"节目正在播出布洛克的贼系列，她觉得这种侦探小说才配得上自己的智商。

7、闺密第二式：我对你的生活充满想象力

对潘子晴来说，北京的生活，除了自己的那点儿事儿，就是到陈静这儿来，美其名曰"蹭温暖"。隔三差五，有时候高兴了连珠发，没有道理，对她来说男人永远不如闺密重要。当然这个价值观和陈静截然相反。

潘子晴此时躺在陈静和白宏的双人床上，听陈静讲述那天之后的事情。当然这些话是陈静说的，女人就是这样，有任何风吹草动，首先通知闺密。然而在潘子晴的脑子里却出现了完全不同的场面。

比如说被白宏砸了作品的女学生吧。陈静告诉她，一切冲突都是从自己私下找了那个叫卓梦的女孩儿开始。她希望能代表白宏平息了整个事件，顺利地获得职称。陈静没说时间地点，只说了过程，而潘子晴的想象把这一切安插在一个幽暗的咖啡厅里。

对话开始的时候，两杯咖啡已经喝了过半。

陈静必须看着卓梦，而卓梦却望着窗外。

陈静会说："白老师教你们这些年，他的为人你也了解，他不存恶意，心里还是为了你们能做好的作品。无疑，他的方式过激了。你不原谅他，我完全可以理解。他这个行为对学校，对你们系，对他和其他老师、同学都是伤害，当然，对你的伤害是最大的。但是

无论怎么说，伤害已经发生了，我们还是要想办法弥补。我知道，这不是我说两句话就能做到的。"这些话潘子晴早想到了，迂回同时又坚定。不过在她的想象里，卓梦不是一个简单的，或者说大家熟悉的九〇后，她更直接也更成熟。

"你要弥补什么？"这句话是卓梦说的。"他摔碎了一个，我还可以再做一个，更好的，甚至比他想象的还好的东西！他帮了我。你来这儿要弥补什么？"

陈静一定没有料到对方是这种态度。

然而此刻，卓梦又把头转向一边，窗外人来人往，漫不经心地问她："你认为对艺术创作充满狂热有什么不妥？"

接下来陈静必须把话题扯到道歉这件事儿上，于是陈静问："你可以原谅他吗？我是来道歉的。"

"可是他没来。"这句话貌似简单但是呈现出一种默契，是白宏和对面这个女孩子的默契，这让陈静很不舒服。当然这句话陈静告诉潘子晴的时候并没有说自己不舒服，潘子晴不用看就知道她不舒服。为什么？女人的直觉需要理由么？

陈静告诉潘子晴自己高风亮节地问："你需要我做什么吗？"

潘子晴想，此时陈静的表情肯定是和蔼可亲的。

但是卓梦却开口问："你，需要我做什么吗？"好像是在重复，背后却暗含着一种高高在上的优越感。没有道理。

这时，陈静说自己被她吓了一跳。潘子晴大笑。

说真的，潘子晴的高兴里还有别的原因，很简单，就是在她的想象里，卓梦就是十几年前的自己，无论相貌还是方式。

重点在于潘子晴一个人的时候猜想白宏面对这个学生的样子。

系主任必是一如既往地拍桌子，让白宏道歉。其实是为了自己名声好听。

"为了评职称去道歉，那也显得没诚意吧。"

"我再跟你说一遍，这可是一个现实问题。狼多肉少。"

"我不评了不就行了呗。"

这些对话是潘子晴加上来的，因为这些事儿陈静也不知道。

此时卓梦出场，为什么会这么巧？因为潘子晴就是这样设想的。之后的事情就不必想得多么细致，反正白宏一听说陈静去代表自己道歉，就炸了锅，一路没喘气就奔到了陈静公司。

"你凭什么替我去道歉？"这是白宏的开场白，陈静记得清楚，因为她尴尬。

"不凭什么，我们是夫妻。"潘子晴心里想，对，这句像陈静的话。

"你是我妻子就可以全权代表我？那我能不能代你在这儿发号施令？要不这样，你干脆替我上课算了，替我评职称，估计你明年就是教授了。"

"我替你道歉，是因为你自己不愿意去，我事先跟你说过，你不解决，我就去帮你解决。我帮你把你应该做的事情做了，是为了免得你尴尬，你以为我愿意啊？"

"你这是对我的羞辱，羞辱！"

"我们是夫妻，夫妻是什么？夫妻就是利益共同体。"

最后一句话两人几乎异口同声："利益共同体。"说到这儿，连潘子晴都知道这句对白。

"利益利益利益，你眼睛里面就只有利益，我对你来说是什么？合伙人？"

照说潘子晴很理解白宏，陈静这个人看上去温和，骨子里霸道，无论是工作还是家庭，所有的一切都要按照她的意愿来进行，对于别的男人来说也许还能接受，至少她不自私。但是对于白宏这样的人来说，那就是绝对不行。自由就是一切，他和陈静婚后的主要冲突，按潘子晴的视角看，就是一件事儿——约束和反约束。所以，白宏此刻的爆发，对于其他女人来说几乎是不可理喻的，对啊，陈静从头到尾就是为了你好，她去替你道歉她自己难道就不委屈吗？可是在男人看来，这就是侵略！所以潘子晴听到这里，心中暗暗叹气。

接着陈静告诉潘子晴自己已经在安抚白宏了，也表达得很充分，这个行为是一个家庭行为，利益是共同的。潘子晴没说话，她知道，这种冲突，不是因为彼此不能了解，而是因为了解才无法达成一致。

"我们？这个家只有您，哪有我啊？压根儿就没我什么事儿！动不动就是婚姻，就是共同体，要孩子不是我一个人的事儿，评职称也不是我自己的事儿，全是你的事儿！在你看来我的工作抚养不了一个孩子！还有什么事和我相关？要真是这样，干脆你一个人过得了！有没有我都一样！"

陈静复述白宏这些话的时候，口气倒是像极了白宏，阴阳怪气，抑扬顿挫。潘子晴听着"扑哧"一声，乐了。

"我又不是没有跟你商量过，问题是你不去道歉！"

"商量？我说要孩子的事情顺其自然，可你有事没事就吃药，你和我商量了吗？"

"两码事！"

"你让我去道歉，我可以不同意吧。好，我不道歉，你就去替我道歉，商量不商量有什么区别？我他妈就是一个摆设！"

"我这是帮你！这件事迟早也要处理！"

"我还说迟早要生孩子呢，是不是我可以直接强奸你？"

说到这儿，陈静停下来，看着潘子晴，她需要认同。潘子晴也看着陈静，不知道该安慰，还是该批评。

两个人一阵冷场，潘子晴只能问："后来呢？"

"我后来用免提把秘书叫进来。"

等那个女孩子推门进来的时候，白宏脸色就难看了。

在潘子晴脑子里，此时陈静坐在明亮的办公室里，宽大深色的桌子后面，头发绾得一丝不乱，职业装也穿得严肃整齐，她的房间里一切的一切都是用直线构成的。她让秘书等一下，然后转向白宏，抱起双臂，一副公事公办口气："你，继续。"

白宏铁青着脸看着陈静，又看看那个女孩子，想张嘴，眼前的空气都凝结了。一声巨响，终于还是转身摔门出去了。

潘子晴拍拍陈静的肩膀，对，要是她，恐怕也会这样。陈静掐准了白宏的教养，无论是好面子，还是别的什么，反正在公共场合一定不能失态，比如当着外人的面吵架，就是失态。所以在家里吵也要关上窗户关上门，吵狠了，就把门打开，两个人就不说话了，各自消化。这些在潘子晴看来太容易理解了，知识分子么，就这么个臭毛病，前些天陈静被白宏骗回家时的不快，和接下来的隐忍，不也是碍着旁人的脸面么？

可是陈静被骗回家是参加一个聚会，而白宏这番折腾结果却住了医院。他那火爆脾气上来，一出门就出事故，后来听说是遭遇路匪，是帮别人，可是陈静知道要不是他那一肚子邪火，也不会那么不管不顾地就扑上去。钱抢回来了，他也撞伤了，结果围观的人们都散了，住院的是自己。这年头，助人为乐是风险投资，人人自顾不暇。

感叹完人情冷暖，潘子晴摸摸陈静的头发，"人没事儿就行了。"

陈静趴在潘子晴怀里，享受安抚，好半天说了一句："你知道安排他住院之后，我干的第一件事儿是什么吗？"

"什么？给医生塞红包？"潘子晴故意这样说，想逗她开心。

陈静没笑，"我坐在病房门口，交待陈建去拿白宏事故的评估报告。"

"干嘛？"

"保险理赔啊。还有学校请假也需要吧。"

潘子晴皱着眉头看着陈静，身穿睡衣，白天的妆容已经洗净，眉目之间的安静让她不由得身上发紧。

"吓人吧？"

潘子晴下意识地摇头，"还行，扛得住。"

陈静笑笑，"我自己事后想起来，都觉得吓人。我真没想到，这个时候我竟然冷静到这个程度。"

"可能是他伤得不够严重。"

"胡说八道！"

这话说得让潘子晴心酸，又一次拉过陈静，揽着她的肩膀感叹，"不是你吓人，是这个世界太吓人了，我真想不出来，什么样的社会能把一个女人逼到这个地步，连老公受伤的时候，都要保持清醒，保持理性，不给一点儿柔弱的空间。"

陈静不想让这个气氛凝重下来，伸手在潘子晴腿上一拍，"你能不能不要动不动就上升到全社会，全人类的，偶尔也关心一下我这个个体。"

"那多浅薄……"潘子晴故意这样说。

"这不是浅薄，这是烟火气！总活得那么玄妙干嘛？又不是嫦娥，还能飞到月亮上去？"陈静揶揄潘子晴的时候才有了几分活泼。

潘子晴由着她揶揄，有时候，让她揶揄几句，比安慰来得管用。

8、幸福婚姻从来都是阳光灿烂，暗礁丛生

当陈建带着两个自称是保险公司的人，来核实白宏受伤责任的

时候，陈静才意识到，被她强行终止的争吵并没有结束。按照规定，意外伤害范围不包括主动寻衅的事件，陈建一路上跟他们解释，白宏这是见义勇为，是有人抢包，他姐夫阻拦劫匪受的伤，保险理赔人还是坚持走程序。陈静也表示这是个意外，不能算是主动寻衅。几番解释后，正当理赔人员也觉得可以作为意外伤害申报的时候，白宏突然说自己就是主动的，还解释因为自己心情不好，所以主动寻衅，不是见义勇为，而是发泄愤怒。

保险肯定没有了，陈静看着白宏无所谓甚至还有几分愉悦的神情就恼火。不是因为保险金额泡汤，而是白宏的态度。

"我说的是事实！"陈静的责问还没说完，白宏立刻反唇相讥，好像自打醒来，他就等着一个可以吵架的时机，反应真快。

一开始，陈静还按住自己的火，跟他解释。

白宏却说："那我也不能为了自己的利益隐瞒事实啊！你不是一直要求我遵守规则，遵守公共秩序吗？我就是按照你的要求说的，人家也是按照规则来的，我们现在就是不符合理赔条件嘛！"

陈静一下子就明白了，这些话并不是对保险公司的人，而是对自己说的，这些都是陈静历次劝他说的话，有时候是为了和同事搞好关系，有时候是为了评奖，最近的这次是评职称。陈静打破头都想不出来为什么一个人每次都要在同一个地方摔同样的跟头，要自己反复说同样的话才能继续往前走？为此她甚至查询过心理类的书籍，试图找出他的童年创伤，不为了改变白宏，而是安抚自己。今天白宏用她反复劝说的话回击的时候，陈静有点儿恍惚，没想到，这些话从白宏嘴里说出来时，竟是如此刻薄和恶毒！

"你真应该告诉他们，你自己就在保险公司工作，你了解一切规则，你应该表扬他们办事认真负责的态度才对。"白宏继续说，阴阳怪气。

"这是两码事！"陈静声音高了八度。

"我看就是一码事。你不是说规则是针对所有人的吗？怎么能一到个人身上就不讲原则了呢？本来就是我先动手的嘛，我怎么就不能说？隐瞒实际情况不是你陈静的风格！就为了让他们全额理赔？你就掩盖事实真相？这不应该啊！"陈静此时一句话都接不上来。怔怔地看着白宏。

一个月后白宏出院了。

日子还是要过，一切都风平浪静，白宏安分守己地上课，陈静偶尔唠叨一下职称，白宏偶尔羡慕一下别人的孩子。可是这些天来，陈静发现白宏有些不对劲儿。

现在每天照例帮陈静拉拉锁、选丝巾，唯一的不同是他经常不在陈静给定的选项里选择，无所谓，白宏记得她有多少条丝巾，什么颜色什么款式，也挺好。然后就是他的动作有点儿怪，总是踢到墙角家具什么，陈静没有特别在意。这天陈静让白宏擦桌子。

陈静注意了一下他的动作，"老觉得你有点儿不对劲儿。"

"哪儿不对，这不挺对的嘛。"说着拍拍自己身体，动动脖子。然后继续擦桌子，呼啦一只水杯被白宏扫了下来，摔碎在地上。

白宏一愣。

陈静转身拿过扫把，还没递给白宏，白宏大声说："拿扫把来。"

陈静低头看看自己手里的扫把，再看看对面的白宏，心里忽地一下子，好像有什么东西把心掏了，胸口空荡荡的。她没说话。

白宏眼光落在陈静身上，"愣着干嘛？给我扫把，一会儿扎着你。"

陈静慢慢把扫把举起来，递到白宏面前，正对着他的脸，没动，盯着他的眼睛看，神情疑惑。

"干嘛呢？拿来啊，这一地玻璃碴子，踢得哪儿都是。"

陈静盯着他，"你眼睛……怎么了？"

"什么怎么了？不就是打了一杯子嘛？谁没有失手的时候。赶紧的，扫把！"

"扫把就在你面前，你……没看见吗？"陈静说着哽咽了。

白宏愣了好一会儿，才伸出手来。

白宏的手举起来慢慢地挥动，碰到扫把的一端，反手紧紧地握在手里。

白宏要把扫把拿过来，陈静却不放手。死死地抓着，好像一松手就会失去什么似的。

扫把在两人之间僵持。

白宏大喝一声："松手！"

后来怎么样了，她总是想不起来。

现在陈静坐在检查室外，等着，看着检查的窗口灯亮着，突然明白前些天白宏说想要个孩子是什么意思了。那时候陈静埋怨白宏不懂事儿，这个时候竟然还想着要孩子，于是又从现实到理论，给白宏讲为什么现在要孩子不合适。那天白宏心情不好，勉强答应了。陈静还以为他是因为自己拒绝要孩子才不高兴的。今天想起来，她心里难过，但是更让陈静难过的是白宏竟然不告诉自己。

"我又任性了是吧？"检查之后，白宏躺在病床上，说话的声音很轻。没有发脾气，生病的白宏乖得像个孩子。

陈静轻声安慰："你不任性。我想远了，要孩子是对的。以前我总想着要把环境安顿好了，再安安心心地养孩子，其实环境永远不可能完全合适，一个孩子比那些问题都重要，是我自己一直没准备好，没有体谅你的心情。子晴老说，情理情理，情在前理在后，我是讲理讲得太多，把情忽略了。"

"你也别自责，这都是意外，不怪你。你对生活做的这些计划一点儿错都没有。后来我也想通了，就算你说得对，要个孩子比别的重要，那也不是现在。我是怕了才要孩子的，真的是任性，我自己知道。真的这个节骨眼儿上有一个孩子，我生病治病就是一笔开销，钱还好说，谁来照顾你？我现在这样，你怎么能一个人既照顾自己，又照顾我，还要上班。就为了安慰我的心情，不用，真的。我不忍心看你受苦。"白宏说得平静，那些话似乎早就想好了。但是此刻的通情达理却让陈静更加难过，内疚。

陈静张张嘴不知道该说什么，白宏转过头来，"别想那么多了，还要上班，还要裁员，这个家都靠你了。"白宏本想开个玩笑，话出口，却笑不出来。

陈静说："没事儿，我听说眼睛的手术最简单了，就是检查麻烦。别担心。你不说你是运动员体质吗？总会过去的。"

9、结婚就是成人版的过家家

检查结果一次比一次糟糕，白宏的状态也跌落谷底，尤其是他极力想把自己表现得无所谓。吵着要出院，没有人同意，结果老先生突然自己就回家了。陈静也没办法，只好请假回家，想劝他回医院。他反倒向陈静证明自己没瞎，什么都能干，还拿出雕塑用的泥来要捏个东西给她看，结果好半天也没成型。陈静本以为安慰一下就好了，没想到他突然跳起，用头撞墙。

陈静吓了一跳，整个人一哆嗦。紧接着白宏继续撞墙，几日来蓄积的难过、不甘和愤怒还有恐惧都一下一下地撞在墙上，陈静拉不住他，只能伸手垫在白宏要撞的地方。

白宏伸手一推她，"躲开！"

陈静火大了，一把揪住白宏，狠狠地就是一巴掌，想打醒他。

白宏被打愣了。陈静从来都没有这样野蛮过，脸上热辣辣的。

这个时候门铃响了，潘子晴来访。

潘子晴是听说白宏突然跑回家了，正好她左右没事儿，就过来看看。

站在门口，原本房里有声音，她一按门铃反而安静了，接着是"窸窸窣窣"的动作。门是白宏开的，站在子晴面前，笑得格外灿烂明朗，吓了子晴一跳。"你……能看见了。"

陈静过来解释白宏为什么突然回家，还说就在家里住几天，医院到处都是病人，看着让人心情不好。这些话听着不像陈静说的，她脸上的笑容好像面对的不是自己，而是纪检委的办事员。

潘子晴嘴上没说什么，眼睛却疑虑重重地看看屋里四周。那块没捏成的泥还在床边扔着。陈静顺手把它收拾起来。手背青肿，白宏额头也有瘀伤。这些都没逃过潘子晴的眼睛。

陈静把水果拿出来招待她，这个动作太见外了。可这才是个开场白，接着两个人你一言我一语的，一边招待着潘子晴一边对她描述着自己的美好生活。当着潘子晴的面，两个人的动作亲昵得有点过分，年轻的时候谈恋爱都没这样过，怎么了？潘子晴看着陈静的小动作，吧唧吧唧嘴，什么都没说。

"哪个男人都喜欢在家待着，这不叫任性，对吧？"白宏笑着用身体碰碰陈静，对潘子晴解释为什么突然回家了。潘子晴就点头。

陈静冲他一笑，甜美得像个姑娘。"等你结了婚就懂了。"她跟潘子晴说话却看着白宏。陈静手里切着橙子，切好一半送到白宏嘴里。白宏张嘴吃。好像他没有手。动作配合得刚刚好。

潘子晴多少有点儿看傻了，"哎哎，有点过啊。我还真不懂了这个。"她实在看不下去了。

"这就叫做幸福，幸福就是老婆孩子热炕头。"白宏说着嘴里还含着半个橙子，"真的，你来之前我们正商量呢，要个什么样的孩子。"

潘子晴被这两个人弄得有点儿蒙，她不知道之前到底发生了什么，她脑子里闪过的画面基本上是法术爆发或者妖灵附体。"说说，怎么打算的？"

白宏充满热情地说："真的子晴。我们刚才正商量，还有两年这个房子就差不多还清了，我卖上两幅画，经济就是一个大翻身，所以，我们打算，今年，这个月，哦不，就今天！要孩子。你知道吗？有孩子的生活，才是脚踏实地人间烟火。"

潘子晴转头问陈静："你同意了？"

陈静睁着眼睛说："干吗不同意啊？我多大了，你以为我跟你似的，我可等不了。我们还说回头把我妈接来，对吧？"她转头问白宏。

"对啊，家里有老人有孩子，才完整。你说呢？到时候你继续蹭温暖，随便蹭！免费大派送！"

"我还想以后不管男孩女孩，从两岁就带她去博物馆、天文馆、音乐厅，从怀着的时候就听巴赫。"

"对！只有巴赫才是永恒的。我教她画画，绝对不限制，给他一个房间，就我那个书房，改成儿童房，墙上就能画，地上也能画，随便，这样保不齐就是一个小画家。"

"我还打算从孩子两岁开始，就带她旅游，开阔视野，现在小孩的行动能力特别强，像一块巨大的海绵，我还想每年带她出一次国，什么卢浮宫啊、教堂啊、最好早期教育就在国外。"

"对，然后回国就上高中，基本上中西教育的优点就结合起来了。"

就这样，你一句我一句，这个连影儿都没有的孩子一瞬间就要娶妻生子了。两个人头一次这样一致，这样幸福，这样合拍。对于潘子晴来说，就像是看了一场话剧，台词对得默契合拍，可总觉得浑身不舒服。

"停停停，这么多年没看出来，什么相敬如宾啊、比翼双飞啊、举案齐眉啊，说的就是你们现在吧？我算是见识了，你说我没结婚不懂，现在我承认了，我真不懂！我现在就回去好好给你们备个案，方便后人研究。"潘子晴终于找到一个空隙插了一句，她是真听不下去了。

"怎么了？我现在眼睛看不见了，心里清楚了，幸福，就是刚才我们说的那些。"

"我也觉得，这些年光顾了工作了，忽略了他，你刚才说什么？比翼双飞？对，就是要比翼双飞！一起飞，飞到老，飞到死，我们也在一起！"白宏顺口这么一说，潘子晴听着却打了一个冷颤。

白宏还继续劝，"子晴，赶紧找一个和你一起飞的男人。不结婚，你不知道这种幸福，它跟你书上研究的不一样。体会体会，你必须要切肤，才能体会！"

潘子晴狂点头，"好好好，我现在就去找，你们在家继续幸福，继续畅想未来，我呢，出去找另一半去。啊！"潘子晴说着站起来，慌不迭地夺门而逃。

随着潘子晴离开。陈静和白宏亲昵的动作瞬间停止了。

两人依旧坐着，实际距离不变，都面无表情，却好像隔了千山万水。什么话都不想说了，陈静突然觉得很累。

今夜两个人第一次分床，白宏抱着自己的被褥放在书房的沙发床上，陈静帮他铺好，整个过程谁也不碰谁，谁也不说一句话。好像刚才的亲密消耗掉了俩人一生的热情！

翌日，陈静起得比平时早很多。穿好衣服，独自选择丝巾。给白宏特意准备了早饭，这才穿鞋，准备出门。没想到白宏开门出来，也是穿戴整齐，打算送陈静上班。

她觉得尴尬，他坚持要送。非但要送，还要在出门口的时候，亲上一下，抱上一抱，像是美国电影里的幸福家庭一样。

不能拒绝，也没法接受，亲一下在这个时候，比砍一刀都难受。

白宏的手张着，站在陈静面前，没有放下来的意思。

陈静只好把脸凑过来，轻轻扶着他的手臂，就算亲一个浑身泥污的乞丐也没有这么困难。

10、我不需要你的怜悯

陈静知道潘子晴绝不会相信自己和白宏的精彩演出，可是没法子，难道要她露出自己的伤痕让子晴评理么？她一向鄙视那种收集别人道德感，拿来当武器的行为，而且她也从没觉得自己在婚姻里需要什么人来指点迷津。可是现在她真的有点儿喘不上气的感觉。她不能向子晴倾诉就等于不能向任何人倾诉。白宏可以向自己发泄他面临失明的恐惧，她向谁发泄呢？问医生，医生见得多了，只管患者怎么样就算是好医生了，至于你们家属，算了，失明又不是绝症。可是陈静知道，白宏的病不在身上，在心里。

晚上又因为喝酒的事儿吵了一架。

"我就要现在喝。"

"行，你喝什么酒，我去买。"

"二锅头。红星，大瓶的。"

"红酒好不好？柔和一点儿，葡萄酒对身体还好……"

"二锅头是粮食酒！怎么就不好？"

"算了！我不用你买，我自己去。"

"我去！马上，现在，行了吧？"

白宏吧唧坐下了。不说话。

等陈静穿好了鞋要下楼，白宏又说他不想喝了。

陈静也故意让自己逆来顺受，跟自己暗自较劲儿，不就是折腾嘛，让他折腾，陈静心想，折腾累了，也就好了。这是陈静安慰自己，医生都说了，要顺着，我陈静索性顺到底，白宏是顺毛驴，这个意思就是第一要哄，第二本质上是驴！就这样顺着他，等着秋后算账。没想到顺着也不行。

　　"陈静你看不起我！"这话好像是个闷雷，声音不响可是后劲儿十足。

　　"我哪儿看不起你了？你要干嘛就干嘛？我还怎么看不起你？我都不敢管你！"

　　"你以前哪次少管了？干嘛现在又不管了？我没救了是吧？"

　　陈静压压火，调整了口气说："谁说你没救了，现在不是挺好吗？"

　　"我从医院回来你一句都不责怪我。我等着呢！我从昨天等到今天，我等你让我回去，骂我，数落我！我偏偏就是等不着！你还是陈静吗？你怎么能就这样让我，让这么一个大活人，就这样放任自流了呢？"白宏说着还拍拍自己的胸口好像证明这个大活人不是空心的萝卜，"你什么都不用说了，我知道，我看不见，我心里知道！你一直都觉得我没用，无能！别人说我是艺术家，你其实不信。你是对的，到现在，我一幅画都没卖出去过！还发脾气！还，对，还砸学生的作品，两次评职称我都上不去！我有什么用？这个家，你挣得比我多！贷款是你付的，物业是你付的，他妈的连你自己的衣服、鞋都是你自己买的！你用得着我吗？用不着！一点儿都用不着！这个男人放在家里除了添乱，除了惹麻烦，还能干什么？还得你去解决他学校的麻烦，还得你去维护他的同事关系！真的，陈静，他哪怕早早地按照你的要求生活，都不至于到现在这个地步！他凭什么不服啊？他没资格！他就应该服！他就应该在你跟学生道歉的时候，服！认！他生什么气？他要是不治气真不至于把自己弄成这样！他活该！他就是没认清自己是个什么东西！"

白宏用第三人称说自己，说得狠，狠得让陈静听不下去。这些话好像是鞭子，说出来的时候好像是在抽自己，其实鞭子上的刺都扎在陈静身上。她看着白宏，一句话都说不出来，好像被打哑巴了一样。

"你对我好，我知道，每次结婚周年纪念，你记得比我清楚，每次都给我惊喜。我……"陈静开始真的想安慰白宏了。

白宏一举手，"打住！别以为我看不出来，你没有一次觉得我的安排合你心意。我那会儿不瞎，看得见！因为我干扰了你的计划，打断了你的生活节奏！对不对？我怎么做你都不满意！现在你说，你到底要什么？我死也给你做到！"

一个晚上两个人谁也不说话，

陈静心里反过来调过去的都是白宏的话，他伤心，是这些年的伤心，不是眼睛的问题，不是身体的问题，更不是职称的问题，什么问题都不是，可什么问题都是问题。白宏是针对她。陈静不生气，至少现在不生气，她听出来白宏的难过，她反思自己婚姻里的霸道，陈静想和好，和好，哪怕是暂时的。

"你不在我身边，我睡不着。这么多年，又不是没吵过架，我们以前再怎么吵也从来没有分过床。现在这样，我真的睡不着。"陈静想只要回到大床，我自有我的办法。

没想到白宏还是坚持睡在书房。"我不是针对你，你没错！是我自己心里不痛快，看不见了，心里有股子邪火，我自己知道，不怨你，这两天一跟你吵完，我心里就难受，我怎么那么混蛋！你对我好，一心为了我，我还跟你吵，气你！我自己都骂我自己！真的。可是每次面对你，我就忍不住。我不想让你难过，心里憋着一股邪火，像我似的。哎，你就让我自己睡几天吧，清净清净。"这些话说得理智清醒，是陈静这些天一直想听到的话，是她平时认识的那个白宏，

46

可是现在听着却那么难受，尤其是他还是坚持分床，这个决定像块石头一样压在陈静心里，让她此时说不出话来，还能说什么呢？白宏已经替她说完了。更何况，经过这个晚上，陈静已经没法子分辨白宏的话哪句是他对自己真实的看法，都是或者都不是。

陈静还没想好该怎么回白宏这番话，门铃声响起来。

这次来的不是潘子晴，而是白宏那伟大的丈母娘来了，也就是陈静的妈！没打招呼，晚上来了。提着行李打算住几天，没有任何预兆。

"妈？"

陈母是个摩羯座的女人，四十岁丧夫，至今独居，谁劝都没用，就一句话，"知道了。"她都知道了你还能说啥？别说了呗。现如今孩子结婚本该一起生活，陈静劝完了白宏劝，还是那句"知道了。"人来过，看看又走了，北京的交通太差，赶着回去看她那几盆花呢。

今天人来了，打开门，陈建提着大包进来了。

陈静一愣，陈母跟在后面也进来了，按理说陈母应该就不知道这个事儿啊。

"姐，我把妈的东西放哪儿？"看着行李，陈母打算长住，不是不可以，是时候不对！

陈母来了，对两个人很不自在的神情完全视而不见，先是数落陈静不收拾家，后是数落陈静照顾白宏不到位。都说完了，最后老太太站在客厅看着两个人问："今天晚上我睡哪儿？"

陈静把白宏的东西抱回卧室，白宏跟在后面，不敢反对，老太太门一关，睡了。这两口子门也关了，却睡不着。

偌大的一张床，一人一边坐着，陈静看看白宏的背影："我没想到妈会来，我没……"

陈静想解释不是自己叫妈来的，张嘴没说出来，半晌，陈静说

47

了句:"睡吧。"说完拉起被子侧身躺下,脸朝外。白宏在身后慢慢躺下,后背对着她。两个人之间的距离足足可以睡下一个四仰八叉的成年人。陈静忍不住回头看了他一眼,白宏一动不动,呼吸很轻。她知道这个夜晚必是个无眠之夜。

11、幸福是需要配合的

在陈静家受到惊吓之后,潘子晴好些天没再联系陈静,不为别的,吓得够呛。甚至有那么几天她都没有去泡吧,也没有唱K,连聚众玩杀人都没有,清心寡欲地在家里待着,上网,各种帖子,宠物帖,搞笑帖,议论时事抨击房价的,但是最多的一种就是幸福帖,说是幸福,其实就是男男女女那点事儿,炫富,求保养的,要么就是技术帖,把男人分成若干,女人若干类别,一一分析,再不然就是婆媳帖,一天到晚不是打就是闹,争夺老公的绝对控制权,加上各种婚前利益不平衡的泄愤帖,最后一种就是甜甜腻腻的幸福素描帖,告诉人们什么是幸福,什么是爱情,什么是真正的老公,什么是真正的媳妇儿。一路看来婚姻真是一个可怕的气场,人人都有一肚子苦水,人人都有满脑子的幻想。人人都要幸福,可幸福在哪里?照潘子晴的看法,幸福这玩意儿,有就有,没有就没有,绝对不能假装有,比恐怖片还恐怖的是,恐怖片自己并不当真,可假装幸福这事儿必须当真,一当真了就可怕了。

要说潘子晴这两天寂寞,也不完全是,还有郑云呢。那天见面之后,郑云留了潘子晴的电话,第二天就打了,还专程来看过潘子晴的店,顺便邀请她去自己的工作室一观。

"以后再说，肯定要去的。"

虽然郑云经常打着电话，做出随叫随到的低姿态，潘子晴也根本没当回事儿。郑云比她小，关键是他还单身，这种小男孩，又是单身的，十有八九玩不起，且容易认真。潘子晴的原则是——在我没认真之前，你不准认真，一旦我认真了，你就必须率先认真起来！好在晴格格还从未认真过。

在家里闷了好几天，她决定还是出门放放风。网上的世界，看着真实，其实都是人们的臆想，聒噪得久了，难免会相信，以为那就是现实了，就像凌晨地方台的那些半个小时长的广告，一惊一乍的又是科技又是效果喋喋不休地歌颂，一不留神就会信以为真。

潘子晴出门是受朋友邀请参加一个沙龙，一个小型的现代艺术展，主要讨论中国的艺术市场。正好前些天用艺术钓自己的某男打来电话，邀功似的说搞到邀请券。潘子晴照照镜子，决定去。

席间和郑云相遇，寒暄了几句，顺便看了他工作室提供的画册，某男向潘子晴炫耀自己的外语能力的样子，让她着实难受。整个开场，某男带着潘子晴到处炫耀，逢人便说潘子晴的学历身份，好像这样显得自己很了不起的样子，一轮下来结结实实地恶心了她一把。

不待了！潘子晴连借口都懒得找，正在某男又一次介绍她的时候，冷冰冰地说了一句："你真够让我恶心的！"然后掉头离开，连想想此人此时错愕的神情都是多余。

独自一个人先自结束了沙龙，顺着路出来，才发现这艺术就是远离大众，地方是真他妈偏僻，交通是真他妈不方便，出了漂亮的大门竟然还有一段土石头路，高跟鞋走得歪歪斜斜，要不是今天自己的车号限行，怎么会这么倒霉。

"晦气！"

身后一辆车停下来，探头的是郑云。

"上来！"口气好像命令。

潘子晴看他一眼，学着他的口气说："下来！"

本是玩笑，郑云还真下来了，还问："下来了，干嘛？"

潘子晴扑哧乐了，挺好玩！

她靠着郑云的车身，打开包，拿出一双几乎卷在一起的船鞋套在脚上。"靠靠。"然后顺便掏出烟来，点上，"歇会儿。"

郑云看着潘子晴这架势，一愣，他也老实不客气，顺势靠在潘子晴身边，接过潘子晴手里提着的高跟鞋，

"这就是刑具。"然后用另一只手把她的烟拿了过来，"别抽烟，对皮肤多不好。你这可是拿自己的美貌当错误犯，绝对不能容忍！"

潘子晴刚才的坏心情一扫而光，饶有兴致地看着郑云，他一点儿拘谨都没有，好像两个人已经熟悉到骨头里似的。

"有句话怎么说来着？姐抽的不是烟，是寂寞。"潘子晴回敬道，不能输。

郑云把潘子晴抽过的烟放在自己嘴上，狠狠地吸了一口，吐一个烟圈。"哥抽的也不是烟，哥抽的是信仰！"

"你信什么？"

"什么都信！"

"比如？"

"金钱、美女！"

"土包子！"

"爱美之心人皆有之，凭什么我就是土包子？"

潘子晴一愣，"说得也是！赖上你！"说着从郑云手里拿过自己的烟，正要抽，被郑云拦住了。

"这烟我抽过了。"

"怎么了？这是我的烟！"

"我抽过了，你再抽，这可是调戏。"

潘子晴又是一愣，看看手里的烟，又看看郑云，突然对这个男人又有了几分兴趣。

她看着郑云，慢慢地把烟放进嘴里吸了一口，吐出来，问他："是我调戏你，还是你调戏我？"

她以为这话怎么也能吓唬一下郑云，没想到他摇着头说："现在的女人怎么都这么不矜持！"

"怎么才算矜持？"

"至少你先要表示出拒绝调戏的样子。"

说着郑云上车，示意潘子晴也上车。

"然后呢？这就是矜持了？"

郑云一边发动车一边说："要等我主动邀请。"

"然后我再接受？"潘子晴坐好了。

"NO！要拒绝，再拒绝，然后要犹豫，但是还要拒绝，让我们男人可以一而再再而三地要求，最后半推半就的，我的得逞才有意思嘛！上来就直奔主题！没劲！"郑云这样说着，调整一下后视镜。

"看来你的经验不少啊？"

"那当然。"

"有两位数吗？"

"那当然！"

"都不矜持？"

"所以我一直孤家寡人啊！"

"真委屈你了。"

送到潘子晴家楼下，潘子晴问他："上来坐坐么？"

郑云从车窗里看了看，摇头说："你这么不矜持，我就不上去了，危险！"

"呦，没看出来，你是一个有原则的男人！"

"当然了，你要是今天能矜持一点儿，我说不定就上去了。"

潘子晴笑着点点头，"真对不起你！"

郑云重重地叹口气，"唉，白跑一趟啊！"

潘子晴下车，看着郑云离开，心里倒挺满意，一来这个人有意思，二来不烦人，挺好，懂事儿！男朋友就算了，朋友还可以，说不定他能帮我出出主意，看我这店里缺点儿什么，嗯，也是个搞雕塑的……她一边想着一边上楼去了。

看着好像郑云没用心，转头就到白宏那里汇报工作了。

郑云自打见过潘子晴他就想不通一件事儿，美女嫁不出去的，不奇怪，这些年他做了不少行画，接触很多模特，美女见多了，可是有味儿的美女没见过，那些女人都漂亮得像玻璃糖纸，一动哗啦啦地响，薄得透光，第一口挺甜，接着就没意思了。他总觉得没劲儿，也一直没结婚，女朋友不断，可是一直没感觉。

"这个世界上有一种女人，生来就是祸害男人的。浑身上下没有一点儿不符合完美女人的想象，漂亮、解风情、潇洒、明朗、爽快，然后还有文化，不是一点儿，很有，有很多，一般的人还没她有文化，可怕的是还有理想，还能挣钱，挣得还很多，这就很要命了。更要命的是见过世面，对自己的生活有她的想法，活得很明确。你说哪个男人看了不动心？但是话说回来，动心容易，动手难！她什么都有，什么都强，你用什么吸引她？唉！那就是个祸害！最后活活把自己耽误了！"白宏这样给潘子晴下定义不是头一次了，不过这次对着一个男人，他这些话说得就格外有滋味。

郑云若有所思地想了半天，"去他妈的，让她祸害就祸害了！我乐意！只要她喜欢男人，这就好办！"

可天底下的事儿哪儿那么好办呢？你想让人家祸害，好像还挺牺牲小我似的，人家还不乐意祸害你呢！虽然殷勤地送画，帮她布置店面，时不时还请潘子晴喝个咖啡，参加个沙龙，来来去去几回了，对他还是不冷不淡的。

12、试探原本就脆弱，无论结果都伤心

陈静下班回家没想到又是一家人，郑云、潘子晴、陈建和陈母都围着厨房忙活。陈母说白宏闷了，叫大家一起吃饭，热闹热闹，陈静这才放下心来。这些天陈母照顾白宏，基本不再闹了，怎么也要给丈母娘面子。陈静这才喘口气，好好地工作了两天。

大家吃饭，喝酒，白宏给人们盛汤，告诉大家这是他特地做的，别的没多说，大家心里清楚他是想证明自己就是瞎了也什么都能干，不愿意拖累麻烦别人。这碗汤放在面前，人们面面相觑，陈母为了让白宏高兴，还解释说自己一点儿都没帮忙。一时间家里安安静静的，只听见喝汤的声音，屏住呼吸，喝一口，咂咂嘴。没放盐。还有股奇怪的味道。该怎么表示？郑云看看陈静，潘子晴看着陈静，陈母看着白宏，陈建还是看着陈静。陈静说好喝，口气很自然，还顺便多喝了两口。紧接着潘子晴也说好喝，陈建也说好喝，郑云跟着说好喝，还说这汤这么好喝，一般人做不出来。白宏一个一个地问，直到陈母。

陈母察言观色，喝了一口汤说："忘了放盐了。"

白宏叹口气说："对啊。就妈喝出来了。"这句话说完，几个人都安静了，安慰，有时候比批评还伤人，他们懂，该说什么呢？

陈建第一个开口替白宏找理由，接着你一言我一语的，都说即便没有盐也好喝，就是我们做饭，也会忘了放盐，这不算什么……

白宏只顾喝酒，也不说是也不说不是。

陈母劝慰他说："白宏，他们也都是好心。"

这一劝，白宏更伤心了，他放下酒杯说得伤感："就怕这个。好心，没实话，哄着我，只要我高兴怎么都行，陈静，你说味道还不错，对吧。但是我不喜欢这个味道，我恨这个味道，我最受不了这个味道。其实你自己也不喜欢，你想吐，但没敢吐出来。怕我发现。你以为我看不见？我都知道。我心里有面镜子，我知道得清清楚楚！"

陈母听不下去了，眼眶发红。

陈静赶紧吩咐陈建："你姐夫喝多了。陪妈到屋里去看电视吧。"

陈母走了，她摇摇头什么都没说，孩子们长大了，心思复杂了，自己管不了，还得让他们管自己，唉——

老太太离了场，这顿饭的意思才出来。

白宏抬头瞪着天花板，"子晴你是陈静多年的闺密，你比我更了解她是不是？你亲眼看见了，我们俩当着你的面，合伙上演了一出夫妻恩爱戏，那是专门给你看的，你说你信吗？别说你不信，我也不信，但我想信，特别想，可就是信不起来，如果我能骗了自己就好了，或者她，"他指着陈静，"能骗得了我也行。我试了，做不到！我做不到，她也做不到，我难受，她比我更难受！以后，她得天天说谎，我要天天假装相信。以后我们俩得在谎言和欺骗里过一辈子！你了解陈静，她不能容忍谎言，不接受同情，但是今天她偏偏对我说，味道还不错。是，你们一个一个，都有权利同情我。子晴啊，你来的那天晚上我死的心思都有！我活个什么意思啊我？"

陈静阻止他，"别说了！"

白宏一拱手，"对不起，我又错了。"

"咱明天回医院，去治眼睛。治好了，就皆大欢喜啦。"潘子晴劝，还顺便给郑云使眼色。

郑云也跟着劝他去医院。

白宏抓着酒杯伸过来，"好，我听子晴的，我去治眼睛，我一定治好，治不好眼睛我不回这个家！"

　　潘子晴眼睛一瞪："这话我不爱听啊！什么就不回家，这个家怎么你了？陈静对你不好么？你说她骗你，她要不是为了你，她骗你干吗？你拍胸口想想去！对不对！"

　　白宏深深地点头说："对！子晴说得对！"他已经带了三分醉意。

　　陈静一言不发看着白宏闹，潘子晴跟白宏讲道理，郑云看着潘子晴，一句话插不进去。

　　潘子晴也有几分酒劲儿，"你说你们合着给我演夫妻恩爱的戏，你自己不信，但是我信！我告诉你，我现在就是没人跟我演一场恩爱戏！你有人这样配合你，你还不知足，还不信！白宏，说句不好听的，你是东西吗？"

　　白宏点头，"我不是！"

　　郑云开始劝白宏治好眼睛，他的画廊等他的加盟，说着就是一通美好的未来设想。

　　就当大家都安慰他，劝他别再喝的时候，谁也没料到陈静从郑云手里拿过酒来，给白宏倒上。然后塞到白宏手里。郑云和潘子晴都愣住了。

　　白宏抓住酒杯，没喝，陈静的动作让他也是一愣。

　　陈静却说："我陪你喝！"她突然略显狂态，一杯酒一饮而尽。

　　潘子晴和郑云都看傻了。郑云要阻拦，被潘子晴拉住，冲他摇摇头低声说："不懂事！"闻言郑云就坐在潘子晴身边，一起看着这对夫妻演出。

　　陈静继续倒酒，一人一杯，对白宏说："你现在失明了，你心里害怕，我明白，我懂！你以为我不害怕吗？"陈静拉住白宏，"喝呀。"

　　白宏举着酒，喝了。

　　"你说你怕我们可怜你，怕我们同情你，怕我们骗你。你看不见，我看得见，这个怕，我比你看得清楚！明白！不就是喝酒吗？喝醉了，什么都忘了！一醉解千愁。我今天就陪你喝，你不喝醉了，不许走。咱们没完！我告诉你白宏！这么多天你怎么过来的我知道，可我怎么过来的你知道吗？你不知道！不是只有你一个人前无去路，我也一样，你瞎了，我也一样！什么是婚姻，子晴，看见了吗？这就是婚姻！"

陈静抓住白宏的酒杯倒，然后给自己倒，一瓶酒倒空了，陈静抖抖酒瓶。她拉住白宏，说："不管喝多少酒，醉得多厉害，一觉醒来，全醒了。你说对不对？"

"对！"

"醒了就得活下去，对不对？"

"对！"

陈静狠狠地跟白宏一碰杯，"干！"

在潘子晴和郑云愕然的神情中，陈静又干了。

白宏没喝，身子向后靠去。

那个椅子歪了，白宏重重地摔在地上，酒杯里的酒全洒在脸上，半晌，他大呼一声："痛快！"

13、初恋不宜再见，再见就是灾难

再次入院，白宏表现得非常配合。

就在一切都安排妥当、风平浪静的时候，一个人非常不合时宜地出现了。

其实陈静并非从没有想过这个人，他也不是陈静私藏的秘密，无非是一个初恋情人罢了，就算是当初的分开有多么不近人情不愉快，时隔多年也淡了。有时候她还会偶尔梦见这个男人，面孔模糊，永远是当初的年龄当初的样子，而梦里的自己却在变老。每次梦见他陈静还是会勾起很多回忆，当然在回忆的同时还会猜想一下这个人现在是什么样的，在干着什么事情，有时甚至会想象一下再遇见时的情景。可是现实永远蹲在你的想象力之外，看着那些手拿把握的人突然之间变得慌乱，窃笑不已。好吧，就在白宏目前的情况下，陈静遇见了他。

穆少卿不是白宏陌生的名字，原本陈静不必担心。讨厌就讨厌在他出现的不是时候，更不是地方。好死不死的在这个医院，还是院长，你不求他，他都帮你。接受不接受，陈静都难受。

穆少卿现在算来也近四十了，保养得不错，加上年龄气质的打磨，这个男人格外有魅力。当然这是对外人而言，不是有句俗话说"仆人眼中无英雄"吗？老婆眼里也没有好男人！更何况穆少卿同志这些年阴差阳错娶了一个大自己六岁的女人，住在岳父家里，妻子带着一个孩子，现在已经初三了。怎么描述这个关系呢？按照老百姓的想法，这个男人肯定是因为岳父有能力才如此，要不然老婆是二手的，儿子连二手的都不是，他还活什么劲儿啊！对！老百姓的说法没错！但凡这个婚姻看起来不那么理所当然的，肯定里面有问题。不过，问题总结出来是一个问题，放到一千个人家就变成一千个样子。穆少卿岳父姓徐，所以妻子也姓徐，单名一个航，好名字。徐父是前任卫生部副部长，所以穆少卿现在做一个三甲医院的院长也不奇怪，虽然他对医学是半路出家。话说徐父在任的时候就器重他，还把自己女儿嫁给他，很简单，老岳父是在这个年轻人身上看到了自己年轻时的影子。栽培——说得通俗一点儿就是变相自恋。

这个故事要是放在戏里，那就是知府大人提携才子，才子做了堂上客，娶得貌美小姐一枚，洞房花烛，说不尽的风流。就算是横生枝节也无非是才子原配跑来哭哭闹闹的。现实就没那么美好了：做了知府大人堂上客，自此换来一展拳脚的机会，娶到手的小姐却已经不小了，不用自己动手连儿子都备好了。这就是现实，每天都要面对的现实。

　　穆少卿不是才子，才子——前面说了，都是病人。穆少卿很现实，岳父把他当成亲儿子，这个亲不光是把女儿交给他，而是女儿想跟老爷子说点儿什么，还得通过穆少卿。亲吧？没有比这个更亲的了！那个二手的儿子，人家姓江，江海城，这小子也跟穆少卿关系铁。为什么呢？自古以来两种人际关系最难处，一是婆媳，二是父子——尤其是儿子处于青春期的时候，父子关系就变成两个雄性之间争夺领地的关系，紧张！不过，穆少卿是二手的爹，他没有什么榜样权威的压力，再说这个家原本也不是他的领地，那是岳父的，位置明确，反而能放得下来，跟海城做朋友。海城也乐得有人庇护自己，看课外书，交女朋友这些事儿一概不瞒穆少卿，甚至还有些炫耀。话说回来，穆少卿也不是纵容他，该提醒的也提醒，有时候照顾海城比他妈都上心。其实是穆少卿喜欢海城，面对他的时候，没那么累，没那么多压力，聊聊现在孩子们的游戏，九〇后又出什么幺蛾子，就算聊生理卫生，穆少卿都觉得轻松，面对客厅里的那对儿父女，话题就不这么简单了。不是张处王处，就是内部关系调动，有时候岳父还要询问穆少卿有什么远大的政治抱负。他当然有，进这个家就说明他有，可是，有归有，不见得能告诉你，不说又很麻烦，面对那父女俩对自己仕途前景的殷切希望，穆少卿连回家都得做政治报告。于是穆少卿一下班不是接海城放学请他甚至包括他的小女朋友一起吃饭，就是回家钻进海城的房间以监督为名，躲清净。有时候，两人一人捧一本武侠看得津津有味，偶尔还要争论一下最痴情的是杨过还是黄药师这样的问题，这个问题最后被海城灭了，他说是东方不败。穆少卿无语凝噎。有时徐航推门进来把两个男人一大一小通通一顿数落，好像两个儿子一样。

说到夫妻感情，穆少卿最推崇的一句话是在电视上看来的，一个经济学家说"婚姻分两种，能忍受的和不能忍受的"。这话一听就是男人说的，男人对婚姻的要求低，期望也低，根本谈不到成就感，没有一个男人会为自己妻子儿女家庭和睦感到成功的，这是价值观问题。穆少卿的婚龄没那么久，不过刚结婚两年他就深刻体会到这句话的含义。然后一切不作他想。其实想在婚姻里寻找幸福，多半是女人。所以说做老公一点儿都不难，尤其是有事业有野心的老公，凡事不管，专心工作，只有一样：别劈腿。

门铃响起，穆少卿开门，"找谁？"他看了一眼面前的女人。

门口一个略带妖艳的女人，胸前的大波浪卷发，外加齐刘海，两侧的头发中还有些许别的颜色，戴一副墨镜，下巴很尖。

她摘下墨镜："不认识了？"

穆少卿这才又看了一眼，"差点儿认不出来。"说着返身到客厅。

进门的正是穆少卿的妻子徐航，刚做了美容，回家炫耀，没想到穆少卿没夸一句反倒泼冷水。

"这个肉毒杆菌技术在临床上不过关，你怎么做之前不跟我商量呢？"穆少卿看了看她，说得很温和。即使是这样，徐航还是瞪他一眼。

海城听见声音，从房间里出来，走到徐航身边。

徐航揽过儿子的肩膀，"来，儿子，看看妈妈年轻没有？眼睛没有皱纹了吧？"

"年——轻——，妈，你这样出去，人家都以为你是我姐，哪儿是我妈啊！"

徐航一扒拉他脑袋，"这小子！"

"我这是陪张局的爱人去的，她认识那个医生，技术绝对没问

59

题。我就顺便做了一个，要是好，回头我都做。"徐航描述着，神情很是得意。

"这个肉毒杆菌在临床美容上，还不能用于全脸。他没跟你说吗？"

"怎么不能用，这不挺好的，你看！"她凑过来，让穆少卿看自己眼角和额头。

"好是好，就是坚持不了三个月，然后很可能引发面部肌肉僵硬。这种表情特别多的地方，什么眼角啊，鼻唇沟啊，脖子，这些面部表情丰富的地方，都不能做。现在也就是在额头上能做一下。哎，这个早就发禁令了，他们怎么能做呢？"穆少卿这几句话说得规矩，没错，而且也是秉着负责的态度，他也不希望家里有人因为美容出点儿什么医疗事故。

"我那是三甲医院做的。资深美容师，从韩国刚回来。怎么？就你知道，就是你专业？我这打都打了，就不能说句好听的？"

"我是为你好！怕你以后有后遗症。"

"我现在好得很！"

"徐航！怎么说话呢？"徐父也被他们争执的声音吸引出来。

穆少卿低声地说："爸，"然后摆摆手，"不说了，好吧？"

海城坐在穆少卿旁边，"你看，这就是你不懂了。女人做美容，那是天性。不管做成什么样都只能夸奖赞美，千万不要提供意见！男人要懂得女人想听什么，她想听什么就说什么！我跟你说……"海城一副很有经验的样子一边吃着，一边教导穆少卿，"赞美是一个技术活，首先要关注变化，尤其是女人刻意做出来的变化，一定要毫无立场地赞美！其次有些话是禁语。禁语你懂吧？"

一桌人看着他得瑟。

"什么老了没关系、衰老也是美的、女人的内在更重要、我一点儿都不嫌弃你胖……这都是禁语。你要是想分手了，可以这样说。"

徐父看着海城，直皱眉头。"你在学校都学什么了？你这是早恋你知道吗？这不是正经事儿，你要把精力放在学习上来，马上就中考，你什么时候在桌子上谈谈学习！"

徐航倒不生气，口气也不善，揶揄地说："海城，老实交待，交了几个女朋友了？我看你小子都成专家了！"

穆少卿此时一本正经，好像没听见一样，在海城连忙跟两个家长道歉保证，争取权利失败之后，穆少卿幽幽地说："让你得瑟，露馅了吧？"

穆少卿这个三甲医院的院长，次日上班竟然在医院大门口遇见了多年没见的潘子晴，本来是好心打个招呼，没想到她还和十几年前一样，横眉冷对，弄得他非常扫兴，没道理么！他这么想。想想就过去，上午还有一个会，几个比较特殊的病例要集中起来研究一下，今天早晨是脑神经外科的会议。

他是半路出家，反而对医院医疗本身非常热情，"这可是国计民生的问题，不能含糊！"这是他嘴上经常说的话。

会刚开始没有多长时间，一个女人推门进来，非要找孙医生，看来是急事儿。孙医生堵在门口和那个女人说了几句话，穆少卿突然觉得什么地方不对，出错了！怎么浑身不舒服呢？他烦躁地回头叫孙医生，目光刚好和那个病人家属对上，太熟悉了——陈静。

一天之间，穆少卿遇见了潘子晴，跟着又见过了陈静，还见过了陈静的爱人丈夫老公白宏，这个人现在就在自己的医院里，也就是说，只要自己愿意，甚至于自己不愿意，也会经常地看见陈静。

白宏的表现非常大度，还说幸亏当年穆少卿放弃了，才得了陈静做妻子，穆少卿不好说什么，潘子晴站在他身后，冷气已经飒飒地飘过来。抬头看见陈静面无表情的脸，穆少卿知趣，什么都没说，安顿好护士医生，就离开了。

14、对不起，我们离婚吧

白宏住进了单间。他明白，这是穆少卿的安排。安排病房的时候，陈建很高兴，还说医院懂事儿，就应该给见义勇为的人安排特殊照顾，这个社会还有几个见义勇为的，比大熊猫都少。他说他的，白宏听着，他什么都没说，说了就没意思了，更何况陈静就在眼前。她听着陈建一个人啰嗦，老公不说话，她也不说话，彼此心里都不舒服，可是谁也不能说，也实在是没什么可说的。

天色渐暗，外面的走廊上来回走动的人也少了，脚步声开始显得空旷起来。陈建被打发回家陪陈母，现在病房里只剩他们两个。陈静看着他，心里很不安，为什么，不知道。

花了整个下午，白宏弄明白了自己为什么就看不见，还不能直接安排手术。主治医生孙大夫讲病情，讲得很理论，从视神经网络的构成，到神经元受到冲击后的应急反应，简单地说白宏的失明并不完全是外伤造成的，而是由外伤引发了自身过度的应急反应造成的，这也解释了为什么失明是渐进的。而且不是去掉压迫性的血块就能解决问题。

"手术风险大么？"

"现在还谈不到风险，对你这个病例，目前还没有一个现成的手术方案可以借鉴，因为要设计一个全新的手术，所以风险要在手术设计完成之后才会讨论。当然我们设计手术的同时会首先考虑尽可能降低风险，你不要有负担，这个风险考虑也不完全是为了你，我们也希望做风险小的手术。毕竟要承担责任的。"

已经入夏，夜晚迟迟未到，风已经非常凉了，带着夏日特有的湿气，一段一段地吹进来。

陈静收拾好了碗筷，本该回家，却迟迟未动。两个人有一搭没一搭地说着不相干的话。陈静走到他的背后，轻轻地把手放在白宏的肩上。她几乎是等了好几天，或者说得更夸张一点儿，这几天她都在等这个机会，两个人，亲亲热热的，来一次，皮肤挨着皮肤，脸贴着脸，呼吸对着呼吸，然后一切就和原来一样，手臂紧一紧，声音轻一些，白宏什么都答应了，他会答应的，会的。这是陈静想的，想得很具体，很直白。

可是陈静的手指刚刚碰到肩膀，他躲开了。这个动作让她难受。她一把拉住白宏，说道："我是你老婆不是你的仇人，也不是你的债主，你不要这样，这样我……"声音中有几分哽咽。

白宏赶紧说："我知道你也不好过，我知道。"他嘴里安慰，可是身子却在躲。

"对不起！"白宏说得很不由衷。

陈静手上瘀青还没散尽，握着白宏的肩膀，用力一捏不让他再说下去。"别说对不起，没有谁对不起谁，我们是夫妻，没有谁对不起谁，你别再说了，这三个字我听着，伤心。"

白宏呼地一把搂过陈静，紧紧地，陈静反手抱着他的后背。这个身体这个味道这个温度，此时陈静心里先软了，人也跟着软了。她伏在白宏胸口，呼吸钻进他敞开的衣领里。白宏的呼吸落在她的头发上，温温的。

"我害怕，"白宏说，"我真的有点害怕。"

"我在呢，我会一直在。"

"我不怕你离开我，我怕的是那种貌合神离，同床异梦，却形影相随，我怕你讨厌我，甚至恨我，却要取悦我。"

这几句话说得轻巧，陈静听着却浑身一震，她想抬起头来想看看白宏的表情，却被他狠狠地抱住，不许她动。陈静的头重新靠在他的胸口，可是怎么靠着都不舒服，不如刚才舒服，那个绝妙的位置和姿势再也找不回来了，陈静慢慢地挪动自己的头，在白宏肩颈处蹭着，好像是挣扎一般。

"怎么会呢？我们不会的，你别这样想。"她嘴里还在安慰白宏，搂着的身体却开始有点儿陌生。

"我控制不住，我不知道为什么会这样，我这几天一直想告诉你，可我说不出来。"一个声音在头顶上响着，陈静有点儿不知所措。

白宏慢慢地俯下头，寻找陈静的脸孔，亲吻她的耳朵，脖子，脸颊。

陈静很配合，甚至更主动，她要这样，她要让自己放松，让自己立刻柔软的像一条蛇。然而这条蛇却始终是凉的，她没法子让自己热起来。她越想让自己投入，告诉自己这个机会有多么重要，越想着挽回白宏，她越是想这样，她的皮肤就越凉，甚至连动作都硬了起来。突然，陈静看见白宏紧闭的眼睛里，泪水涌出。

她不想看，不愿意体会他的心境，用力地闭上自己的眼睛。抱着这个男人，贴着他，抓着他的头发……他却忽然停下来，在她耳边问："你说，从前我一直蒙着眼睛摸你，是不是早就预料到有今天？"

陈静的恐惧一下子被激出来，好像洪水泛滥一样瞬间把她淹没了，所有的理性，所有的柔情、所有的打算，在这个夜晚的目的和渴望，都被淹没了。她打了个冷战。睁开眼睛，看着白宏眼睛也睁着，黑亮亮的，盯着自己身后的不知道什么方向。

白宏拉着、抱着她，贴着她的身体，把她拉向病床，中间遇到的障碍，输液架，水壶等等都被白宏伸手划拉到一边。稀里哗啦的声音在寂静中格外响亮。

黑暗之中，两个人动作迅速，没有更多的前奏，抚摸，两人迫不及待地脱了衣服，身体贴在一起，冰凉！他们摔在床上，床板硬邦邦的！他们的动作直接甚至粗暴，陈静觉得那只抓住自己膝盖的手又凉又硬，整条腿被压在一侧，从膝盖到腹股沟一阵疼痛蹿上来一直顶到嗓子。她嘴唇紧闭没出声，接着就是压在白宏膝盖下的小腿一跳一跳的疼。陈静没动，没有推开白宏，反而将他拉向自己。这个疼痛来得太及时了，太猛烈也太强劲了，像一阵风暴把自己脑子里的恐惧刺穿了，捅破了，留出大片的空白，布满了丝丝缕缕的疼痛。此时的疼痛像是一个氧气管，让陈静狠狠地喘了一口气。

对，就这样，一改平时的温柔体贴，什么缠绕啊，抚摸啊，通通被恶狠狠的撕拉取代。白宏动作凶恶像是要强奸她，陈静反手一把也重重地抓在他的后背，大腿和胳膊上，手指不是划过皮肤，而是刺进皮肤，陈静觉得手里抓的是一块一块的肉、是骨头。陈静尖利的指甲随着他的动作，跌跌撞撞地向一个方向划去，如同溺水之人攀爬岸缘时的手指，抓牢却无法支撑身体的沉重，一截一截地滑落，每一次滑落都显得绝望，手指尖所感受到的，都是这个人空前的粗粝。

但是，没成功。

动作可以凶恶，人可以粗粝，呼吸可以急促，但是身体最关键的那部分根本没有动静，不光是白宏，陈静也是。

疼痛能刺穿心中的恐惧却无法让身体潮湿起来，整个人干燥得几乎能着火了。陈静知道，她的小腹一直是凉的，冰凉，大腿也是凉的，像这个夜晚一样凉。她的动作更用力了，摸着白宏，抓他，咬他，但是无形中陈静的手回避了他身体的关键部位，不碰，白宏也不碰她。他们的动作始终停留在上半身和那些无关紧要的地方。

窗户微微开着，风一阵一阵飘进来，动作突然就停下来了，连彼此爱抚和安慰的后续动作也没有，分开，就好像从来都不曾接触过一样。原来这些凶恶的动作都是在掩饰，没想到越掩饰那个东西就越明显，现在就像一头深海的怪兽，冲出水面，庞然大物就在面前，再怎么假装它不存在都不可能了。

陈静打开床头灯。

白宏坐在床边一声不响。

输液架倒在地上，还有水壶和散落的药瓶，水壶破了，水流了一地。

两个人的身体在日光灯下惨白惨白的。

陈静什么都没说，开始穿衣服，从地上捡起来，抖开，套在身上，一件一件包括丝袜和丝巾，耳环也重新戴好。把刚才的凌乱一一收拾，这个过程有条不紊刻板得像一组程序，此时穿衣服没有夫妻欢好之后的慵懒，更像是躲避。陈静拿起白宏的衣服没有抖开就甩给他。陈静不看他，也不看自己，此时她不仅在躲对方更是在躲自己。恐惧经由刚才，更加肆意起来。

穿戴好自己，陈静重新变成陈静，开始收拾地面，扶起输液架，打扫摔碎的暖壶和药瓶。白宏这才摸着自己的衣服，一件一件，费劲儿地摸着穿，陈静没有帮他，没法子帮，避之惟恐不及，于是陈静就一直在收拾，她知道白宏在穿衣服，也知道他需要自己。就这样两个人默默地收拾了一切，包括自己。

白宏赤脚穿好裤子，陈静正打扫到他面前，细细的地收拾碎玻璃。白宏收起脚，听着陈静一点一点地扫、擦，窸窸窣窣。

突然，陈静的头顶上传来白宏幽幽的声音："小静，我们离婚吧。"

一语即出，两人都愣了。

陈静慢慢站直身子，"因为什么？"这四个字说得慢，好像说快了就会发生什么似的。

白宏不吱声。

"因为刚才？"

白宏没动，也没说话，头也没抬。

"还是因为你的眼睛？"这几句话速度一个比一个快。

白宏慢慢摇摇头。

"难道因为我们感情出了问题？"这句话说出来，陈静刚才所有的努力都白费了，无论她把自己武装成什么样子，多么冷静，这句话说出来，她的难过、绝望、不甘、恐惧、伤心掺杂在一起，就这样翻了起来。

白宏还是沉默，没有话，没有一句否定或者解释。

陈静火了，声音一下子大了起来，她对着白宏吼："到底是为什么？"

"就是你说的，都不是，又，"白宏深吸一口气："都是！"他的声音嘶哑，说得艰难。

"你考虑好了？"

"嗯。"

"什么时候考虑的？"

"刚才。"

"为你自己考虑还是为我考虑？"

"为我自己，也是为你考虑。你才三十五岁，还可以重新开始自己的生活，机会还有很多……"

"这就是你考虑的结果？"

"对不起。"

"别跟我说对不起！"刚才对自己声音的控制又一次失效了。

白宏喃喃地说："对不起。"

"离了婚你以为就解脱了？谁照顾你？你受得了吗？你能习惯吗？你这样根本就是任性、逃避！你以为离婚就什么都能解决了吗？"

她一声比一声大，情绪激动，这些天来压抑的情绪在这个时候终于爆发了。

然而，白宏只是垂着头说："对不起。"此外多一句都不肯说。

"你为我考虑？你让我如何自处？我怎么面对陈建，我妈，你妈！我还能面对你？面对我自己？你置我于何地？"

"对不起。"

"你少来什么对不起！你在跟谁说对不起！你多大了？不是小孩了，不是说声对不起就可以从头开始！"

这时，护士推门进来，"小点声，干吗呢？"

白宏抬起头又说了声"对不起"。

15、身段不重要，关键是手段

郑云最近不管什么事儿都爱到潘子晴店里转一圈，连店里的小妹都混熟了。这些天他跟潘子晴诉苦，白宏要找个陪护，真不好找。家政中心的不是人不合适就是人家不乐意来，白宏还嘱咐郑云别让陈静知道，这下好了，基本上三天了连过了郑云这关的都没有。

"要是有你们这儿这个姑娘的一半，我就心满意足了。"

此时潘子晴店里的小妹彤丽手里拽着一个鼓鼓的蛇皮袋，费劲地进门。

郑云帮她提袋子，潘子晴把整个门都推开。

彤丽看了郑云一眼："哎，你又来找子晴姐了？"一点儿都不客气。

郑云一下子不知道该说什么。

潘子晴接过话来："他今天是来找你的。"

彤丽把整个包都拉进来，站在原地直喘气，叉腰看着郑云，"找我？干吗？"

彤丽，典型的白羊座，不能说没脑子，但是脑子不转弯。有时候还特别固执。当初到店里的时候还在装修，潘子晴偷懒全部交给彤丽打理，一下子她就当这个店是自己家了，不为别的，就因为她在这儿也能说了算。不但如此，她跟潘子晴的关系可不一般，这话要让潘子晴说，就是什么人干什么事儿，彤丽还真能干她干不了的事儿。别的不说，就说新店开张，那些工商税务片警稽查环保卫生收保护费的和平事儿的……各色人等可算是络绎不绝。不为别的——钱，当然更重要的还有态度。给钱是一回事儿，态度要好，有时候给钱了没态度，比没给钱都得罪人。潘子晴在国外待了小十年，虽说这些她都懂，那也只是理论上，碰见实际的，她的理论就失效了，基本上属于身段高手段低的主儿。但是这些事儿到了彤丽手里，就嘻嘻哈哈过去了，大哥长，大姐短的，先捧对方几句，再诉诉苦，什么是能混的，什么是严肃的，好像天生就知道，潘子晴干脆把管理权交给了她，还给她一部分财政权，自此每天就看见这丫头一头汗地拿着各种材料表格高高兴兴地跑完税务跑工商，跑完派出所跑环卫局。然后还一样不落地汇报给潘子晴，当然她还是要顺便表表功，数落数落潘子晴不通人情世故。这时候潘子晴多半会夸她。当然了，夸两句，请她吃个饭不但经济划算，而且还让她特别有成就感。人么，要是什么事儿能体现了自己的价值，那是拦都拦不住的。

郑云这些天借着白宏的事儿，一个劲儿地"看望"潘子晴。她就基本上了解了大半个局势。白宏不愿意通过陈静找陪护，也没跟陈静提过。郑云解释他怕陈静担心，怕她累，潘子晴可不这么想。她给陈静打电话问白宏的情况，知道陈静这两天也没去看他，理由——忙，最近要开发两个新产品。潘子晴开玩笑地说，丈夫丈夫一丈之内才是夫，陈静笑笑没说什么。挂了电话潘子晴得出结论，两个人闹别扭了。是不是因为穆少卿？这是她脑子第一个疑问。也难怪她这么想，在穆少卿的医院里，受着他的照顾，白宏不是小心眼，对！但那是平常。现在这个状况，就难说了。哪股邪火说不定就怎么出来了。潘子晴前前后后想了一通，晚上邀请彤丽到自己家。干了这么久，她还没来过呢。彤丽高兴，当她是自己人。

彤丽满屋子溜达，"子晴姐，一个人住这么大的屋子？得多少钱啊？"

潘子晴在厨房，给彤丽演示意式咖啡壶的操作，"来，喝这个，illy 的咖啡。"

彤丽在一边好奇地看着，"闻着真香！"小心地托着精致的咖啡杯品尝，"比速溶的香多了。"

"那当然。"

"你这个房子真好，就差一点儿。"

"说来听听。"

"缺个当家的男人。你一个人住不闷得慌么？都没个说话的。"

"你帮姐想想，你觉得谁好？"潘子晴逗她。

"嗯……"彤丽认真地想了半天，"子晴姐，那个郑云是不是看上你了？"

"万一他是看上你了呢。今天他不是过来找你么？"

彤丽一惊，"那不可能！他看上我，我还看不上他呢！"吓得她连忙摆手。

"那为什么？"

"不为什么，就是看不上呗。弱了吧唧的，没劲儿，男的就得是那种特有劲儿的，皮肤特黑的那种。"彤丽说得一本正经。

潘子晴继续逗她，"要是他有钱呢？"

彤丽想了想，"有多少？"

"你觉得多少才是有钱！"

彤丽说:"那怎么也得……几百万吧?"

潘子晴看了她一眼,"你胃口够大的!"这个确实让潘子晴吃惊,她以为彤丽能说个几万块就不错了。

彤丽不以为然,"我奶奶说,瞪着锅里的吃着碗里的,才能多吃几碗,就紧着自己碗里的吃,饿死活该!"

潘子晴伸出大拇指,"有气魄!"

第二天潘子晴就给了彤丽一只锅。彤丽欣然答应了,一个月四百,每天上午八点到中午两点,没事儿,就是打扫卫生什么的,最重要的是各种检查和药品派送都在早晨。

一晃若干天过去了,潘子晴没有从彤丽那里听到陈静的哪怕一丁点儿消息。这就很说明问题。彤丽到现在都不知道白宏的妻子是谁,长什么样。这不用潘子晴问,只要她会听就行了。彤丽每天回来都汇报白宏状况,谁来了谁走了,吃什么,检查多长时间,彤丽表现欲强,等不上潘子晴问,呱唧呱唧就是一卡车的话。潘子晴由着彤丽说去,自己听她想要的消息。其实彤丽也在揣测子晴姐让自己过去的目的,尽可能地多说,其实每天就那点儿事儿,车轱辘似的,可是不管怎么说,子晴姐脸上好像也没有什么特别满意的神情。彤丽干脆有那么两天故意不提白宏的情况,奇怪,潘子晴也没问她。直到晚上打烊,彤丽忍不住了,反倒问潘子晴为什么不问自己白天在医院怎么样。潘子晴解释道:"你不说,就是跟昨天一样,没有特殊情况,要有,你一定会说的。"

这话高级,一来显得跟彤丽不藏私心,完全信任,二来也告诉她自己并非对这些消息有多么关心。更重要的是,潘子晴不想让她知道自己想听什么。彤丽迟早会知道,但是不要这么快,最好是让她觉得是自己发现了我潘子晴的目的,没准儿更多几分殷勤。

16、闺密第三式：感动着你的感动，悲伤着你的悲伤

白宏提出离婚之后，陈静有好几天不想说话，除了在公司必须说的话之外，多一句都不想提。回家就睡觉，起来就上班，连陈母都急了，"怎么进门连妈都不叫？"

"妈！"陈静叫完就回屋睡觉了。

陈母看着她的背影摇头。

对陈静来说现在唯一感到欣慰的就是还能睡着，只要躺在床上，就能睡着。从来没有这么好的睡眠，她自己也搞不懂，什么都不用想，就睡了，没有梦，什么都没有，醒了，天就亮了。

今天这一觉睡得好长，似乎从黑暗中往外爬，醒来的时候，浑身酸乏好像真的走了一夜似的。此时窗外阳光明媚，丝丝缕缕地透进来，陈静打了一个哈欠坐起身，一个人推门进来。不是陈母，是白宏。

陈静一下子没反应过来，看着白宏好像刚洗完澡的样子，头发湿漉漉的，打开衣柜门，找衣服。一切如常。忽然转过身来，看见她，笑眯眯地说："醒了？"

陈静疑惑地问："你的眼睛能看见了？"

白宏一脸茫然的表情，"我的眼睛为什么看不见？"

陈静努力地回忆，"你不是头部受伤，眼睛看不见了吗？"

白宏奇怪地回头看着她，"没有啊，你做梦呢吧？"

陈静糊涂了，自言自语地说："我真的是在做梦？"

白宏笑眯眯地过来，拦腰抱住陈静，温柔地说："傻瓜，我当然没事了。"

然后两个人倒在床上，白宏摸着陈静的耳朵下巴，说："耳垂，脸颊，下巴，嘴唇……"手指在她的脸上轻轻地划过，然后吻她。

她伸出手臂环抱住白宏，"原来是做梦，吓死我了。"靠在白宏

的身上，陈静又困了，她闭上眼睛想再睡一会儿，却听见白宏叫她，"小静，小静……"好像很着急，好像出了什么事儿。

可是陈静一点儿都不想睁眼，原来是个梦，一切都是噩梦，醒来么？醒来就好了。

那个声音还在叫，一声一声，渐渐地远了，手里的白宏突然空了，声音一声接一声渐渐地近了——"小静，小静……"

陈静睁开眼，自己不在家在病房，眼前的人是陈母，还在一声一声地叫着自己。

"白宏呢？"陈静睁开眼问。

"他没来，我没告诉他。"陈母说。

昏昏沉沉的，原来这才是梦。陈静觉得自己一下子坐进了一滩泥水里，身上使不出力气。

"你怀孕了。"

陈静这才知道自己昏倒在公司，被送进医院；知道刚才的白宏是个梦；知道自己已经怀孕快三个月了。有那么久了么？她想。很快她开始为这个孩子的去留纠结起来。而此时的陈母正在为一个终于盼来的外孙感到高兴。陈静什么都没说。

子晴的电话好像冥冥中自有天意，散散心吧。

两人约在粥店。干净明亮，粥客满满的。潘子晴和陈静坐在角落，面前一个大个的砂锅，旁边还配着几份小料。

原本陈静打算倾诉，可见了子晴的样子，又说不出来。说什么呢？绕开白宏，绕开离婚，绕开怀孕，绕开自己没法面对的所有状况。

两个人东一句西一句闲扯，陈静的话题永远不在点子上，潘子晴也跟着她瞎说，同事怎么了，项目如何，财务又闹别扭……说着说着没话了，两个人低头吃粥。

这不是潘子晴预想的对话，怎么两个无话不谈的闺密一下子就生分了，像是勉强凑在一桌吃饭的食客。陈静的话题像是在逃避什么，处处都是烟雾弹，她想问，又怕伤着她。

"白宏怎么样了？"子晴问。

"老样子。"陈静的回答很迂回，对，放在以往，这个回答可以消弭对方的窥探，可以保护自己，但是现在不成了。白宏身边多了一个彤丽，陈静说老样子，显然证明她已经很久没有见过白宏了。尽管这个结论潘子晴早就想到，现在听到还是不由得担心起来——这不像陈静的作风。她最担心的不是两人闹别扭，而是陈静是不是和穆少卿扯上了关系。

潘子晴突然放下筷子，盯着陈静，就这样看着，不做声。这个眼神，让陈静不得不抬起头来，做出茫然的样子，"怎么了？"

"没怎么，看看。"

"有什么好看的？"

"你有点儿憔悴。"

这就话让陈静的动作顿了一顿，低着头，眨眨眼，没说话，继续喝粥。

片刻，潘子晴一伸手把陈静的脸抬了起来。

陈静的脸在潘子晴的手上，"干吗？"

潘子晴盯着陈静的脸，"怎么痴痴呆呆的，像个孕妇。"她开玩笑地说。

潘子晴的话音未落，陈静的眼睛瞬间湿润了。

潘子晴有些意外——"你真的怀孕了？"

陈静的眼泪涌出来，说不出话，使劲地点了点头。

潘子晴看着她，也突然哽咽，眼睛一湿，只说："真好。"

陈静望着眼前的潘子晴，近些天来发生的事，一桩桩，一件件，前前后后，左左右右地涌上了心头，眼泪势不可挡地喷涌而出。

潘子晴低头看着她这样，赶忙抑制住她自己。从桌上拿起了餐巾纸："行了行了，表示两下就行。别过了啊！小心伤了胎气。这么大的事儿，你竟然瞒着我！"

陈静接过餐巾纸，努力堵着涌出的泪水。

陈静听着她叽叽咕咕地说了半天，感谢了所有的神，添了许多快慰，勉强一笑："你也赶紧着吧。别光说我。"陈静不愿多说，怕自己一个克制不住又要倾诉。

两人重新拿起碗，潘子晴把陈静碗里的凉粥倒在自己碗里，重新从锅里盛出热乎的粥递给她，不容陈静推辞，又霸道又温馨。陈静接过来一勺一勺送到嘴边。

潘子晴盛好，低头喝着自己的粥，突然一阵哽咽。那眼泪一颗颗掉进了她的粥碗里。

陈静见状，忙从桌上找餐巾纸，扭头喊着："服务员，餐巾纸。"

潘子晴用手势制止她，端起粥碗，把脸侧到一边一勺勺地喝着，不愿意让陈静看见。

陈静看着她的样子，扑哧一笑，子晴也跟着笑了，眼泪却挂在眼角。

满屋的粥客，服务员忙碌其中，无暇顾及这两个又哭又笑的女人。

这一哭，子晴的追问也停止了，陈静暗地里松了一口气。可是她瞒得过子晴却瞒不过陈母。

晚上，陈静整理白宏的衣服，一件件叠起来。子晴这一哭，把她的伤心事儿全搅和起来，她要慢慢地理个头绪出来。叠了近一个小时，衣服都快叠完了，却没有一点眉目。

在一边的陈母忍不住了，"静静，你有什么事瞒着妈呢？"

"没有。"

"我头一天来，就看你们俩分床睡，心里先咯噔一下，真是怕什么，来什么。"

陈静停下手里的动作，"妈，你怕什么？"

"白宏的眼睛我不怕，我就怕你们闹离婚。"

"离就离，没什么可怕的。"她手的动作加快。"现在离婚的人多了。"

"你去告诉他，你怀孕了，看他还离不离。他要是还离，咱就跟他离，妈也不说什么，他要是不离了，他还是我女婿，以后你们好好过日子。"

陈静把这些衣服往床上一推，看着她妈，半晌，"妈，你糊涂啦？"

"我怎么糊涂了？"

"你说的那个，为了孩子，两口子还能好好过日子的时代过去了。"

"怎么就不能好好过呢？"

"这都什么年代了？拿着孩子做人质，就为了保全婚姻？你们为孩子想过没有？孩子凭什么给你们当纽带、作牺牲品？承担你婚姻失败的责任？以后一说就是爸妈为你才勉强过在一起的，把自己婚姻的挫折和委屈都归结到孩子身上，你不觉得这样很残忍、很自私吗？"

"这孩子，怎么冲着我来了？"

"妈，我不是冲你。你就是跟我爸闹离婚的时候，怀了陈建，这才把我爸留下来。你看看现在的陈建着三不着两的样子，就是你们闹的！你们以为陈建傻啊，他从小就是看着你们的眼神长大的！每次你们怄气吵架不高兴，都把气撒在他身上。他替你们维持了这个婚姻，他受了多大委屈你们谁知道？你们说他没出息，到现在对象都找不上，能怨他吗？这话我都不愿意说。真的。我知道，你们那时候离婚代价大，不是不想离，是离不起。你们说的是为了孩子维持婚姻，牺牲了自己的婚姻保全孩子，其实呢？是孩子为了你们的婚姻牺牲了自己！妈，我不想将来我的孩子像陈建一样！就算用孩子留下了白宏，他能乐意吗？"

陈母满面愕然，渐渐地难过起来。

陈母不得不承认陈静说的是对的，可是这些话让她难过，女儿大了，女儿的想法比自己周到也比自己现实，应该放心了么？陈母心里难受，有那么一刻，陈母觉得这不是女儿，是一个对手。

陈母还没有缓过来，陈静已经发觉了自己的过激。

陈静拉过陈母的手，小心地说："妈？"

陈静又摸摸陈母的脸，"妈妈，对不起啊，我，我也是急，我不是……"

陈母看着陈静，"你说得对，都对！妈妈挺高兴的，我女儿长大了。"

"妈……"

"可是，你一个人带孩子，就对孩子好么？单亲的问题更复杂。"

陈静当然也这样认为，可是又能怎么样？她忽然后悔先前没有早点儿要一个孩子，至少，那个时候，他们是幸福的。

陈静决定了，他要跟白宏谈谈。

17、我是你的玫瑰，我是你的花

不管杨志强怎么反对，彤丽还是去照顾白宏了。

在杨志强看来彤丽太傻了，照顾病人最容易生是非，这个病人还是老板朋友的老公，听着就乱，出一点儿岔子就扫地出门，不如老老实实地干眼前的工作，开门关门，卖货算账，安全第一。可彤丽不这样想，她告诉杨志强，这是关系，来北京这个大城市，没有关系活不下去，可你一个打工的哪儿来的关系，就得自己挣。挣钱靠的是辛苦，挣关系就要靠机灵，还有运气还得能吃亏，要跟这些人交朋友，你就得帮他们做那些他们不愿意做、不能做又不放心的事儿。人情欠着总是好的。所以照顾白宏彤丽看成一个机会，义无反顾。

杨志强不如彤丽稳定，一天有工开一天没有，一发了钱就跑过来给彤丽炫耀，给她买点儿什么，要么就吃顿好的，每次彤丽要的东西都不一样，有时候是路边的一只发卡，有时候买个肉夹馍，或者给手机配个小铃铛，都是三块两块的东西，在大超市写字楼群外面，地铁站口，一入夜就涌出成群的小贩推着各种新鲜的东西，便宜，好玩。今天彤丽要杨志强送她一枝花。

"那个不当吃不当喝的……"

杨志强话没说完，彤丽转身就走。

杨志强一把拉住："你在这儿等着。"说完转身奔到地铁站边，身体挤过涌出的人群，在角落里停下来，有几个人用纸箱装着好多花，各种各样的，杨志强站在纸箱子前一下子被这些五颜六色的东西蒙住了。卖花的人不等杨志强说话，先招呼起来。

"买一束吧？什么都有。"

"多少钱？"

"这个红玫瑰，三枝十块钱。是送给女朋友的吧？"

"啊？嗯。"杨志强老实，没好意思说女朋友。他犹豫一下，"我不要三枝，一枝多少钱？"临到出手，杨志强不由得舍不得。一枝花三块五，比一顿饭便宜多了，可是心里不舒服。买了没用的东西，就等于扔了，可是彤丽说了要花，杨志强明白，她是为自己省钱，还不如不省，吃它一顿呢，实惠啊。

彤丽站在不远处。街道上车来车往，人群攒动。看着杨志强高高地举着一枝红玫瑰转过身来，地铁站正好出来一大拨人，把杨志强挡在另一边，杨志强努力地挤过人群，手中高举着那枝红玫瑰，生怕来往的人挤坏了花，自己反倒被人们碰了几个来回。此时他头发凌乱，面带笑容，走向彤丽。

落日西沉。下班的时间到了，大批的人涌出地铁……

杨志强一直走到彤丽面前，递给她一枝玫瑰花。脸上的表情很是不好意思，拉着彤丽赶紧走，生怕被人看见。

这是彤丽生平第一枝花，被杨志强的样子扫了兴，抬头看看他，衣衫凌乱，很不合体，裤子上脏了一大块，鞋就更别提了，心里叹口气，接过花，却没有在他脸上看见想象中绅士般殷勤的笑容。

女人是一种很奇怪的动物，就像一个男士已经费尽心机选好酒店，定好套餐，买了最昂贵的红酒，车接车送，衣着光鲜，为女人过一个生日或者纪念日，本以为对方会雀跃得像一只百灵鸟，结果她环视一周之后，撇撇嘴问："花呢？"

这就是女人，花比命重要，当然要是没事儿还能送个珠宝什么的，就更好了，最不实惠，却是最有效的。《色戒》里一颗鸽子蛋买了男人一条命，送上一枚12克拉的钻石，女人就能替他挡枪子，因为他送的是爱情。深谙此道的男人已经不年轻了，他们阅女无数，游刃有余；可耻么？女人都爱坏男人，说的就是这样可耻的男人。每个可耻的男人也都曾经可爱曾经单纯地献出自己的真心，可惜，无论真心多么美，它都得有个"托"不是，美酒倒进夜光杯，才是美酒。年轻的男人有酒，但是没有夜光杯，等他们挣到夜光杯了，里面的酒也变成水了。不过没关系，女人的愚蠢就在于此，她们以为每个夜光杯里装的一定是酒，她们以为每个为她们戴上钻石的男人都是因为热爱自己。

两个人就这样漫不经心地走了，彤丽有点儿失望，杨志强呢？不知道他小子想什么。街道两旁的店面橱窗里投射出明亮的光线，橱窗里设计精致，每个模特身姿各异，表情一致地看着街上的一切。

在一个挂着章子怡巨幅海报的手表店橱窗外，彤丽停下来了，看着夜晚橱窗里映出的自己，和身边的杨志强。彤丽手里不时摆弄着花朵。

杨志强莫名其妙地看看橱窗，"人家可是大明星。"

彤丽却突然很严肃地说："我漂亮吗？"这个问题不是没有出处，郑云第一次到潘子晴店里看见彤丽，就夸她漂亮。其实人家本意是说潘子晴有眼光，会招人，拐弯夸潘子晴。潘子晴没当真，郑云没当真，彤丽当真了，而且郑云还是个搞艺术的，那眼光——肯定没问题！

杨志强一下没反应过来："什么意思？"

"你说过你要娶我，那你觉得我漂亮吗？"

杨志强很认真地站在七米多高的章子怡海报前，发誓一般地说："我娶你跟你的长相没关系，我喜欢你这个人！你就是长成猪八戒我也喜欢你！真的！我挣钱、攒钱、买地、盖房都是为了你！要是你不喜欢回去，那我就跟你一起在这儿买房！买大房子给你住，真的！死了我都愿意。"

"你才长得像猪八戒呢！"彤丽一瞪眼，一跺脚，一转身走了。

剩下杨志强站在路边半天摸不着头脑，他怎么都想不到彤丽会是这个反应。

这就是男人的脑子！

尽管杨志强的回答让彤丽窝火，这枝花还是满心欢喜，毕竟是第一枝。次日她特地拿到白宏的病房里。要说显摆，多少有点儿，可除了潘子晴她还能跟谁显摆呢？更何况她必须隐瞒自己和杨志强的关系，以后潘子晴提货送货什么的，她就用杨志强还能让他多赚点儿钱，知道是自己人就不好了。所以只能拿到白宏这边来，可惜他是个瞎子。

彤丽手里拿着一个空饮料瓶，对着水龙头在接水，然后把它放在窗台上，插进玫瑰花。鲜花在阳光下，显得很亮眼。

白宏突然开口："那是什么花？"

彤丽回过头来："玫瑰。"

"你拿过来，给我看看。"

彤丽一边拿过来一边问："你能看见？"

"突然多了一点红色，很好看，我对颜色还有感觉。"

白宏拿近了仔细看了看，又摸摸花瓣："这不是玫瑰，这是月季。"

彤丽不高兴地对白宏说："你凭什么说这不是玫瑰？"

白宏笑而不答，将花递还给她。

彤丽仔细看了看手中的花，"你说啊！你说它怎么就不是玫瑰？"

白宏慢慢地说："玫瑰和月季是蔷薇科的植物，样子很像，不过玫瑰的花朵比月季大很多，花瓣也厚实很多，但是花瓣的数量却不如月季多，月季的枝干不如玫瑰那么直那么粗，刺也小而且密。味道嘛，玫瑰其实没什么味道，有的品种会有一点香味，很淡；月季比玫瑰香多了。你这是在路边买的是吧？他们经常会把月季当成玫瑰卖。"

彤丽又仔细看了看，越看越觉得不是玫瑰，于是心里很不舒服，"你说错了，我这是在花店买的，不是路边，就是玫瑰。"

"你说是就是吧。"白宏其实就那么一说，也没想什么。彤丽口气不善，白宏才意识到人家这是什么小伙子送的花，本来挺高兴还拿到这儿来，就是为了显摆，自己不识趣，说了扫兴的话。他说了才意识到，没再纠正彤丽。这就是上了年纪的男人该有的脑子。

可惜话一出口就不可能收回去了，彤丽仔细看看手里的花，翻过来调过去，心里还是不服，一转身把花插起来，放在一边的桌子上，嘟囔道："就是，就是玫瑰，就是！"

次日，彤丽到白宏的病房一看，那枝花软塌塌的，街头买来的花原本就没什么后劲儿，眼看着就要谢了，心里不痛快，加上昨天跟杨志强说这花是月季，还被杨志强强辩了一番，此时看见自己的花快谢了，什么都不管，先换水。

白宏觉得彤丽今天进来程序和往常不一样，就问："你干吗呢？"

"花蔫了，我换些新水。"

"哦，能开这么久已经很难得了，换水也没有用了。"

"你老说丧气话。"

"我说的是实话。"

"怎么啦？这是我买的花，就算是谢，我也要亲眼看着它一瓣一瓣地凋谢！"彤丽气呼呼，说得斩钉截铁。

这口气，把白宏噎得一愣，半天没有话说。

晚上陈静来的时候，桌子上的花还在。

"你来啦？坐吧。"好像一直都在等她到来，口气却又几分客气，那天之后陈静第一次来看白宏。

"谁送你的花？"陈静一时不知道该说什么。

"那是彤丽的。我找了一个陪护，你就不用太累了。"陈静并不知道彤丽是谁，白宏这样一说，心里先难受一下，他找陪护竟然瞒着自己。但是陈静忍了，她今天来不能被这些事儿打乱，还有更重要的事儿。

"我帮你收拾一下，"陈静想找点儿事儿让自己的情绪平复下来，说着进了卫生间，卫生间里干净整齐，没有什么可下手的，陈静想了一下，打了盆水，出来，放在白宏脚下，"洗洗脚吧，睡觉舒服一点。"

"好，我自己来。"

陈静只好站在一边看。垂下双手。

白宏脱了鞋袜，慢慢地把脚往下放。

陈静眼看着他的脚伸错了方向，不由得伸手抓住他脚脖子，向水盆里放。

陈静的手一搭上白宏的脚腕，他立刻抬起腿，意思不用陈静扶，动作不大，但陈静意识到了。她赶紧松开手，坐在旁边的椅子上，看着白宏慢慢地把脚放进水里。刚才的小动作让陈静心里难受，白宏赤脚放在水盆里的动作，好像踩进自己的胃里一样，一阵阵地发苦发酸。

"你真的决定了？"

"嗯。"

"我要是不同意呢？"

"为什么？"

"这不是你爱不爱我的问题，就你现在的状况我不能离开你，否则我不能原谅自己。"

"你是说你对我负有责任？"这话从白宏嘴里出来，带着十足的轻蔑。

"不是责任，是感情。"

陈静索性站起来，走到白宏面前，主动抓住白宏的手，放在自己的面颊上。她的动作好像是要就义一样，义无反顾。这次白宏没躲，陈静也不容他躲。她试图重复以前的爱情游戏，要贴着他，听到他心里的声音，听到自己想听的那句话。听不到，就从他心里把那句话掏出来，陈静绝不相信白宏提出离婚是认真的，更不相信他不爱自己，不可能，不爱的男人不会这样。陈静清楚，她已经日日夜夜地想了很多，每天都在跟自己说话，跟自己分析这个男人，陈静有把握，让白宏看到他自己的真心，不任性也不自我表演，真诚地面对自己也面对陈静。

陈静温柔地说："我怀孕了。"

没想到白宏突然笑了起来，"陈静啊，陈静。我想过一千个你拒绝离婚的理由，我就是没想到这个理由！太可笑了！你怎么会想到这个理由？对，这个理由是最有效！很多女人都这么用。突然有一天满面憔悴地出现在男人面前，求他为了孩子和自己继续下去，电视上、电影里、网络上各种新闻报道，都是这样的女人。我原以为你和她们不一样呢，没想到怀孕真是女人的法宝，连你都用这招！"

事后陈静曾懒洋洋地学白宏这通话给潘子晴听，之后问她："你说，他算是知道了，还是不知道呢？"

潘子晴一听就明白了，现在的陈静决不会再提怀孕一个字。她能说什么呢？看着陈静脸上一副无所谓的神情，潘子晴突然觉得言语这东西真是太抽象了，什么忙都帮不上。

"然后呢？"潘子晴问，露天咖啡香气浓郁，下午的北京往往是一天中最好的时候，天空很远，一点儿风偶尔吹过，有闲的人坐在巨大的伞下，仰望着周围高耸的写字楼，突然会产生那么一点儿，优越感，驾驭感。

现在陈静坐在这里，一切都是前天发生的事情了，现在说来，平静得要命。

"那我们商量一下怎么离好了。"潘子晴听她继续描述那天的情景。

"我想过了，财产留给你，我什么都不要。"白宏说得干脆。

"你这是要净身出户啊？都给我，很大方。一句话，就和以前的生活一刀两断了？我告诉你，就算是你要给我，我也要你看得清清楚楚地给我，一件一件，明明白白。"

这几句话让白宏打了个冷战。他闭口不语，扭过头，闭上了眼睛。

潘子晴却瞪大了眼睛，看着陈静，一口一口将粉红色精致的小糕点放进嘴里。

半晌，白宏说："你能再帮我一个忙吗？"口气松了，陈静说自己当时以为他放弃那个想法了呢，后来想想，真是愚蠢，她那么了解白宏，话说到这儿，等于把他推出去了。可是还能怎么办呢？

潘子晴安慰她："这不怪你，凭什么就要你忍气吞声，凭什么要你一退再退。那样的女人一点儿都不值得尊重！"她说的是心里话，女人在这时候，有着天然的一致，立场、尊严、人格、价值……尽管这些东西在一个心爱的男人面前随时会烟消云散。

"你帮我把那枝花扔了吧。"这是白宏最后的请求。陈静抬眼看着潘子晴，手里捏着蛋糕上点缀的红樱桃，神情戏谑。

"为什么？"潘子晴不明就里，"那不是彤丽的吗？"

"我也是这样说的。"陈静顿了顿，继续说白宏当初的话，一字一句，"这枝花今天新换的水，水是新的，可是花已经开不动了，她要谢了，再新的水也是要谢的。这是彤丽的花，她说她要看着这花谢，一瓣一瓣地凋谢，看得清清楚楚明明白白，理所当然。可我刚才突然体会到这花的感受，它想早一点，再早一点离开这个房间，就算是恶臭的垃圾堆，也好过在这里熬日子。我没有别的要求，陈静，就请你帮我把它扔了吧，听着它凋谢的声音实在让人难受。"这番话显然已经在她心里滚了好几遍，清清楚楚，没有多余的停顿，也没有提速，就这样，一字一句，说完，阳光在身后倾泻了好大一块。

潘子晴看着她，叹口气，陈静将手里的樱桃放进嘴里，好一会儿，才说出那天离开时的感受——逃跑，却不知道什么在追赶自己。

在潘子晴的想象里，陈静张皇失措，从医院的走廊往外走，步子越来越快，几乎跑了起来，走廊又长又阴暗，日光灯"丝丝"地发出响声，永远也走不到头了。急促的情绪之中，她在错综复杂的走廊中走了错方向，越错就越急，来回奔跑，如同被困在噩梦之中，惊恐万状。在潘子晴的想象里，此时的医院没有一个人，像个空袭前被废弃的建筑，阴暗潮湿，忽明忽暗的灯光和没有出口的走廊，无休止的奔跑，沉重的呼吸和高跟鞋敲在地面上的回响，紧随身后。真正的噩梦。

陈静描述这些的时候，阳光明媚，潘子晴却听得身上发冷。

最后，陈静告诉她，最可怕的还不是这些，而是这一切都伴随着一股腐烂的气味，不是发霉更不是家里没有及时丢出去的垃圾，而是插了三四天没有换水的花瓶中特有的气味，伴随的枯萎的鲜花，泡在水里的根茎变得黏黏的、酸酸的，这个味道一直笼罩着她。现在看到花店门口陈列的一束束鲜花，在她眼里却像是一个锯断了腿的女人立那里，一心逃跑却无可奈何，这个幻象让她日夜不安。

直到离开医院，走到大门口的时候，突然崴了脚，一个趔趄，这才意识到，另一只手里还紧紧地拿着那枝快要谢的花，瓶中的水早就洒出来了，弄湿了她的手和衣袖，自己一直闻到的味道就是从这儿来的。

那枝花被陈静扔在地上，水洒了一地，在夜色之中她离去的背影，踉踉跄跄。

故事说完，潘子晴长长地出了一口气，一时之间，远处的人群和阳光像是舞台的布景一样虚假。自己分辨不清身在何处。

稍微停顿一下，她故意引开话题，告诉陈静，下午带那个叫彤丽的姑娘来让她看看。

"我看什么？"

"是让她看看你，尤其是做白领的你。"潘子晴解释。

陈静笑笑，她清楚潘子晴的用心，是为了自己，一方面是让自己安心，另一方面是牢牢地把这个女孩子扣在自己这一边。她未置可否。

18、都市的幸福可以批量生产，只要找到自己的模子

带彤丽去见陈静，是潘子晴一早就想好了的。在恰当的时候见面，对陈静来说无所谓，但是对彤丽来说就有了别样的意味。

潘子晴深知彤丽的小野心，或者说潘子晴就是因为她眼睛里闪着这样的火花才把她挖到身边，就算她目前还没有野心，潘子晴也会想方设法帮她制造一个野心，因为有野心的人最容易控制，这就是女人自恋的方式——充分地驾驭对方。然而一个打工妹的野心首先就是建立偶像神话。

所以，潘子晴让彤丽看的根本不是陈静本人，而是陈静工作的环境——高档写字楼里，水光溜滑的大理石地面，宽敞整齐，出入的人都是职业装，很干练，漂亮，体面，举止斯文。干干净净，彬彬有礼，不高声说笑喧哗，这种魅力有着强大的吸引力。陈静就是这种魅力的集中的具体的标本。加上潘子晴对彤丽的暗示：这是你以后吃饭的锅！

离开陈静所在的写字楼，彤丽一路上问个不停，潘子晴也尽量耐心，她要调动彤丽的好奇和艳羡，因为她在照顾白宏，不是照顾得更好，而是让她永远身在曹营心在汉。管住别人的心比什么都难。

"那个住院的就是陈姐的老公啊？"

"嗯，你好好干，没准儿她能给你找个跟她一样的工作。"

"真的？"

"你是不是真想干？"

"那当然，那种地方上班下班……真舒服。"彤丽说着一脸憧憬，这不就是她对城市的终极想象吗？出入这样的场所，一副不可侵犯的样子。

"一天坐八个小时，上班打卡下班打卡，看上司脸色，听同事八

87

卦。有意思？”

“有啊，那多好玩啊！我就想那样！看着就特气派！要是还能跟那样的人交⋯⋯子晴姐你刚才说的那是什么来着，什么蜜？”

“闺密，就是闺中密友。”

“嗯，就像你和陈姐那样的。”

彤丽一脸向往地说：“那才是大城市的生活，我现在，还是外地打工妹。没劲！我就想像陈姐那样，穿那种衣服，坐那种办公室，喝咖啡。”

“我看那是迟早的事儿。”

“真的？你真的这么想？”

“你不是说要吃着碗里的看着锅里的吗？陈静那儿就是你的锅。我还能拦着你吃饭？”

“子晴姐，要多好才是闺密？”彤丽开始转脑筋了，她琢磨万一两人是好朋友，自己过界了会不会不好，要让彤丽选她当然选陈静，可是现在由不得她选，不过子晴姐的口风明显松得很，她也要先对她们真正的关系摸摸底，至少能保住一边。

“重要的不是有多好，而是要有秘密。有些事儿，只跟闺密说，连老公都不知道。”潘子晴随口这么一说，彤丽认真了。

“真的？什么秘密？这么厉害？”

“以后你也会有秘密的。”

彤丽若有所思。

陈静和潘子晴在彤丽看来都是自己想要成为的人，潘子晴深知，看着彤丽好奇又艳羡的神情，她却高兴不起来。

每个晚上，潘子晴把自己裹在一个大披肩里，缩在宽大柔软的沙发椅中上网。各种商品，衣饰的图片在电脑里更换着，脸上花花绿绿的光线闪来闪去。早些年，这种宅女生活是她的最爱，不觉得寂寞也不需要陪伴。这些年渐渐感受到那种孤单——有形状，有色彩的孤单，如同一口锅把自己扣在里面，安安静静地等着，好像特地为你准备，如影随形，挥之不去。

夜已深，她也累了。面前的烟灰缸里积满了烟屁。她的家，永远都是灯火通明，所有的灯都打开，也永远只有她一个人。

冰箱没有什么吃的，为了保持身材，她尽量不在家里囤积食物。凌晨一定会打开冰箱，里面除了生鸡蛋就是啤酒，两条烟和整整一排化妆品和精油。这就是大龄单身女青年的冰箱，非常典型。

这就是传说中剩女的状态。像彤丽这个年纪的女孩永远也不会了解的状态。

无论今夜的孤单让"我"美丽到什么程度，这个美丽就是没人看见。没有欣赏她的人，美丽就等于不存在，或者说还不如不存在，因为越美丽就越伤感，就越觉得自己委屈。那些已婚女人也因此越发觉得自己很有资格怜悯那些未婚的大龄女青年。其实道理很简单，那些结了婚的女人如果没这么狠狠地孤单过、委屈过，她怎么知道单身不好呢？于是已婚妇女的怜悯尤其让人讨厌。

这个现象很奇怪，凡是说潘子晴是剩女的都是女人。更有甚者还说，你别嫌这个词不好听，日本有个词叫"败犬"更难听，好像是安慰来着，骨子里的洋洋自得一点儿没落都写在脸上呢。为什么都是女人这么叫潘子晴？因为男人用这个词形容她，总觉得哪儿不对劲儿。面对一个攻势猛烈的女性，你无法把对方当成选剩下的。要让潘子晴自己定义，那就是"大龄未婚女青年"。"剩女"这个词，是一个典型的蔑称。这个称呼背后，精准地勾勒出男人对女性最终极的看法——被选择，或者说像物品一样被选择！婚姻就是选择的方式，凡是没有结婚的适龄女青年，通通被贴上这样的标签，剩女！用最经济简单的方法，实现了男人那种洋洋得意的英雄主义白日梦，有了这个词，好像他们——这些糙老爷们就突然具有了选择权和决定权。真可笑！但可悲的是，不仅男人连女人自己都这样称呼自己。

现在的女孩子一个一个惶惶不可终日，趁年轻赶紧嫁人吧！上学不如嫁人！女人的学历就是男人的装饰，差不多就行了！无论上了多少学，读过什么书，都没能帮助她们掌握自己的主动权。于是一过二十五，女孩子们就开始以剩女自居，为自己没有男朋友而羞愧，然后集体去拍婚纱照，然后征婚。有婚姻就是有人要，有人要就是有价值……然而这种价值就像罐头一样有保质期，因为保质期是"商品"唯一的共性。然而这样急于嫁人的女孩子，如果让你遇见了，一定要问她，"你想嫁个什么样的男人？"一半女孩对此支支吾吾，稀里糊涂，另一半则理直气壮、十分肯定地告诉你一个标准男人形象，而且彼此一样，由此来证明自己不是一枚普通的罐头。哼，进口罐头也是罐头啊！

女人急功近利，男人小肚鸡肠，这就是现在的两性市场。

潘子晴不买这个账，一个人在北京漂着，自称大龄未婚女青年，用全称显得郑重——这是她的解释。然后利用国外的朋友和资讯，抢在奥运会前，盘了一个四合院，在老胡同里，做起了服装生意。一边满世界淘换，瞅准了国人心态，专做小众奢华，做个性，一边开发自己的产品。每天睡到自然醒，起来洗澡打扮，然后开车去逛街，大街小巷，犄角旮旯，什么店儿都看一眼。这就是工作。

可是不管你过得多么悠然自得，都会在犄角旮旯里冒出几个人来，告诉你，你现在还不幸福，理由就是你和大家不一样——没结婚哪！没结婚就不可能幸福！就算这个人一天回家跟老公吵三个小时，骂孩子五个小时，累得跟驴似的还外带一脸黄褐斑加神经衰弱，她都要坚持认为不结婚就是不幸福，潘子晴你跟哪儿说理去？

当然这些不能跟彤丽说，童话也好梦想也罢，这些东西都是提纯过的，只有美好，没有噩梦。谁听说童话故事里的仙女公主白马王子还要上厕所、长痔疮、大便干燥、月经不调的？所以，要激发彤丽的野心，为她量身定做一个都市童话，首要条件就是告诉她我们这种女人活得很好，有钱有房有男人，召之即来挥之即去，用高档化妆品，泡酒吧说外语，穿高级制服上下班，……一切尽在掌握。

19、闺密这种职称，也有正副之分

陈静面临的婚姻难题，对于潘子晴这样把《欲望都市》当成现代女性《圣经》的都市单身女青年来说，男人不买账不合作，直接一个华丽转身让他滚蛋就好了，哪儿还有什么下文。可是之于陈静就不行了，这是婚姻！不是不能转身，而是经过漫长的婚姻，若干年的朝夕相处，那件华袍已经长在身上，每一次转身都让你痛不欲生。此刻强烈的挫败感和失落感交织起来，陈静的骄傲也升腾起来——到了这般地步，孩子、婚姻、房子、贷款、工作都不是问题，不是不能离婚，而是要离，也要清清楚楚明明白白！

她没跟潘子晴说她的决定，甚至在讲述整个过程的时候都保持这优雅平静的状态，偶尔还要露出一两个轻蔑和戏谑的神情出来。对于婚姻的经验，是两个女人之间最大的鸿沟。在潘子晴的眼中是一堆理论加案例，永远发生在别人身上，永远是抽象的；之于陈静却是切肤之痛，是一连串的琐事和动作，是无比具体的事件和情绪。

当然，潘子晴有些事儿没告诉陈静。关于穆少卿的。

穆少卿突然之间要请潘子晴吃饭，谈话内容很简单。

"我想知道陈静怀孕的事儿。"

"又不是你的，干吗那么关心啊？"潘子晴心不在焉地回他。

穆少卿看着潘子晴的眼睛，突然情绪不对劲，把头转开了，说："我说的是，我的那个。"

这句话彻底把潘子晴惊翻了，夸张地说天雷滚滚啊，当年这个事儿可是天知地知她知我知的事儿，说是"闺密"当然有她们的重大秘密。现在穆少卿冷不丁问出来，真是吓了潘子晴一跳。

"谁跟你说的？"潘子晴反应了一下才问。

"陈静。没想到吧？"

接着穆少卿就告诉潘子晴他是怎么见到陈静，怎么听她说出当年的秘密。

潘子晴在心里一盘算，就明白了：陈静受了白宏的委屈，出门找个垃圾桶加沙袋，好死不死地就找着你穆少卿了！

至于穆少卿，他当然是垃圾桶的不二人选。在这个时候，什么人会收到陈静一个短信立刻就出现呢？潘子晴冷笑加苦笑，心里说，"女人！"

在穆少卿的故事里，陈静在见他之前就已经喝醉了。

醉到什么程度呢？还没有失态到令人厌恶，同时可以对自己的行为毫无愧疚的地步。这个时候女人的醉态往往还多了几分妖娆妩媚。潘子晴暗自摇头，心想，穆少卿，她告诉你当年的那个孩子，是为什么？出气呢！

看着穆少卿神情中的伤感，潘子晴有那么一瞬间挺可怜这个男人的。

当然故事不能白听，潘子晴也得用自己的故事来交换。

第一个孩子来的时候，正值青葱年华。慌张是必然的，还有羞愧。于是怎么躲避他人，怎么找到医院，都是重大而具体的险境。潘子晴为此交了生平第一个男朋友，只因为对方的家长都是医院的。穆少卿问得详细，好像生怕遗漏了什么细节，潘子晴也尽量满足他的愿望。她理解，穆少卿现在对细节的强烈需要就是对自己从前愧疚的弥补。就让他愧疚吧，潘子晴隐隐觉得穆少卿出现，恰到好处。

"你真的应该早点告诉我。"

穆少卿此时才明白为什么每次见潘子晴，她对自己都有一种莫名的敌意。是啊，自己的一个决定，不但害了陈静还害了潘子晴，他完全能够想象潘子晴的初恋就这样交待给一个没有感觉的男生。看着面前这个依旧神采飞扬的女人，成熟、风情、智慧什么都有，却不见了当初的清纯和简单。

穆少卿心里狠狠地扭了一下。

"早点告诉你还不是一样？陈静比你想象的坚强。我到现在还记得那个走廊，阴暗潮湿。那时候我特别紧张，觉得所有的人都在盯着我们看，觉得随时都会有人突然站出来叫我们的名字，那条路真长，我还得做出很无所谓、很不屑、很有经验的样子来，从医院回来，我的衣服都汗透了，好像做手术的不是她是我。可是，陈静特别从容，我在她脸上看不到一丝恐惧、紧张、不安。整个过程，她一声没吭。这是后来那个男的跟我说的，我信！"

"后来呢？"

"没了，没有后来。你还想听什么？是把胚胎默默地埋葬还是找个没人的地方痛哭一场？以此祭奠逝去的青春？还是爱情？哼，我那个时候一直在庆幸整件事情都过去了，悄悄地过去了，谁都不知道，就好像它从来没有发生过一样。哪儿还有什么后来？"

穆少卿默然。

"你听着是不是觉得特别内疚？说真的？是不是特别有负罪感？"

穆少卿眼神有些虚，他现在不光是对陈静有负疚感，面对潘子晴他也觉得自己亏欠良多。

"你希望呢？"穆少卿苦笑。

见穆少卿的过程陈静没跟潘子晴说，潘子晴也没告诉陈静，穆少卿见过自己。公平合理。事实上，穆少卿在此后若干次和陈静的会面中，都没有提过和潘子晴的对话。这是界限，这就是闺密的界限，是这样的人之间默认的界限，是这样的人在这个年龄上做闺密或朋友的界限。她们不但不说，而且不问。不但不问还确定第三方也决不会说。非常确定，毫不怀疑。

潘子晴肯定陈静以后一定会经常见穆少卿，会不会死灰复燃，她不知道。她只明确一件事，就是在陈静跟她提到这个人之前，自己一定要装聋作哑，这是对对方的尊重也是对自己的。至于陈静不必知道潘子晴的这个想法，所以她们做闺密不是没有道理的。

20、闺密第四式：你要隐忍我就替你悲伤

"你想打掉这个孩子，是不是？"

把一切从头盘算过一遍，潘子晴这句话捅进了陈静心里最黑暗的角落，那个没人知道的念头被戳破了，吓了一她跳。

"胡说什么！"

潘子晴却不依不饶，"我记得这个状态，你又想打掉它，我记得，你上次就是这样，干什么都心不在焉的，然后，哼，你就打掉了它。"这样说不是为了别的，潘子晴了解陈静，这个念头若是不帮她按回去，恐怕她闷声不响地就去做了，也许是下次见面，也许就是明天。潘子晴不能等。

陈静陷入了回忆，那个特定的时候，"你还记得？"

"怎么会忘记？说真的，那会儿我比你都难过。"潘子晴感到沉

痛，那个回忆对她来说一点儿都不陌生。

"为什么比我还难过？"她试图转移注意力。

"因为你不让自己难过。"潘子晴这句话有特别的杀伤力，两人被共同的回忆笼罩起来，一时安静得难以忍受。

好一会儿陈静才说："十多年前的事，老记得它干什么，我现在不挺好吗？"

潘子晴执拗地看着她的眼睛说："你好吗？你真的好吗？"

这个问题算是时代的难题了。好谁都想好，可谁都不知道自己现在好不好。比起哈姆雷特"to be or not to be"困难，眼下的艰难在于，人们都不知道自己身处何处，好还是不好，是个难以确定的状态，如果你连自己现在好不好都不清楚，又何谈努力呢？连家都没有的人，谈不到迷失！

也许孩子将是她的原点。还来不及将这个问题好好想清楚，白宏又私自出院了，和上次不同的在于，这次他失踪了。

当人们找到他的时候，他已经接受了一个房地产商庄先生的房产馈赠，参加开盘剪彩，见义勇为的白老师给这个小区做了活广告，庄老板也从一个房地产商摇身一变成为一个知恩图报的人。其实庄先生一早就找过白宏，通过媒体，通过学校，唯独没有通过陈静，所以这些事情她一点儿都不知道，现在想来，白宏是有意瞒着自己的，是不是早就想好了要离婚？这个念头一出来，就像一根烧红的铁棍一样，捅在自己胸口上。

陈静虽然没有完全确定如何让白宏回心转意，可是之前她隐隐觉得，无论手术成功与否，一旦离开医院，他必将和自己一同回去。不然呢？住，是个大问题，只要住下来，一天一天的，什么问题总会过去。

现在她难受了，白宏为自己找了一个去处。

他铁了心了。

"谁？"急促的敲门声中，白宏一百五十平的新家迎来了他的第一个客人。

"你姑奶奶我！"潘子晴的声音。

"陈静呢，没一起来？"他忍不住又问了一句。

潘子晴绕着房子四处巡视，"哟，还记得陈静啊？一声不响地就走了？玩失踪呢？还是玩出走啊？几岁了，十七八呀？"

白宏故意转移话题，"子晴看看，我这房子怎样？"

"好啊！这房子多大啊！比原来那个强多了！"

潘子晴当然不会称赞白宏的住所，她来的目的很简单，就是想听到这个家伙到底怎么想的。难道非离婚不可么？

"我对原因不感兴趣，你要离，什么理由都是理由！我就想问你，怎么样才能不离？"潘子晴就为这句话来的，眼睛直勾勾地看着白宏，就算他看不见，也能感受到这股寒光。

白宏一下子噎住了，不知道该说什么。

潘子晴等了足够长的时间，突然摔门而去。她不是不想说陈静怀孕的事儿，而是话到嘴边，又咽回去了。不为别的，就是一口气，拿孩子说事儿原本就是屈辱，好像在恳求他。潘子晴没说，眼前这个男人，曾经对陈静发起过怎样的攻势，她清清楚楚，现在却像一尊沉默的石头一样，一动不动。

潘子晴走了，一路上孤单像一个黑色的气泡一样慢慢胀大。郑云必须适时地出现，来陪老娘喝酒！

从酒吧喝到家里，郑云看着面前这个女人，时而大笑不已，时而破口大骂。

"男人？有一个算一个，自私，自利！想跟你好的时候，大嘴巴抽完了还笑，想离开你的时候，连他妈的一个屁都没有。还等着女人去求他。越求他，他就越觉得自己是个人物。操！都他妈的疯了！以为这世界就他自己一个喘气的！想干嘛干嘛！你！"她指着郑云，等郑云稍微靠近，一把揪住领子，"你说！你上过几个姑娘？嗯？两位数！对吧？上完了是不是还琢磨：操，这么容易，快闪？哼！"

郑云有点儿尴尬，"没有，没没……没有。都是她们不要我的。"

潘子晴微微一怔，哈哈大笑。

要学会悲悯。郑云想起最近流行的一本书《蒋勋说〈红楼梦〉》里的一句话来，"处处都是慈悲，处处都是觉悟。"不由会心。

那一晚，郑云过得稀里糊涂的，他不知道潘子晴到底是为了什么，没人告诉他，被人欺骗感情了？还是遇见初恋男友了？或者被相亲？他想不出，但是他看得到，一个将自己张扬至此的女人到底有多伤心。她的张牙舞爪不是源自凶悍，而是出于保护，她在用最张扬的方式，保护自己脆弱敏感的内心，用最霸道的方式掩饰自己严重缺乏安全感的内心。

事后，潘子晴问起郑云那天什么感觉，郑云笑笑，看着她说："没想到你脏话说得挺性感！"

21、我的非常闺密第一波：结盟

彤丽告诉杨志强，那个郑云专门来找自己去照顾白老师，一个月两千，住在他的大房子里。

"不过，我没答应。"彤丽有意说得轻描淡写，就等着杨志强追问。

杨志强就弄不懂了，两千块，原来能干为什么现在就不能干了呢？

彤丽白他一眼，"两千块就把你拿下了？我问你，交朋友，挣钱，哪个重要？现在我们在这儿，一个像样的朋友都没有。认识的人都我们这样的，有用吗？挣钱也是小钱。没用！我不去挣这两千块，往大了说是生存策略，往小了说是人际关系。像陈静、潘子晴他们这样的人，都是挣大钱、体面的人！跟她们交朋友，以后他们随便给你我个事儿干，挣得都比这个多！现在我去照顾那个瞎子，就等于得罪了她们两个！不划算！我赔了一个。"说着用筷子尾敲敲他的脑袋，"你这是什么？豆腐啊？傻使力气管什么用啊？"

杨志强不服气，又说不出什么。

凌晨，他蹲在码头等着帮各大海鲜城搬运刚到港的海鲜，这一膀子力气怎么没用？好歹还挣到了几百块。渔港干活的人从半夜一直干到天色泛白，等运货的车走了，几个人坐在湿漉漉的石台上，抽烟，聊女人。这些人什么年纪都有。现在女人做小时工，做家政，比男人挣得多。男人光凭力气，跑工地赚不出什么钱来，有时候一个管制政策出台他们就没活干。都说是男人出来打工，结果越是大城市，女民工越吃香。几个人一身臭汗，对着满地积水和海腥味儿，只有聊聊女人是怎么回事儿的时候，才有那么一点儿得意。杨志强吹嘘自己女朋友在城里混得多好，一个月两千，不要。爷们的回答才不是羡慕这点儿钱。

"干过么？"

"什么？"杨志强一愣。

几个老爷们儿顿时笑起来。

"笑什么？"

"女人没干过，就不是你的！"

"还是娃娃呢，哪知道女人什么味儿！嘿嘿。"

"听哥一句话，人家能挣两千也好，两万也罢，不是你的。你啥时候干了她，这钱啥时候是你的！"

几个老男人轮番教杨志强，几个小的更是吹嘘有了钱到什么地方有便宜的女人可以睡，十块二十块一次，还能洗个澡呢。

"娘们儿赚钱就是容易，腿一叉就来钱，还能爽，干他娘的！"

见杨志强没反应，几个人闹起来，非要看看杨志强是不是雏儿……

这些彤丽不知道。她忙着向陈静向潘子晴邀功。却没注意杨志强看着自己的神情有了变化，动不动还要往自己身上蹭蹭，都被彤丽一把推开，"大夏天的，你不热么？"彤丽根本没过脑子，不知道也决想不到杨志强在琢磨什么，现在她最要紧的事儿是告诉潘子晴，说自己怎么拒绝了郑云的邀请，并对白宏表示出极大的不满，"两千块一个月，好像我多贪财似的。"

潘子晴对陈静说："听见了吧？说给我听呢。"陈静笑笑不语。

三个人坐在一起，商量着这个事儿。

"不是子晴姐，这压根儿就不是钱的事儿。"彤丽急了，"就不给他找人，他一个人没法子过，就不离婚了！男人就是要给他点儿颜色看看。让他们知道没有我们女人伺候他们，不行！"

潘子晴忍不住乐，转头看陈静。

陈静一本正经，"我看，你还是去吧。"

彤丽急忙摆手，"我真的不去，陈姐！"

"不是这个意思。"陈静没解释更多，潘子晴接过话来，"你要不去，人家不就找别人了吗？"说完瞪了彤丽一眼。

彤丽好像恍然大悟一样："明白了，找别人，还不如我去。怎么说，自己人放心对吧？"

两个女人冲她点点头。

彤丽一拍大腿，"陈姐，就这么说定了。以后白老师每天见什么人，说什么话，干什么事儿，我都向你汇报。"

陈静笑着说："我不是派你去当间谍的。"

"我懂，潜伏嘛，我看过。"

陈静接过彤丽的话语，以一副地下党的口吻对潘子晴说："嗨，把这样一个人才派出去，那你的店怎么办？"

潘子晴故作思考状，"那我们的店损失太大了，你得照单赔偿！"

彤丽看出来她俩是在学自己，"扑哧"一声笑了，有点儿不好意思。

陈静嘱咐她："彤丽，你除了给白老师做做饭，收拾收拾家，他那没什么事，我知道他。你子晴姐的这个店你还得多关心。"

潘子晴接过来说："我看这样。他那房子不是大吗？你就住在他那儿，省得住店里。我这儿有急事儿，你再过来。"

"行啊，我保证完成任务。"

"一个人做两份工，辛苦不？"陈静问。

潘子晴打趣，"你怎么不说她挣两份钱呢？"

"子晴姐，你那份钱，我不要了。"彤丽拍着胸脯说。

"那不行！必须要！这是对你的信任！记住，两份工，都要做，都要做好！"

彤丽瞪着一双大眼睛，抿了抿嘴唇："嗯！"然后认真地问两个人，"这是不是个秘密？"

潘子晴和陈静面面相觑，"什么秘密？"

彤丽略有失望地说："哦，没什么，我就是问问。"

"你真的放心彤丽去照顾白宏？"当天晚上，潘子晴又去陈静家蹭温暖，陪老太太吃过饭，聊过天，两人同睡一张大床的时候，潘子晴玩陈静的指甲油，在脚指甲涂着，然后貌似漫不经心地问陈静。

"怎么了？"

潘子晴点点头："挺好。"

"别话到嘴边，往回咽。不怕噎着。"

潘子晴抬头看了一眼陈静，表情诡异地笑着说："挺好就是挺好呗。"

陈静把手放在潘子晴腋下，"说，不说我就用力了，让你都涂到外面去！"

潘子晴做告饶状："我说！我说！我是怕你引狼入室啊！"

"切！"陈静不屑地把手松开。

潘子晴仔细查看自己的脚趾："我这不是居安思危吗，一点儿不领情！你没瞧见那丫头啊，鬼精鬼精的。"

"那你干嘛同意让她去啊？"

潘子晴一脸认真地说："常言说得好，这叫舍不得孩子套不住狼，舍不得老婆逮不住流氓！"

22、是幸福还是负担？

医生态度冰冷，这样的病人见多了，孩子还不一定是怎么回事儿，加上陈静寡言，就没有更多的交流，反正该说的都说了，不要最容易，就怕以后想要，要不到。陈静从来没想过真的不要孩子，也一直没觉得自己老了，从医院出来，这两件事儿像两座山横在面前，这是现实，比她一直说的经济条件生活环境还要现实的现实，正应了白宏那句话："等你条件都够了，四十多了，要不上孩子了，你为她准备的一切都是空的，教育？你得有孩子才谈得上教育！"当时白宏这样说，陈静没理他，今天从医院出来，不知怎么，脑子里一直都是这两句话，挥之不去。

晚上母女两个在厨房做饭，陈母有一搭没一搭地问她："白宏是吃了秤砣铁了心了，真的要离？"

陈静没说话。

陈母瞄了她一眼，"我了解你，你要强，不愿意拿孩子要挟他，这个妈不反对。可是把话说回来，让我闺女委曲求全，我也不干啊。"

"我要是知道该怎么办就好了。"说着陈静到厨房洗了一个苹果，正要吃，被陈母一把拿过去。

陈静不解地看着，"妈，你干吗？"

陈母举着手里的苹果说："这个，是你肚子里孩子；这鸡蛋，好比白宏；这西红柿，是白宏的眼睛，这海参是你的工作。工作再重要，没有你，换个别人也能做。"她把海参放到一边，"白宏的眼睛能否治好，也不是你说了就算的。"说着她又拿开了西红柿，"现在白宏非要离婚不可，你想拦也拦不住，"她又拿走了那颗鸡蛋，"现在，只有这个，"陈母从陈静手里拿过那个苹果，"这就是你肚里的孩子，可以由你做主，任何人也代替不了你。"说着，才把苹果塞给了陈静。陈静接过苹果，突然觉得手中这么饱满，沉甸甸的，仔细琢磨起母亲的话来。

"你从小干什么都要样儿，追求完美。但你别忘了，一个人哪，不可能每件事情都遂心，依我说，该放手的就先放一放。啊？"陈母最后又追了一句。

陈静拿着苹果，看着母亲，这些话说得如此及时，难道她察觉到了什么？

陈母的话似乎是个预示，第二天裁员名单下来，第一个是Vivian。

陈静照旧说："这是公司的决定。我也没有办法。"

"我得谢谢你。"Vivian 说。

陈静有点愣，"谢我？"这让她没有想到，原本想好要公事公办的裁员，却从谢谢开始。

"是啊，本来我很矛盾，现在好了，轻松了，没什么顾虑。谢谢公司帮我做出了选择。"Vivian说得真诚。

陈静颇为愧疚，"你有什么需要，尽管跟我说。"

"没什么需要的。"Vivian说着突然神情一转，露出原先的那种亲密，"我怀孕了。"

陈静一怔，"在这个时候怀孕，你……"

Vivian探过身子，隔着办公桌，拉着陈静的手，十分诚恳，"我想好好地带孩子。"

看着她高兴的脸，陈静那句例行公事的"恭喜"实在是说不出来，转而说："辞职在家做家庭妇女？十多年的工作经验不都白搭了？"

"可是，没有孩子就不算一个完整的女人。"Vivian自顾自地说，"你也该要一个了。真的。再不要就晚了。"

"算了，还是工作要紧。"

Vivian一副过来人的口气劝她："以前很容易怀上，怕耽误工作，怀上就做掉，后来一直吃药，又加上忙……不光是我，他也忙。现在两个人忙得差不多了。却怎么也怀不上了。有时候瞎想，钱有了，不知道为谁挣的！现在怀上了，我也想明白了，孩子比什么都重要，工作算个屁啊！"

陈静故意笑着说："真粗俗！"

Vivian却认真地说："我跟你说真的，裁掉灭绝师太那天，我突然想通了，一个女人工作得再出色，又怎样？四十多岁，青春没了，老公跑了，孩子没要上，到最后一切为了工作，还是被工作耍了，孤孤单单的。我可不想学她！"

陈静故意做出一副不高兴的样子，"你这是说给我听呢！"

"如果女人一辈子只为自己做一件事，那就是给自己生个孩子。"Vivian说得郑重。

陈静被这句话打动了，顿时有点儿呆，下意识地攥了攥拳头，好像拿着昨晚的苹果似的。

Vivian走了，走得兴高采烈，逢人便说自己怀孕了，回家养胎带孩子做一枚彻头彻尾的家庭全职主妇，很多人祝福她，陈静被这个场面搅得更是心神不宁。

一回家迎面是陈建，正跟陈母汇报在白宏那边的所见所闻，一看见老姐回来，一股脑儿地又说了一通。中心思想总结为两条：第一，离婚虽然伤人，但姐夫是为了老姐你考虑，医生现在没把握治好他的眼睛，他是不愿意你后半生拖个累赘，伟大！完全是自我牺牲！第二，那个照顾姐夫的小姑娘，是个麻烦，留在姐夫身边不安全，没见电视上老演么？小保姆进城不就是那点儿事儿么？什么淳朴善良都是幌子，归根到底就是要嫁给城里有房有户口的，姐夫现在这样，简直是一块流着油的肥肉，天网恢恢的恢恢，带着醋碟的馅饼……不用任何手段，凭着日久生情就是一部韩剧，更何况朝夕相处，你知道他们晚上干嘛？

陈静对于陈建这种无聊透顶的汇报做了简单的批判：关于第一点，那不是爱和牺牲，那是霸权和胁迫，自恋式的自我牺牲和英雄主义白日梦。

"我根本不感动！他凭什么替我决定我后半生应该怎么过？！"

至于第二点，无聊加愚蠢。都把自己姐夫捧成神了，竟然还不相信他和保姆的日常生活？简直是自己抽自己嘴巴。

"你看着不安全，行啊，你去照顾你姐夫日常起居，最安全！你行么？你去么？"两句话把陈建顶了回去。

陈建的话推了陈静一把，所有的犹豫一扫而光，听着是反驳陈建，陈静自己一下子把自己的立场理清楚了，对，谁离开谁不过啊？就这样，我生我的孩子，你白宏就过你的生活。

跟着，陈静就像举行仪式一样，把自己所有不适合的衣服全部拿出来，打包，高跟鞋也都收了起来，忙碌得出了一身汗，陈母在一旁看着，终于放下心来。

上帝赋予人类意志力，却以一种幽默的方式欣赏这种决断力，于是这样的幽默变得无比邪恶。

陈静的头儿是个 ABC，除了皮，就是一个外国人，还是白种的盎格鲁－撒克逊人。北京这个地方他不会也不打算常待，最近裁员裁得厉害，总部专门派他来盯着。私下里他告诉陈静，让她顶替朱琳的原因。还真不是朱琳推荐有功，而是上头早就想好了，做个顺水人情，让朱琳走得心里舒服点儿。中国国情么。

"朱琳的工作能力没得挑，做事情雷厉风行，说一不二，虽然有时候有点儿不近人情，可是工作完成得好，到位！坐这个位置，除了我拿的钱比她少，别的？你说我什么地方比她强，能强到代替她？"陈静借着这次谈话也想了解一下上头到底怎么想，千万不要哪天自己走了朱琳的老路，自己还不知道。

"这些话就有一句你说在点儿上了！"

"哪句？"两个人一人一份标准工作餐。

"她工作不近人情。"

"那又怎么了？到公司，就是工作。人和人，你和我也是同事关系工作关系，工作能力当然是最重要的，人情其次。"

"陈静，这个我还真得好好跟你交个底儿。"这个年纪和自己差不多的上司严肃的时候，格外像个大男孩，"照你刚才说的，公司找个机器人不是更好？还是得有人情，人情比别的重要，工作也要讲人情。朱琳做事儿不出错，可跟她共事的人心里都不舒服。工作要做，没错。要做好才是目的，怎么做好？那得是大家都愿意做。最起码做了之后，心里舒服，觉得自己的能力受到重视，自己利益受到关心，这才能进入良性循环，现在你们大陆人员流动性那么大，留不住人的地方坚持不了几年。尤其我们是做保险的，说白了是一种服务，就是要关心别人的利益。你不关心，人家就不找你。"

"这个我懂。可是效率怎么保证？"看着这张黄皮的脸说"你们大陆"，心里就是不舒服，陈静不客气地回敬他。

"如果大家都不愿意干了，就更谈不到效率了。她的工作方法在短期里有效，可是长期呢？你们中国人就是追求短期效果，遍地都是新公司，十年以上的没多少，我们可是做长期打算的。你现在薪水低，以后还会涨。"

"可是朱琳为公司可是奉献了整个青春，最后婚也离了，孩子也错过了，你不觉得她可怜吗？"

"可怜！但是陈静，你要看到另一面。"

"什么？"

"她没有能力同时处理好自己的生活和工作。这个问题很严重。像你就不会，家庭挺好，就充分显示出了你的立场。"

"我什么立场？"

"自己不知道吗？你现在就是因为自己有家庭，自己在贷款，才会体谅、体贴别人的生活，体贴别人的辛苦。还有你提出来的降薪计划，上层很赞赏，说你能为员工的利益考虑，是一个有魄力的人。这就是你的立场，我们就是要你这样的人，不是一个机器人，是一个有家庭，有孩子，生活完整，幸福的人来做这个工作，把自己的生活带入到工作里面来。"

陈静半开玩笑地说："这就是说如果我离婚了，我就没有这个立场了？公司也会因为我没有能力处理家庭和工作的关系，开掉我？"

上司 ABC 嘴里含着食物，"哦哦，还真没准儿。"他也半开玩笑，"不过你一看就是个贤妻良母，离婚？不可能。"

23、一边是相亲，一边是离婚

碰撞引发的失明在目前已经不是一个困难的手术，可是白宏这个情况特别别扭。总的来说他不是因为颅内淤血压迫造成的暂时性失明，而是视神经受创之后，激发了自身的修复功能，又因为白宏自身恢复得快，结果神经元修复过激造成细胞增生，总之很麻烦。国内没有见过这种病例，国际上有，也不多。穆少卿不愿放弃，又不能直接说是为了陈静，在网上查，和国外的机构联系，终于搞了一个会诊，索性他拿这个项目上报审批，等于为医院开发一个新的技术，就以白宏的病例为案子来做。

穆少卿都联系妥了，高兴地告诉陈静，却没看到他预想的情景，好像她并不高兴。

穆少卿请她吃饭，问她有什么需要帮忙的尽管说。

"你现在能把国际专家请到一起来会诊已经是最大的帮忙了。"陈静淡淡地说。

"这是我的工作。"穆少卿强调，他担心陈静会拒绝自己的好意，他想补偿，却不知道从何做起。

"我不会拒绝的，我很需要你的帮忙。"陈静好像看出他的担心，这话不说还好，说了，倒像是她在帮穆少卿忙似的。

陈静不愿意进白宏新住的地方，找来彤丽，想问问白宏的近况，没想到，彤丽还一肚子委屈。一问才知道，陈建跟自己扯了半天虎旗，其实已经私下里找了几个老妈子去照顾白宏，这两天她不知道，陈建已经带去三四个人了，其中还有一个小伙子。

彤丽跟陈静保证，自己没有告诉陈建自己跟陈姐和子晴姐的秘密，而且白老师也拒绝了陈建，最可气的是陈建竟然给彤丽钱，让她滚蛋。

"白老师怎么说？"

彤丽嘴一扁，"说什么？他把我拉到外面的时候说的，白老师不知道。"

"下次你就把钱拿上。"陈静教给彤丽。

"你也让我滚蛋？"彤丽惊讶，眼圈忽地就红了。

"不是，拿了钱，还不走，气死他！"

彤丽扑哧一乐，"我不怕他。"

接着彤丽告诉她白宏的近况，一副已经准备下半生在黑暗中度过的样子。

"那……你们平时干什么？"

"我做饭，收拾，他吃饭，睡觉，有时候听音乐。"

"没了？"

"嗯，也没什么可做的。"

陈静想了想，"那，晚上呢？就干坐着？"

彤丽也别扭地说："我也这样问啊，我说，你不闷啊？我陪你说话吧？"

"他呢？"

"白老师说要适应一下失明的生活和感觉，然后就不说话坐在沙发上，跟块石头似的。"

"你有没有告诉她，医院请了外国的专家来？"

"说了，他说，这是死马当成活马医，别人是好心，自己千万别当真，免得空欢喜。这个别人是说你么？"

陈静明白，白宏嘴里的别人是说穆少卿呢。男人的大度都是装的。她没再问了，彤丽却说："陈姐，我来的时候，白老师让我问你，什么时候办离婚手续？"

真是躲不开。

陈静想了想，还是找潘子晴商量，不巧，潘子晴的表妹带着新婚的丈夫来了。

说是蜜月，她姑妈也就是潘子晴那个生怕她嫁不出去的妈，让表妹督促潘子晴相亲。一下飞机，表妹进门什么地方不去，先钻进卫生间，检查姐姐有没有和什么人同居，有没有如实汇报。

　　潘子晴半靠在卫生间门口说："婷婷，坐了一天飞机你不累啊，看什么呢看？"

　　"检查检查，看看有没有男性用品。"

　　"姐让你失望了吧？"

　　表妹站在洗手间一项一项地数，"没有剃须刀，一个牙缸，一只牙刷，两块毛巾一大一小，拖鞋也是一双女士的，马桶盖是放下来的，嗯，"表妹转了一圈，停在潘子晴面前，"两种可能，一，你没有同居史，没有情人；二，你在我们来之前已经销赃。我希望是后一种！"

　　"你美剧看多了吧？"

　　头一夜，表妹非要跟潘子晴同睡，没法子，姐妹夜话，潘子晴不用想也知道这是带着任务来的，这个觉不白睡。

　　还真没让潘子晴失望，表妹爆出一个大计划，真大，比潘子晴预想的可大多了。潘子晴从表妹手里接过请柬，打开，"娜雅·思卡琳娜号，游艇啊？"

　　"怎么样？"表妹的神情非常复杂，又得意又羡慕。

　　"没时间。"说着把请柬扔到床上。

　　表妹一把拉住她，"这是世界顶级豪华游轮，就像泰坦尼克那种的。"

　　"我妈买的？她怎么花这种冤枉钱？"

　　表妹神秘兮兮地说："你可看仔细了，这不是那种花钱买票就能上的！"

　　潘子晴看着表妹，原来如此——明白了，就是富豪相亲会。

　　潘子晴没有适时地表现出一点好奇心，"我不喜欢那种场合！"

表妹说："那种场合怎么了？多少人都是在那种场合一见钟情的呢。你想想，湛蓝的海水，微微海风。一个风度翩翩的男人端着一杯红酒向你款款走来……多浪漫啊！"

"你现在说的不是美剧，是韩剧。"

"我不管，反正姑妈说了，你不上船我不走。下礼拜人家要最后复审，就在这儿。我就是拖也要把你拖过去。姑妈可是花了大价钱的！"

"行了行了，我的事不用你操心。"说完去洗澡了。

表妹仰头倒在床上，从身子底下把请柬拿了出来，举起来仔细地看着，放到床头柜上。

和表妹处了那么一晚，潘子晴忍不住了，干脆来找陈静，发泄一下。

两个人都是一肚子的话要说，乍一见反倒挺客气。

"你表妹来了，干吗不陪陪人家？看见别人两口子新婚度蜜月，受不了吧？"

"让你说对了，我真是受不了。每天在我面前显摆婚姻幸福状。一口一个剩女。"

"受刺激了。"

一路上，潘子晴都在抱怨这个表妹，并定义为"侵略"。

"所有研究表明，两性关系在任何物种之间唯一的共同点就是，以雌性为主导，雄性征服种群或者打败对手，来取悦雌性。这是什么，男人改造世界，女人改造男人的世界观！早个几百年的人类社会，也只有光棍会很难堪，什么时候变成女单身难堪了？还剩女？这个世界本来就是被女性选择的世界。五十年代女人崇尚工人，所有的男人都挤破头进工厂，七十年代女人喜欢当兵的，就全民参军热。八〇年代女人转向知识分子，人人上大学。九十年代女人爱钱了，人人都下海。这些都不是没有根据的！从石器时代……"潘子晴打算滔滔不绝地论证这个女性和男性之间是东风压倒西风，还是西风压倒东风，就被陈静拦腰斩断了。

"停！说人话！"陈静毫不客气地打断她。

潘子晴喘了一口气之后，问她："结婚就意味着幸福吗？你说婚姻是什么？"

"对父母来说，你结婚了，他们就放心了。"

"现在的人说结婚认识一个星期就去结了，不到一周就离婚了，理由是星座不和？这也能放心？"

"你不也一直想结婚吗？"

"我是想结婚，可不是为了结婚而结婚！"

"为了爱情！"

潘子晴想了想，"为了幸福。"

陈静摇摇头，"那是命，遇见了就是奇迹！"

对于潘子晴妈妈给女儿报名富豪游艇相亲会，陈静哈哈大笑，"老太太够时尚的。"

"利欲熏心！明目张胆的把婚姻当交易，这不是合法卖淫吗？还一个一个号称为了爱情，我呸！我是要给我的感情找归宿，不是找个体量相当的配对儿！"潘子晴说着两人向外走。

"粗俗！注意小朋友！"

潘子晴说："唉……等你家小朋友出来，这世界都不知道成什么样了！"

潘子晴不愿意回家面对表妹两口子，尤其是她们在自己面前秀幸福，老实说，在潘子晴看来凡是可以秀的幸福都是不幸的。她请陈静吃海鲜，两人坐在海鲜大排档，点了四只大闸蟹。

陈静拿起一个，"这东西长相这么凶猛，你说谁会想起来吃它？"

"吃你的吧。"潘子晴说着手里已经把螃蟹盖掀开，几条腿扭下来，动作凶狠。

陈静看看她，"泄愤呢？"

"这不废话吗？哎，你们白宏还不回家，撒娇撒个没完了？家法呢？"

这话戳了陈静，她没立刻回答，拿起螃蟹看看，手里也是三下两下拆了个七零八落。

潘子晴嘴里叼着一个蟹腿，"怎么？还没完了？"

"你有多余的票么？我陪你去，实在不行，我替你去。先把下家找好了。"

"怎么了到底？"

"把东西搬走了。"陈静说着话时，毫无表情，似乎在说别人。

潘子晴看了看陈静的表情，知道这事儿已成定局。"接下来，怎么办？"

陈静一口咬碎了螃蟹的夹子，吐出壳来。"离吧，还能怎么样？也许离了就省心了，我也能好好养胎，他也能好好看病，一举两得。"

潘子晴"嘎巴"一声咬开螃蟹钳子。"不离！我还就不信了！"

"我有折磨他的工夫，自己干点儿什么不好，没准儿能找个比他年轻英俊脾气好的呢！"这样说着玩笑，陈静依然没有表情，吃着。

潘子晴让陈静弄得没食欲了，把螃蟹放在盘子里。"我以为自己受了多大委屈，本想跟你诉苦，现在才知道，我是来听你诉苦的，你比我委屈多了！"

两个人吃过生猛海鲜，喝过姜茶，陈静才故作悠闲地告诉潘子晴，彤丽来帮白宏搬家时，看不过去白宏用失明要挟离婚，背地里给陈静出的主意——假离婚。

"靠谱么？"

"有病！以后怎么办？"潘子晴一句话顶了回去。

陈静没再说话。

24、离不离婚已经是个形式

本来以为自己只要不同意离婚，两个人就还是夫妻。

有时候，婚姻的全部意义就在于同住在一个屋檐下，一旦分开，无论你自己是怎么看待两个人的关系，别人已经率先视其为两个没有交集的个体。

凸显这一感觉的是郑云推荐白宏参加一个月后的现代艺术沙龙，展出他的作品。郑云以自己画廊的名义推荐，完全没有跟陈静打招呼，更谈不上商量，甚至连礼貌的通知都节约掉了。当陈静知道这件事儿的时候，已经开始筹备了，她来不及反对，就已经被排除在外了。白宏这个举动，又一次提醒了陈静，离婚！尽快彻底分开就是他白宏现在最想干的事儿，甚至比去医院检查，配合治疗都更加积极。

画展开幕，陈静没去。

陈静继续自己的工作，坐在电脑前，面对一大堆表格，最好也不要想这个画展的事儿，可是各种声音却不断地钻进自己的脑子里——

一会儿是白宏要离婚，说"我不爱你了"。

一会儿又是穆少卿说，"已经联系了德国的专家小组"。

郑云的声音告诉她"师兄现在就是需要一针强心剂"。

潘子晴却说"离就离，孩子我帮你养"。

陈母却劝她"妈妈就希望你能平平安安的，白宏是个好孩子"。

陈建张牙舞爪地声称"姐夫是自我牺牲"。

ABC头儿含着食物漫不经心地说"上头就是看中你事业家庭两不误"。

然后各种杂乱的言语都冲进脑子——

"你以前流过产，现在算高龄产妇。"

"这是最后的机会！"

"女人要给自己生个孩子，别像朱琳似的。"

"只有孩子是你的。"

"我不爱你了！"

"小静我们离婚吧！"

"我的事儿，不用你管！"

"你这是谋杀！"

"有我没我你过得不是挺好么？"

"我不想你可怜我！"

"我什么都不是！"

……

最后白宏曾经说的各种话都在这一瞬间冲进耳朵里。

秘书推门进来，端了一杯茶。

"茶。"

陈静头也不抬，用手指指工作台的一角。秘书放下茶杯出去了。

一切都算安静，只听见电脑的运行声音。此时只有工作才能让她稍微喘口气。

陈静看着屏幕伸手拿茶，碰倒了杯子，水洒了一桌子。

陈静慌忙站起来，用抽纸巾擦，一挥手，碰倒了文件夹和笔筒。

文件、文具呼啦啦都散落了出来。

桌子上一片狼藉。

陈静赶紧处理电脑，抽了几张纸。一手抬起电脑来，一手擦桌子。

电脑已经黑屏了。

陈静按了几个键，没有反应。

办公桌凌乱不堪，电脑死机。陈静身子重重地坐在椅子上，才发现，扶手也溅上了，自己身上也都是茶水的痕迹，她又抽纸去擦，擦身上，怎么擦都擦不掉，越擦越多，伸手再抽纸，纸盒已经空了。

不经意之间，原本井然有序的生活突然乱套了，乱得一塌糊涂，不可收拾。

陈静的手僵在那里，完全不知所措。

先前那个果断坚毅的陈静消失了。

此时白宏正在自己的画展上迎送朋友，那些作品她都熟悉，此前的每一次出展都是陈静亲手收拾这些作品，现在不用了，没人跟她商量，她已经是一个局外人了。

潘子晴当然也没去。

晚上把白宏送回去之后，郑云专程来看潘子晴，特地邀请她。没想到被潘子晴抓了壮丁，大晚上的陪她泡吧，目的只有一个，等表妹两口子睡了再回去，省得听他们唠叨，更不愿意看他们之间刻意的亲密。接近午夜，开着潘子晴的牧马人，郑云在车前伸着懒腰。

"我就特别不理解你们这样的。你说你一女的，读什么博啊？有个本科学历就行了，整天泡在图书馆里，大好的青春，这不都浪费了。"郑云特别想见潘子晴，想套近乎，可一见面就要抨击她，没别的，女人高学历本身就是一个鲜红的靶子。

"青春就是用来浪费的，不对，是用来挥霍的！我不挥霍在图书馆，难道还用在像你这样的男人身上，那才是浪费呢！"潘子晴也不示弱。

"这就不对了，女人终归要嫁人嘛！你看你妈急了吧？你妹妹都结婚了，你还不急？你肯定心里都慌了，就是嘴硬！"

"当好你的司机！轮不着你说我。"潘子晴一提表妹就心烦，加上陈静这档子事儿，更烦，对男人，是空前的烦！

郑云好像有点反应迟钝，对潘子晴的不耐烦一点儿察觉都没有，自顾自地说："轮不着就不说？我是为你好，真的！像你这样的女博士，人间罕有！眼看着你独自在寂寞中憔悴，我就有罪恶感！"

"我乐意！"

郑云看着一脸不在乎的潘子晴，真是格外的酷，也格外的美，这种感觉是年轻姑娘身上没有的，他伸出大拇指说："对了，就是这范儿！哎，你妈也这么想就好了。"

"哎哟，怎么把那两口子弄走啊！愁死了。你有招吗？你们男人不是都特爱拯救别人么？"

"有啊，你跟他们说，我是你未来的老公，现在的男友，她们心满意足，回家过年。皆大欢喜！"

潘子晴横他一眼，"德行！"

郑云在侧后镜里看看自己，"德行挺好的啊！"

事后表妹看出来自己表姐没有屈服的意思，北京也转得差不多了，于是整天跟着潘子晴，打算做最后的进攻，要不然怎么回去向姑妈交待。潘子晴也是没招了，索性带着表妹两口子去看画展。郑云白宏全都热情接待。

见面总要介绍，"白宏、陈建，这是我表妹表妹夫，"一一介绍完毕之后，妹夫注意到站在一边的郑云，赶紧转开话题，"这位是……"

潘子晴这才介绍他，"这位是郑云，白老师的师弟，也是艺术家，开一画廊，没错吧？"她故意问郑云。

"我还是潘子晴现任正牌男朋友。你好！"说着郑云伸手到表妹面前。

大家都一愣。

表妹有点儿认真地问："真的？姐，你说你有男朋友就是他？挺好的，你比我姐大几岁？姐，我怎么看着他比你小呢？"不等潘子晴回答，她自顾自地打听起来。

郑云倒挺大方，"我今年三十三整，比子晴……"

潘子晴赶紧接过话来："小两岁。你老问这个干吗？"

表妹怀疑地问："姐，你是不是串通了想把我应付走？这不行啊！我一会儿就跟姑妈说，你骗我！"

陈建也在一边，乍一听潘子晴把郑云介绍成自己男朋友，惊愕不已，"我怎么不知道？"

潘子晴连忙说："没有没有，真的，真的是。"

表妹疑惑地问："是什么？"

潘子晴咬咬牙："男朋友！"

陈建接口说："假的吧？子晴姐你能看上他？"正说着，白宏一把拉过他来，让他带自己上厕所。陈建老大不愿意地被白宏拉走，一边走还回头看，嘴里嘟嘟囔囔的，"姐夫，这事儿你知道么？"……

这边，郑云表现得落落大方，很慷慨的样子："子晴一直特担心你们会对我不满意，我也觉得配不上她。"这话堵着两个人的嘴，然后适时地主动承担导游角色。表妹两口子一转身，子晴狠狠地踩了郑云一脚，郑云夸张地表示疼痛，低声说："我在帮你！"

潘子晴恶狠狠地说："放屁！"

不管怎么说，潘子晴一个重大的心愿了结了。表妹和妹夫尽管遗憾不能陪同表姐参加富豪相亲会，错过了见识那些身家过亿的年纪不过四十岁的才俊，但是任务完成了，就打道回府。潘子晴松了一口气，想着等送走了表妹两口子，好好跟郑云聊一聊，没准儿还有些意思呢。本打算跟郑云交个朋友，没想到大半夜的，郑云突然闯进来，一见面，整个人湿淋淋的，二话不说恶狠狠地把潘子晴数落了一顿，弄得她莫名其妙。

"潘子晴，没有你这样整人的！当我是什么？玩具啊？我在雨里淋了一个小时，你知道吗？一个小时！"

"什么意思啊？我没给你打电话啊！"潘子晴看着表妹关切的目光倍感尴尬。

郑云几乎咆哮起来，"算了吧，别装了，我懂！但是我真没想到你会这样报复我！至于吗？不就是假装是你男朋友吗？啊？我还没说要你呢！是不是你说的，找个男朋友先把表妹对付走了再说。是不是你说的？"他指着潘子晴的鼻子说。

表妹一把拍过来，打落他指着潘子晴鼻子的手，"姐！你这样正好，咱还看不上他呢。我告诉你，别冲我姐嚷嚷。那是考验你！"

"还考验我？我明告诉你，我还不稀罕呢！有什么啊，读个破学位有什么啊？别觉得自己特好，特了不起，别人都得求你，追你！三十五了，三十五！比你年轻的有的是！"

妹夫也生气，站在两个女人和郑云中间，"我不管你是什么原因，你必须跟我姐道歉！现在！"

"好，我道歉，"郑云一把扒拉开妹夫，瞪着潘子晴，"我不应该装你男朋友，你没男人要，去参加你的富豪相亲会吧，都是富豪，有钱，身价高，一个亿！做少奶奶！祝贺你行了吧？别以为自己学历高就了不起，人家还未必稀罕呢！年轻漂亮的女人有的是！"说完摔门就走了。

潘子晴站在当地，手都有点儿微微发抖，一来不知道到底因为什么事儿，郑云突然没有缘由的爆发；二来，这么多年潘子晴就再没遇见过这样的局面。表妹表妹夫两人劝了半天，潘子晴冒出来一句："入场券呢？"

表妹欢呼一声。这是表妹出的主意，考验一下这个准姐夫。

其实考验是假，冷不丁的冒出一个自称姐夫的人，谁不生疑，小两口床头一合计，暗地里用潘子晴的手机发了一个信息给郑云，说自己喝醉了在酒吧。结果就是上面的一幕。两人晚上高兴一番之后，表妹担心起时间来了——马上就是面试的日子，还有时间准备么？

25、我的非常闺密第二波：我制造一个秘密，再替你保守它

彤丽最近很忙，正忙着怎么帮陈静假离婚。这个主意是她出的，就得由她完成。

照彤丽的意思，直接弄个假证就得了，反正白宏看不见，跟他说什么就是什么。陈静不同意，彤丽觉得她多虑了，转天找个话头问白宏，说明天就给他拿过来离婚证。白宏反问："这个应该是本人亲自去，要签字的？"彤丽听了立刻收口，这事儿看来还真得做得足一些。

要说彤丽还真算是上心，为了逼真，还专门带着杨志强去结婚登记处看别人离婚。打听了半天，民政局婚姻登记处结婚也办，离婚也办，最近连收养也在这儿办，真是不来不知道，世界真奇妙。两人坐在门口的等候椅上，看着来往的人。

先是一对年轻男女从宣誓的房间里出来，女的还拿着结婚证痴痴地看。男的突然一口亲在女的脸上。女的推开他，"干嘛呢？"男的扬扬手里的红本子说："我在履行法定的权利！谁敢管我，警察？"

两个人嬉笑着，从彤丽、杨志强面前走过。杨志强频频回头。

彤丽又好奇又紧张，捅捅杨志强："嗨，你说咱们光坐在这儿，他们会不会怀疑？"

"不知道，应该不会吧？"

这时另外一对男女坐下来，工作人员非常客气地说："户口本、身份证、结婚证？"男方不动，看着女方从自己的包里拿出几个本子：结婚证，身份证，户口本，工作人员核对证件，问："你们对协议有没有异议？"

看着都挺好，直到盖了章，工作人员说："你们的婚姻到此结束

了，彼此的权利义务关系就此终止。"

男的"噌"地站起来，狠狠地摔了凳子就走，工作人员没人拦，也没当回事儿，见得多了，倒是彤丽吓了一跳。

杨志强捅捅彤丽，低声说："你来就是让我看这个？"彤丽还没来得及说话，又是一对年轻男女进来，说说笑笑的，三十几岁的样子，看上去很高兴。

彤丽想也不想对他们俩说："这里是办离婚的，结婚的在楼上。"

女的对彤丽一笑，"我们就是办离婚的。"

彤丽茫然地看着他们坐在工作人员面前，递材料。

坐在里面的办事员说："从现在开始，你们的婚姻关系结束了，权利义务关系到此终止。"接着"咻咻"盖了两个章。然后将红色的离婚证递了出来，面无表情。

这对儿高高兴兴来离婚的夫妻拿了证儿出来，女的说："咳，看见了没有，离婚证原来也是红的。"

彤丽对杨志强悄声说："刚才那句话特重要，你记清楚了没有啊？"

杨志强背诵道："你们的婚姻关系就此结束，彼此的权利义务关系也到此终止。怎么样？一字不差吧。"

"你小声点！"

这两个人拿了证，依旧是说着话出门，彤丽好奇地看着前面的两个人，怎么看都不像离婚，像结婚。

女的说："这么简单就完了？"

男的说："你希望它复杂一点儿？"

女的说："太快了，我还没来得及伤心呢？"

男的说："还是不伤心的好。"

女的说："没有一点儿仪式感，好像我们的婚姻是一场游戏，还没开始就结束了，你不觉得太快了吗？"

男的说："你怎么了，你刚才还挺高兴的呀，你不说离了婚你就自由了吗？不是你要离婚的吗？你怎么了？"

女的走到出口，忽然停下来："我现在开始有点儿伤心了。"

男的说："你要是后悔了，我们……"

"我才不后悔。"

"我有点儿后悔了。"

"我以为你轻松了。"

"是啊，没想到心里忒堵得慌。"

两个人有一搭没一搭地说着，不知道的还以为是家常话，伤心都在后面。

彤丽从他们身后望着，不解地看着那两个人，不懂他们是难过还是高兴，是后悔离婚了还是庆幸。

杨志强根本没注意到那两个人，"哎，看什么呢？"

彤丽想了想说："你说他们真的是离婚的？"

杨志强看了看，也摇头，"不像。都没打，也没哭。刚才那个像，都摔凳子了。"

彤丽用力地想，还是想不通，"你说，白老师他们两口子离婚，我是说真的离婚，是谁哭？"

"女的哭呗。"两人一边说一边离开了民政局。

"不一定。"彤丽说了，可又说不上为什么不一定。

很快，彤丽向陈静展示他们的工作成果，一间陈旧的办公室里，杨志强都准备好了，伪装成那个工作人员。

热情万丈的彤丽指挥杨志强坐在办公桌前，回身招呼陈静："陈姐，你看怎么样？"然后转头向杨志强说，"我们演示一遍。"

说完，彤丽坐在杨志强面前，杨志强一边偷眼看陈静，一边犹疑地说："证件，身份证，户口，结婚证，嗯，还有……"

彤丽瞪着他，杨志强有些磕巴，"那个，书……"

陈静一直站在门口,整个环境和过程都让她觉得眼前的一切太荒谬了。

彤丽揉了杨志强一把说:"协议书。笨死了。"

"协议书……就别提了。"陈静本想打断他们。

彤丽认真地说:"那不行,人家就是这样说的。分割财产啊,抚养子女啊什么的。要不我回去让白老师写一个?"

陈静说:"哦,不用了,我……已经写过了。"

杨志强捅捅彤丽,彤丽说:"那我们重来。"

杨志强说:"证件,身份证,户口,结婚证,协议书。"口气已经顺畅很多了。

然后杨志强接着说:"你们对协议书有什么意见没有?"

"异议!"彤丽强调。

杨志强颇为疑惑,"什么意义?"

"你别管,不是意义是异议。"

"你们对协议书有什么异……议?"

彤丽此时已经完全沉浸在排练里,忘记了陈静的存在,对杨志强说:"重来。"

"证件,身份证,户口,结婚证,协议书,"杨志强接着说,"你们对协议书有什么异议没有?"

彤丽扮演陈静的角色,说:"没有。"

杨志强拿出准备好的证件,用物业的章虚拟地盖了两下,然后说:"你们的婚姻到此结束了,彼此的权利义务关系就此终止。"

陈静茫然地看着他们。

彤丽得意地回头对陈静说:"陈姐,怎么样?"

陈静有些苦涩地说:"这么……简单?就完了?"

"是啊,我就说很简单嘛。怎么样?"

"挺好,挺……像。"陈静说得勉强。

彤丽说："陈姐，你怎么了？"

陈静勉强笑了一下，"没什么。"

"陈姐，这是假的啊，你忘了。"

"是啊，我有点儿当真了。"她掩饰地说。

三个人鱼贯而出，门口一个老头坐在门口凳子上等着。

彤丽掏出五十块给他，"两个小时五十块。真够贵的！"

老头说："这价钱可是你说的。"

"行了，过几天我还用，还是这个价。"

"行。"

彤丽这才带着陈静和杨志强离开，像是带着自己的部队一样。

陈静看着刚才的一切，觉得彤丽有点儿不可思议，不是陌生也不是钦佩。

26、富豪相亲团，爱情不过是床上用品的豪华商标

在商场中央咖啡吧，伴随着悠扬的钢琴伴奏。

一个中性的声音一直在说："我给很多名人做过形象包装。从老板到明星。形象包装最重要的一点在于准确认知你要面对的群体，明星就和商业大亨的包装不一样，贵妇张扬的是典雅，女明星则故作低调。你现在面对的人群审美方式和诉求，定位是非常具体的，这就好办。现在你的时间只有一天。"对面的男人，中长发，刘海儿遮脸，消瘦，款式奇怪的围巾，短夹克，长衣，破牛仔裤，马丁靴。举止十分女性化，手腕柔软。这是潘子晴请来的形象设计师，没有别的要求，就是以最快的速度把自己变成一个富豪假想中最完美的

形象!

他说完时间后，看看手表，"准确地说我们的准备时间是七个小时。其中你要做一个全身换肤的美容ＳＰＡ，耗时三个小时，并且保证充分的睡眠。明天早晨七点我来给你化妆。剩下打造形象的时间是三小时五十分钟。从头到脚，听我指挥。"

他一拍手，"出发。"

此人领先站起，走出来。

潘子晴随后，一副大义灭亲的样子。

表妹表妹夫跟在后面，这个架势完全在他们的意料之外。

表妹低声说："天呐，怎么跟打仗似的？"

妹夫说："我们跟着这个娘娘腔？他行不行啊？"

表妹说："我姐专门请的。你懂什么，造型师都这样，越高级越这样！"

接下来马不停蹄，定假发，服装搭配，首饰，鞋和手包的搭配，香水，确定妆容，直到傍晚，一行人落座在一个华丽的美甲沙龙里，表妹亢奋，妹夫快昏过去了。改造过的潘子晴几乎看不出原本的样子。

形象设计师，看看手表，"时间刚刚好，我先回去了，你记得一会儿去做保养。明天见。"

表妹对形象师说："你太棒了！我都认不出我姐了。"

设计师淡淡一笑，"最后强调一下，外形打造好了，动作就必须配合起来。和你的形象一致。"

表妹热情地说："你说，回头我监督她。"

设计师说："我就说三个要点，第一不抽烟，第二不跷二郎腿，第三说话的时候收下巴。"

表妹点头，"我记住了，不抽烟，不跷二郎腿，说话低头。"

设计师一拍手，"好，那明天上午见，祝你好运。"

设计师走了。

潘子晴一只手从包里摸出香烟，抽出一根，问修指甲的女孩，"打火机有吗？"

表妹赶紧拦着，"姐，不能抽烟，多有损形象啊？"

潘子晴接过女孩给她的打火机，点上烟，狠狠地吸一口，喷出来，"憋死我了！"

在一个极为淑女的形象下，潘子晴照样抽烟，仰头吐烟圈，跷二郎腿，别有一番趣味。

翌日，潘子晴一行三人来到指定的酒店，内部装修非常奢华，灯光昏暗，厚重的窗帘，有意露出一缕光线，水晶灯，大理石墙面，繁复的雕花，偶尔一件意大利工艺品在墙角的镭射光中，极其简洁的造型，更显得神秘。

一间特别安排的厅房里，更是极端化了这样的气氛，身在其中的人们不由得声音降低，腰板挺直，收敛下巴，并拢腿。面对这一排四个人的面试官，一个年轻女孩子正在做自我介绍。

"学历？"

"西太大学，中文系硕士。"

"年龄？"

"二十五，我属兔，处女座，B型血。"女孩子一连串地说。

"有过性经验吗？"提问者一脸肃穆，像是在替国家筛选打入敌后的优秀特工，认真、严格的神情之中还透着些许神圣不可侵犯的端庄。

"没有。我非常反对婚前性行为，这是对婚姻的玷污和不忠。"进来面试的女子也同样端庄，眉宇之间只是多了一点儿患得患失的骄傲。

"你给我们的资料上显示，你的父母都是教师，婚姻美满，独生女，三围是三十六、二十八、三十八，体重五十二公斤，身高一米六八，籍贯湖南长沙。都属实吗？"

"撒谎是可耻的，我这些资料都是真实的。"

"你娱乐时间都干什么？"

"读书，看电影，有时候和朋友去听音乐会。我特别不喜欢喧闹的地方，安静一点儿，才可以思考。"

"谈谈你对婚姻的看法，期待，和责任。"

此时外面的走廊上，四五个女孩子，都精心打扮过了，彼此保持微妙的距离。他们都被家属或者朋友陪伴着。整条走廊显得拥挤，却十分安静。

一个人推门出来，"五号，潘子晴。"

一个人站起来，甜美的淑女形象。昨天设计师还一个劲儿说，知识有就行了，对于这些有钱的男人来说，没知识没学历就是没品位，可是太多了就是有病。他们对少女有着完全不靠谱的幻想，年轻是一方面，另一方面在外形上一定要柔和、单纯，你的学历已经不低了，如果还是一副精明干练的样子，铁定不会入选，要尽量单纯，学院派的幼稚和书卷气的甜美，日韩范儿的肯定特别多，咱来英范儿的，还要复古的……眼前的潘子晴一副从哥特式建筑里出来的优雅，皇家花园里的淑女。乍一看绝对是翻版的奥黛丽·赫本。

表妹在后面拉拉她，"记住，别抽烟，别跷二郎腿，说话低头。"她紧张又兴奋，动作之间还夹杂着一种特有的冲动，描述出来就是——要不我替你来吧。

潘子晴拿了自己的手包，头也不回地进去了。

一开始，潘子晴倒是很收敛，稳稳地坐在中央，坤包正放在膝盖上，双腿并拢向左侧倾斜45度角，上半身的中心微微右倾，向正面的考官呈现出左侧完美的曲线和面孔的最佳角度。当然下巴是收敛的。这个形象，还真让设计师说中了，看了一天日韩美女，潘子晴的英伦风格算是让人眼前一亮。

"你的形象气质很好。比照片上强多了。"

"是吗？"潘子晴适时地甜美一笑。

"这样，我们节省时间，你自我介绍一下吧？"

"不如这样，你把资料给念一遍，我纠错怎么样？"笑容不减，言语温和，却一点儿都不让步。

四个人一怔，某男咳一声，"好，潘子晴，年龄二十八，血型AB，星座射手座，三围，不详，身高一米七，体重，不详，职业这儿写的是个体？学历硕士，专业英语，籍贯山东，爱好读书，听音乐。"

潘子晴笑起来，"停停停，除了名字这根本不是我！哎哟。笑死我了。"她有意在声音里加入了一丝颤音，现成的形容词就是"D-I-A——嗲"。

"这，你怎么能在资料上撒谎呢？"某男被这个小颤音弄得有点儿乱，镇静之中，身边的一个女人替他说了这句官话。

"根本不是我填的！"潘子晴眨眨戴着两层假睫毛的眼睛，一副无辜的样子。

某女有些不悦，"你通过这最后一试就能参加富豪团的游艇夜宴，在这之前，你必须给我们你的真实资料，我们要对委托人负责。"

潘子晴点头，"这话不错！继续！"

某男耳语几句，人们似乎达成一个共识。

某女收敛一下自己莫名的不满和怒气，清清喉咙说："基本资料，我们可以一会儿再填，那些内容不重要，这次面试的关键是看你这个人。请问有没有性经验？"

"那些富豪有没有性经验？"潘子晴反问。

"这是隐私，我们不提供。"某女一副公务员的表情。

"隐私？哦，那我的隐私也不能提供。"

某女急了，"他们都是身价一亿的人，都有自己的私人游艇，他

127

们当然有权要求他们未来的妻子是处女！"

"别急，你看你，说话就说话，别把标点喷得一桌子都是。"潘子晴慢悠悠地说，口气中的轻蔑却以子弹的速度打出。

某女气结，手里的资料夹一拍，双手抄起，不说话，用冰冷的眼神审视潘子晴。

潘子晴毫不在意，耸耸肩，"继续！还有什么问题吗？"

某男清清嗓子，"你业余时间的娱乐都是什么内容？"

潘子晴下巴仰起来，"泡吧，蹦迪，K歌……"一边说着一边把腿伸出来，娴熟地一搭，二郎腿显形了。

某男无奈，"我们很难想象您的这个……这个爱好和您的形象……你看起来这么淑女……"

"哦，对不起。"潘子晴连忙道歉，把上身靠向椅背，打开手包，拿出烟来，在对方惊讶的神情中，点着，吸烟，不是仰，而是甩下巴，并吐出一股轻烟，勾勒出她甩动的弧线。"现在呢？能想象了吗？"潘子晴歪头仰着下巴，轻声地问。

这是挑衅，某男也生气了，"对不起，您实在是不符合我们委托人的要求。"

潘子晴乜斜地看着面前的几个人，"符合要求，符合什么要求？婚姻里哪一点儿跟这些狗屁要求有关？你们到底是在找共度余生的伴侣，还是找一次性消费品？身高体重三围？我看你们超市逛多了，以为什么东西都可以标准化生产？"

另一个女人突然发言，"我再强调一遍，你们即将参加的是超级富豪的相亲会。他们不是一般人！他们当然有权利要求相亲对象的各种指标。"

"收起你那套嘴脸吧。富豪，富豪！先把姓名报上来，让大家听听，是不是真富豪？难道连名字都是隐私吗？有什么见不得人的地方？真要这样一个条件一个条件的对照，他们为什么不把照片登出来，把身高体重写出来，还有三围，还有最重要的，哦对，就是个人资产。别一口一个富豪，把这些全省略了。现在有个一百万就敢说自己是富豪！"潘子晴吐一口烟圈，说一句。

某男嘟囔了一句："怪不得女硕士都嫁不出去呢！长得好看也没用！"

潘子晴听见了，立刻冲着那个男人说："对不起，我的学历是博士，不是硕士。"

这时，潘子晴已经完全抛开三个原则，手里夹着烟、跷着二郎腿、仰着下巴，用眼角对着面试官，她语词尖刻，语速飞快，如机关枪一样，发泄着这些天的不快。

"让女性竭尽全力按照男人的意图好恶来改变自己，取悦对方，仅仅因为这个男人有钱？难道这个时代的现实已经残酷到必须抛弃尊严、人格和自我的地步吗？把女性当成玩具，当成芭比，当成摆在家里昂贵的装饰品？我真没想到现在的男人已经虚弱到这种地步，只能用钱来充实自己，用钱来衡量一切——如此的无知、愚蠢，如此粗暴、丑陋，简直是空虚到无以复加的地步！真让人心寒！婚姻就是在你们这样的人手里变成交易，用青春和身体来交换，尊严人格和自由在你们看来简直是荒唐可笑而且廉价是不是？！我想不出这样的婚姻能带来什么？幸福？爱？别用爱情做遮羞布！没有尊严，没有自由的婚姻，爱情不过是用来推卸责任的借口！就是因为有钱就可以光明正大地把爱和自私等同起来，把欲望和独占等同起来！只要套上婚姻的华服，就开始肆无忌惮地伤害，强迫他人对自己没完没了地付出和牺牲！这就是你们相亲的目的！这就是你们所谓的富豪！这就是现在的婚姻！我告诉你们，我不稀罕！"

说罢，潘子晴挑着眉毛看着对面的人被自己的言语一一击中。

潘子晴收敛动作，慢慢起身，吸一口烟，说："顺便说一句，我不是二十八，我今年三十五。耶鲁大学人类学女——博士。"她在女上面狠狠地拉长音节。

说完转身出门，极为淑女优雅。临出门的时候，潘子晴一只手把烟头在门框上压灭，留下一屋子惊愕的表情。

漂亮奢华的酒店夜景，灯光装饰下更具魅力。

远处的立交桥，也装饰成一条灯的桥。

车辆滚滚。

潘子晴走过来，身后跟着表妹。

潘子晴走在前面，伸手把假发揪下来，抖开自己的头发。

表妹赶忙上去，"姐，大街上！你干吗？"

潘子晴把假发往她怀里一塞，"给你了！"

表妹抱着假发高兴地问："真的？这顶假发两千多，是我大半个月的工资。"

潘子晴掏出烟来，停下来靠着栏杆，点烟。

表妹安慰她："姐！是不是人家嫌弃你啊？你别灰心，再试试别的！"

潘子晴斜眼仰着下巴看着表妹，"傻丫头！"

面前车来车往，奔流不息，潘子晴的心情好像冲过堵塞高峰的路口一样，痛快异常。

27、我的非常闺密第三波：秘密的分量决定闺密的等级

彤丽很兴奋，终于有一个秘密了，有秘密才是闺密么，那么和陈静就要变成那种关系了！她拉着杨志强反复地练习那句话。两个

人在昏暗的录像厅里，一个稍大的电视机正在放映《泰坦尼克号》。在冰冷的海水里，快要冻僵的男主人公正在把木板推给他心爱的姑娘……零星的观众中，杨志强和彤丽挤坐在一起。杨志强说这是他最爱看的电影，彤丽答应陪他一起看，作为奖励。

杨志强在黑暗中，紧紧地搂着彤丽。

彤丽使劲抽，但抽不出来。

杨志强悄声说："要是遇到这种事，我也能做到，真的，我就是你的杰克。"

彤丽的心思不在这儿，她悄声问："哎，那几句话呢？你再背一遍。"

"不用了吧？"

"不行，到时候我怕你露馅！背一遍，现在。"

杨志强懒洋洋地说："你们的婚姻到此结束了，彼此的权利义务关系就此终止。"

"不行，再来一遍。口气严肃点。"

"你们的婚姻到此结束了，彼此的权利义务关系就此终止。"

"再重复一遍……"

屏幕上，男主人公已经沉入了海水，姑娘悲痛欲绝。

黑暗里，杨志强的手向彤丽的衣服里面伸，嘴里嘟囔着那句话。

"干什么？"

"都这么长时间了，我都没摸过一次……"

"不行！"

"那……那我不背了。"杨志强故意转身。

彤丽想了想，拉过他的手放在自己腰上。"说好了，往上可以，往下不行。"

"我都被他们嘲笑是……是……"

"是什么是？"

"就是没有过……那个……"

彤丽一扒拉他，"那算了，我找别人。"

杨志强一把拉住她胳膊，"好好好，我……我……"

彤丽让他抱着，摸着，"快背！"

杨志强嘟嘟囔囔地一边背着那句话，手里却不停地摸索着。

自从搞定这些事儿之后，彤丽几乎是盼着离婚的这一天。终于到了周六，彤丽热情地帮白宏挑衣服，打扮，好像不是离婚而是什么演出。到了时间，从大门出来迎面看见的不是陈静，确切地说，不光是陈静，还有潘子晴。这让彤丽有点儿惊讶，她本以为这是自己和陈静之间的秘密，没想到潘子晴也来了。彤丽突然生出一点儿委屈，很快她又平复了，她们是闺密，这样她们两个都是我闺密不也挺好么。彤丽安慰着自己。

潘子晴可不跟她纳这个投名状。

她一大早来找陈静，本是为了汇报自己昨天如何对阵富豪团，战利品就是跟陈静一通炫耀。结果陈静匆忙要走，神色之间让潘子晴看出端倪。"你有病啊！假离婚？以后怎么办？白宏知道了怎么办？要是一直瞒着，你算干什么的？不办手续就等于没离？亏你还上过学！什么是事实？分居就是事实！"潘子晴一通劈头盖脸的臭骂。

陈静已经进了死胡同，"你不是我，你根本不知道我现在的处境，我没得选。"

潘子晴索性说："那我今天就跟着你去。"

陈静烦躁地说："你跟着我干吗？不像你想的那样。"

"我就是要看看，到底是什么样！"

"不用——"她用力拖了一个长音，

潘子晴短促有力地说："用！非去不可！"

陈静只得坐着潘子晴的车去接白宏，两人等在门口，不一会儿彤丽挽着白宏下来了。白宏显然特地打扮过自己，彤丽也是。两个人衣着光鲜手挽着手出来，潘子晴嘴角挂着一丝冷笑。

陈静赶紧解释，这是因为白宏不喜欢像盲人那样摸着走，手牵手，看不出他眼睛有问题。

潘子晴淡淡地说："我什么都没问，你在跟谁解释？"一句话戳破了陈静努力建立起来的优雅，不等她把突如其来的尴尬消化掉，潘子晴直接对白宏说："哎，今天离婚，感觉如何？"口气中充满嘲讽。

白宏熟悉潘子晴的声音，惊讶地说："哦，是子晴来了？你来……干什么？"

潘子晴眼睛看着彤丽，嘴里回答白宏："我来，看看你怎么离这个婚。"

白宏有些尴尬地说："这有什么好看。"

潘子晴说："好看得很。"

彤丽很诧异，"子晴姐，你……你怎么来了？"说着望向陈静。

陈静迎着彤丽的目光，疲惫地微微摇摇头，从陈静的神情里，彤丽看到了一丝无奈，也许……硬着头皮来吧。

坐着潘子晴的车，一路上，潘子晴话里有话。这些话，只有陈静听得懂，彤丽懵懵懂懂的只认为是潘子晴不满自己对她隐瞒实情，决心事情过去了，就跟她和盘托出，一五一十的都告诉她，求得谅解。对于白宏而言，潘子晴向来牙尖嘴利，不满意自己离婚是题中应有之意，从她的强调里，白宏也能想到陈静不是有意让潘子晴来的。

就这样一行人各怀心事来到那间破旧的办公室外。

地方到了，车停下来，四个人先后下车。

彤丽挽着白宏向前走，登上楼梯，杨志强站在二楼门口看着她们。

"走吧。"陈静看了潘子晴一眼也向前走，潘子晴一把拉住陈静。

"你真打算演啊？"

"什么啊？"

"你不觉得荒唐吗？你这是演给谁看？白宏还是你自己？"

"走吧，他们等着呢。"

"那就让他们等着去！"潘子晴远远地指着那个房子，"我就问你，这是你来的地方吗？那个破房子，他看不见，你也看不见吗？"

"你觉得我还有退路吗？"

"那你以后怎么办？我问你，以后怎么办！"

陈静转头看看前面，白宏和彤丽的背影，快走到门口了。"子晴，你为我好，看着我着急，我明白。可你不是我，你不知道我现在的处境。"

这句话潘子晴几天之内算听够了。"什么处境？屁处境！我还是那句话，就算是真离婚他妈也比现在强，至少光明正大！假离婚算什么？你知道是假的，我知道，彤丽也知道！白宏呢？他可认为是真的，要是他回头跟别人好了，你怎么办？到时候你说还是不说？怎么开口？陈静你也太糊涂了，彤丽傻，你也跟着傻啊？他看不见你也看不见吗？以后你怎么自处？不说别人，你看看他们俩的背影，整个一老夫少妻！你现在要是一脚踩进门，就等于把自己逼上了绝路。"

陈静犹豫片刻，"子晴，你说的我都想过，可是真要是离婚了……你不懂，离婚不是分手，不高兴就掰，我们七年的婚姻……这是权宜之计。"

彤丽站在门口远远地看着陈静和潘子晴争执。

她等了等，又回头看看已经进屋的白宏，向陈静潘子晴跑过去。

彤丽微微气喘地说："陈姐，白老师等着呢。"

潘子晴看见彤丽凑过来，"让他等！"

彤丽央求地说："不行啊子晴姐，我们得赶快，要不一会儿人家要屋子，可就穿帮了。"

潘子晴的火腾地上来了，"这儿有你说话的份儿吗？是不是这儿就你聪明，就你懂事儿，啊？"

彤丽有点儿懵，她不知道子晴姐为什么突然出现，为什么突然生气，为什么对自己这么不满，此时她没时间想这些为什么，必须尽快让事情过去。假离婚，要的就是瞒天过海、神不知鬼不觉。她的笑声尴尬，"我……没有啊？我怎么啦？我是说……"

潘子晴一股邪火冲着彤丽就来了，"你怎么啦？我说错了吗？主意是你出的，这地方是你找的吧？人也是你找的，证也是你办的，你还把他们攒起来？一块犯傻！我让你来是让你干这个吗？我告诉你彤丽，我是你老板，我说不行就不行！"

陈静转头说："子晴，这事怨不着彤丽，是我同意了的。"

彤丽不知深浅，"是啊，我是帮忙的。"她一脸无辜。

潘子晴更生气了，"用你吗？你帮忙？我看你是兴风作浪。"

"我没兴风作浪！你是我老板，我哪儿做得不好，你骂我没事！可我这次没做错！你骂不着我！"

潘子晴眯着眼睛看着彤丽，"你这样的人我见过多了！看着朴实，诚恳，一派天真烂漫，其实算盘深得很。你知不知道你现在带陈静来的地方足以毁掉她的一生！"这次潘子晴的音调低下来，声音里充满了威胁和愤怒，也尽量别让白宏听见，毕竟揭穿了对陈静不利。

陈静想安抚潘子晴，"子晴，没你说的那么严重。"

彤丽却不知进退地又为自己辩解起来，这时陈静都要阻拦她了，"彤丽！"

彤丽说："本来嘛。"声音没那么大了，听着还挺委屈。

潘子晴看了两人一眼，"我去跟白宏说！我就不能让你今天把这种荒唐剧演下去，你不心疼你自己，我心疼！"转身就走。

陈静彤丽一愣之下，也跟上去。

潘子晴闯进来。

杨志强本能地站起来，看着潘子晴。

潘子晴上下打量了一番杨志强，冷笑一声，直接冲白宏去了。

"你真打算离婚啊？"

"我是为了她好。"

"少他妈的说你是为了陈静，你知不知道你这样做把她逼成什么了？我最讨厌听见男人说什么为了谁，为了谁？都他妈的是为了你自己！哎，我把彤丽派来照顾你，是借给一双眼睛！我没让她领着你到这来！"

白宏虽然知道彤丽肯定跟潘子晴陈静认识，没想到是潘子晴派来的，这句话倒是印证了自己的感觉，他点点头，没说什么。

陈静和彤丽紧跟着赶进了房门，看着潘子晴发飙，又不能说什么。

白宏说话了，"子晴，彤丽不是你说的那种人，她很单纯。这些事情都是我的决定，我没有让她替我判断。你的话实在是太伤人了。"

潘子晴觉得白宏简直是个猪脑，又怕说破了陈静难堪。"伤人？我告诉你白宏，像她这样的人，你要警惕。她的单纯和善良是因为面对的诱惑少，见过的世面少，能够掌控的钱和物少，所以显得善良。但凡有一点支配能力，她就毫不犹豫地使用，事情就会朝着你意想不到的方向发展。她感恩是为了让你为她付出更多，让你愧疚，她感恩的方式丝毫不顾及你的隐私。一旦被拒绝，她就会憎恨你，仇视你，报复你。你根本不知道像她这样的人到底能干出什么来！"

潘子晴的一字一句，像鞭子打在彤丽的脸上。但是更愤怒的是杨志强，他"噌"地站起来，冲着潘子晴，眼中几乎冒出了火，手里攥着的几张纸已经紧紧地皱在一起。

杨志强气呼呼地看着潘子晴。

白宏也不再说什么了。

彤丽委屈地抽泣着。

陈静忍不住了，"子晴，过分了！"

潘子晴看着陈静，突然觉得陌生，她此时的神情让潘子晴觉得失望，难过。这一声呵斥，让潘子晴一下子意识到自己是多么地多余。"哦，对不起，我错了。我忘了，你们是自愿的，我无权干涉。对不起。你们是一家的。陈静你和他们是一家的，我管不着。对，我才是多余的。我走。现在就走，对不起，耽误你们了。"她尽量保持自己的优雅，一边说着，开始向门口退去，说完转头走了，一串高跟鞋的声音远去，急促不安。

屋子里安静极了。

杨志强并没有坐下，目光一直看着彤丽，等她一个眼神就爆发。

彤丽用手背擦了眼泪，示意杨志强坐下。

杨志强听话地坐下来。

陈静和白宏都坐好了，谁也不说话。

彤丽看看陈静。陈静却没有看她。

"开始吧。"陈静平静地说。

就这样，大家各自满怀心事的，把仪式做完，杨志强说了该说的话，彤丽挽着白宏和陈静一起离开。没有客气的言语，各回各家各找各妈。

这一夜，无论对谁而言都是艰难的。

潘子晴离开陈静这破败的"小西天""雷音寺"一头扎进健身房，只有汗流浃背的运动能把脑子里、胸口间的恶气像排毒一样散出去。

杨志强依旧怒火中烧，非要拉着彤丽回老家，不在这儿干了，潘子晴对杨志强的刺激太大了，尤其是她对这些草根的评价，更刺激了在北京居无定所的他的不良感觉。

"不受这窝囊气，天下大了，此处不留爷，自有留爷处。"

彤丽却不肯，说得急了，杨志强硬是要冲进白宏的家里替她打包，至于假离婚这事儿会不会穿帮，他才不管呢。

彤丽低头想了想，"可是我已经拿了陈姐一个月的钱，这还没两个星期呢，怎么说，我也得过了这个月吧？"钱是个借口，这个关系眼看就到手了，彤丽不肯放弃。

"他们不差那点儿钱！"

"这不是钱的事儿，这是关系！"

"这算是哪门子关系？"

打发走杨志强，彤丽把今天整个过程想了好几遍，千万别出错，可心里还是不踏实，实在坐不住，干脆看看白老师在干什么。

白宏听见彤丽进来，没有像往常似的让她出去，反倒问她："这个离婚证是……什么颜色？"

"红色。"

"为什么是红色。"

彤丽一惊，以为自己弄错了，被白宏发现了，遮掩地说："我怎么知道，可能都是红色。"

"现在都是红色的了吗？我记得以前是蓝色的，不是很纯正的蓝，有些灰，有些暗。"

"是啊，可能是因为红色好看吧。"彤丽观察白宏的神情，打算死不承认，他也没辙，没想到白宏并不是怀疑。

"大红，还是暗红，还是淡淡的那种肉红色？或者是紫红色？"

彤丽皱皱眉头看着他手里的证，"大红吧？"她不太明白这个有什么重要，"就像……"

"玫瑰？"

"对。"彤丽说。

白宏不说话了，手里拿着离婚证，默默的。

彤丽豁出去了，试探地问："你总不能认为这是假的吧？"

白宏懒洋洋地笑了一下，"假的？这怎么可能是假的？到哪儿弄假的去。"

彤丽暗自出了口气，应和着。

这头陈静在家里，一个人把白宏当年给她做的那些雕塑一个一个的从架子上拿下来，擦干净放进储物箱里，陈母听见动静，进来看着她。妈就是妈，猜到了陈静今天的经历。

母亲坐在她身边，摸着她的头，"想哭就哭出来，这样憋着对孩子不好。"

陈静没说什么，接过母亲拿给她的一大碗水果酸奶，吃起来。

"吃吧，吃吧，你很快也是当妈的人了。"

陈静点点头，什么都没说，继续吃。

"没事儿，妈妈在呢。"

陈静抬头看着母亲，"妈！"不由得有点儿委屈。

"妈明白，我闺女是好闺女啊！"母亲说着轻轻抚着她的头发。

这句话让陈静难过起来，鼻子发酸，她不想让母亲看见，索性低头往嘴里塞东西，两个人好半天什么都没说，妈妈看着女儿吃着。陈静忽然嘴里含着东西含糊地说："其实，妈，我没和白宏离婚。"

"妈知道，妈什么都知道，子晴也是妈叫去。就是不放心。"陈母一点儿都不惊讶。

陈静一惊，怔怔地看着母亲。

母亲问她："他现在蒙在鼓里，总有一天你得告诉他，你怎么说啊？孩子总得有爸爸呀。"

陈静有点儿懵，想了想说："以后的事儿，以后再说吧。现在只能走一步看一步。"

"这可不像你说的话。"

"这事儿也不像我干的事儿呢！唉，我也不甘心啊！妈！"

陈母不再说了。"好，妈知道，这样也挺好的，先过去了再说。没事儿，有妈呢。啊！放宽心，大不了咱娘俩过。我不能让我闺女受委屈了！"

28、闺密外传之刘未然

刘未然是个古董商，不懂现代艺术，对白宏的东西更是一窍不通，要不是郑云邀请他根本不会来。此人因着做古董，打扮完全是中式的范儿，老头鞋对襟衫，长相没有什么特点，要不是整天一副古董范儿，换身儿衣服扔在人堆里，根本找不出来，那个相貌最适合干两件事儿，一个是间谍一个是诈骗犯，都属于一脸真诚，事后想不出长相的职业。

他受了郑云的委托，在白宏画展上高价买了两幅画。

画展之后没两天，郑云如约而至，两人在刘未然的四合小院里饮茶，八仙桌旁两株玉兰开得正盛。

"行啦，说正事儿吧。来拿画了是吧？"刘未然握着紫砂壶，抿一口茶。

郑云一点头，"跟痛快人说话，就是痛快。你说吧，我不还价。这交情，铁吧？"

刘未然不为所动，"既然大家都说痛快话，那我就不客气了。"

郑云扬手作一个请的架势。

"这画呢，我是不打算给你啦，你也甭问价，什么价儿也不让，我呀，自己收藏了。"刘未然说完拎起水壶，给郑云的盖碗茶续水。

郑云愣了，"你说真的？"

刘未然一脸真诚，"我像是说假的吗？"

郑云想不通，特别困惑地看着他。

刘未然看着他说："怎么着，觉得憋屈？觉得这画放我手里委屈了，是不是？"

"你也知道它委屈啊？"

"我知道，这画落我手里，委屈了。可这是什么？这是命！多好的玩意儿，它也得认命不是？"说完，茶壶眼前一端，闭上两眼，喝一口，神情怡然自得。

郑云无可奈何，虽说白宏的画算不上什么收藏品，市场价值也没那么高，但是落在外行手里终究觉得别扭，好像正经的四年机械工程专业毕业之后去推销自行车一样。

郑云走后，刘未然依旧在中间的太师椅上端坐，手里持一茶壶。

两张太师椅中间的茶几上摆着一个青瓷花瓶。

刘未然眯着眼睛望着自己的小院，八仙桌空了，一只盖碗茶杯，好似整个世界就是如此，尽在他的掌握之中。

刘未然重新换一壶新茶沏上，嘴里自言自语："这个世界上什么人都有，什么事儿都有，可有一样儿从来不变，那就是缺什么补什么。缺钱的满世界挣钱，缺德的满世界行善，外国人说人人生来平等，那是因为他们缺这个。还是我们老祖宗说得好啊，要守礼。关键是守什么礼？你说个谢谢就是守礼了？大错！"

说着怡然自得地呷一口茶。

他接着说，闭着眼睛，这些话他在心里滚了很久了，此时说着，像是唠家常。"礼说白了，就是人人都要有个三六九等。有高有低，人才不委屈。现在的人，个个觉着委屈，都委屈大了。其实不是真委屈，一平头百姓，坐不上龙椅，自个儿跟家一把鼻涕一把泪的，要我说，你委屈得着吗？那就不该是你的。"

　　说了开场白，刘未然有些兴奋了，睁开眼睛，呷一口茶。"人委屈不要紧，可东西，不能委屈了。人人平等了，东西不是还没呢吗？那好东西放在不识货的人手里，就好比龙袍穿在草民身上，谁委屈？龙袍！"

　　此时，阳光不错，一阵风袭来，门口的树微微摇晃，院子里满是树影。

　　刘未然坐直身子。"那姓郑的，觉着他师兄的画放我手里，委屈了。是，就是委屈了，可这能跟你的委屈比吗？"说着刘未然摸摸这青瓷花瓶，轻柔之极。"你是谁啊？雍正年间青花瓷的玉壶春对儿瓶。名字也好，正所谓——玉壶买春，赏雨茆屋，座中佳士，左右修竹。从身段到神采，丰韵舒展、温润含蓄，没有一点儿瑕疵。现如今呢，落到我手里，好好一对儿却剩了你一个。你说，你委屈不委屈？"

　　刘未然又缓缓地坐回到自己的圈椅之中，手搭着茶几边，呷一口茶。"你是大家闺秀，委屈也不露出来，这是你的命。可我不行，心里疼得慌。眼么前儿，让我撞见了另一个，这也是你的命。如果我不能让你们两个在我手里见个面，叙叙旧，那就是我对不住你们。"

　　拿着这两幅画，刘未然才能去找白宏签名。签名是假，建立关系一来二往的，做个朋友。他看中的是白宏家里那个青花瓷瓶。凭他多年的经验，一眼过去就知道深浅。头次是随着郑云去给白宏热场，在白宏家，没人注意他，也没介绍，他就留心了这个瓶子。这次再去，虽然被回绝了，可是多看了一眼，他就愈发肯定了。更何况，白宏这样的人回绝他早在意料之中，艺术家么。他来是见见彤丽。

　　要说彤丽，刘未然印象深刻了。本来他还在头疼怎么跟白宏建立关系，画展的时候遇见彤丽算是一束阳光照进峡谷，豁然开朗。

白宏的画展上，彤丽正好是接待，请来人签名。刘未然进来并没有注意到她，正好一个同事因为不满意白宏如此境况还有这样的机会，背着白宏愤愤然嘟囔了几句，站在一旁看画册的刘未然听见了，彤丽也听见了。

刘未然看见她微笑地叫住对方，"先生，请签名。"

刘未然看着彤丽转身拿了一听可乐，在桌子下面用力摇晃，等那人签好了，又看着她微笑地递给他可乐，"谢谢光临。"

这多明白呀！

其实刘未然听了那个同事的话也不舒服，就算是自己这样无关的人，可白宏毕竟是受了伤，拿失明来说事儿，再怎么着也听了不舒服。但是这不关刘未然的事儿。看着彤丽这样整治那人，刘未然也挺高兴，反正看热闹。

他仔细地打量了一下彤丽，样子好看，机灵，不像是一般家里临时雇来的保姆，倒像是远房亲戚，境况不好在这儿投靠的同时自己还能找点儿机会。她对这样的小惩戒还特别有正义感似的。

刘未然等那人走开，问彤丽："怎么我没有可乐？"

彤丽一愣，没想到会这样，还没来得及回答。

那人已经打开了可乐，"呼"地全喷出来，喷了自己一身，连忙举远，依然不能幸免，旁边的人纷纷躲开，他不好直接丢掉，尴尬中手里拿着那个可乐罐子，回头看彤丽，彤丽连忙把眼睛转向刘未然，对他的狼狈相视而不见。

乱了一阵，那人也说不出什么，怒气冲冲地走了。

刘未然低声对彤丽说："做得好，就该这样，解气。"

彤丽递给他一罐可乐，不好意思地说："您可别跟别人说。"

刘未然点点头，拿了可乐转身走了。

彤丽松了口气，向周围看看，希望没人发现，一转头刘未然又返回来了，彤丽吓了一跳。

刘未然举着可乐罐低声说："我这罐没问题吧？"

彤丽急忙摇头，脸憋得通红。

所以彤丽主动答应帮刘未然要签名。

29、我的非常闺密第四波：占着你的位置，做你的闺密，过我的生活

假离婚对彤丽来说就像打了一场仗，本以为，战友是天然的同盟军，结果没人理她，像是评书里电视上说的卸磨杀驴。彤丽慌了。跟着白老师，日子是舒服，可没后路，还是姐姐们比较重要。她深知自己还没站稳，这两个女人能让自己拿高工资住好地方，也能一夜之间回老家。

彤丽不想更多的可能，也想不明白，世界对她来说就是写字楼广告牌，就是一碗面二十块钱，就是高架桥霓虹灯，就是汽车和口红，就是穿得越来越少的歌星演员，就是喝咖啡，就是网上关于小资的一切。她想小资，太想了，小资不是个生存问题，对她来说一顿饭一碗粥一把咸菜也能活着，可就是不甘心。尽管从热销的《季羡林妙语录》里看到过"对绝大多数人来说，人生毫无意义"她还是不甘心，彤丽所有做的一切都是要让自己过那种小资的生活。现在，不是子晴姐，陈姐不理我吗？我理她们不就行了，至于她们心里怎么想的，彤丽不愿意细想，没用，又不是她肚子里的蛔虫。

彤丽活动几天之后，潘子晴也主动和陈静修好，口口声声说不

跟孕妇治气，怀孕的女人智商低，其实大家心里也承认，彤丽起了很大作用。

"一口一个子晴姐，什么都请教我，到店里一看，井井有条，账也做好了库房也收拾了，连小宋也机灵了不少，我问她，她还说是多亏了你帮她报的会计班，现学的。你说，这么着，我能说什么，走人？抛开对她的看法，就是这小店，我现在还真有点儿离不开她。"

两个人的结论是，这样草根的女孩儿比起她们这些所谓高知女性最大的优势，就是生机勃勃的行动能力。她们不想，不分析，不判断，完全凭着感觉做，直着不行就曲线到达，硬的不成就来软的，不会自己跟自己过不去，什么原则什么立场，对于她们来说达到目的就是胜利。于是两个女人感慨，自己受了太多的教育，反而想得太多，做事用加法，越做越多，越做越难；彤丽做事用减法，直奔主题。两个闺密从人性到文化，从逻辑到情感，从个人到群体，从现状到未来发展……这通聊真真地印证了高学历的女人是怎么背后嚼舌头的。

对于彤丽来说，眼下最关键倒是怎么跟白宏相处。总要干点儿什么来消除两个人的尴尬。聊天——彤丽根本不知道白宏想聊什么。白老师感兴趣的，她不懂，她懂的那些，白老师根本不感兴趣甚至不知道。剩下就是做饭，收拾家，不用他干任何事情，白宏也从不要求彤丽为自己干任何事情，基本上他都可以自己去做。

两个人像是没有交点的苍蝇一样，在同一个空间里转来转去。这段时间彤丽完成了两件事儿：一是杨志强终于进了这个小区当保安，一身红色的制服头戴贝雷帽，很帅。两个人像是地下接头一样交流，凭着手机短信和擦身而过的眼神。晚上，彤丽能看见他走到自己窗外对面的路灯下面，看着自己，彤丽不管做什么都看看他。尽管这小子总找各种机会要亲热亲热，尺度早就超过了拉拉手、抱抱亲亲的程度，彤丽还没想好，这个毕竟是个大事儿。第二，她已经勘察好了全部地形，每家每户什么情况，有多少人，谁家有老人，谁家有小孩，谁家有车谁家是第二套房产，谁是文化人儿，谁是土老板，最重要的是这些人家里，谁家的保姆是长工谁家的保姆是短工，这些保姆住在哪儿，从哪儿来的，个人情况怎么样，通通了解，比起这个小区自己的业委会，只有更详尽。这是本能，是安全需要。很快，彤丽不但了解了这些内容，还在几个年纪相当的小保姆中间当起了大姐头。谁吵架了，谁想家了，谁生病了，渐渐地都问她，别看彤丽在陈静潘子晴面前捧着笑脸仰望，紧追不舍的样子，在这些姑娘面前那可是无比正确，说一不二的主儿。尤其是当彤丽给她们进行理想主义教育的时候，真是神采飞扬，小姑娘们听着都觉得这个姐姐很厉害，将来一定成。至于成什么，她们想不出，也不想，反正一想到以后很了不起就很爽了。偶尔有某个小姑娘聊起来"处朋友""谈对象"这样的事儿，彤丽还临时做做生理卫生指导，小女孩们深信不疑。其实她也是一知半解，却说得掷地有声的，让人无法怀疑。这天几个女孩子聊起来"守宫砂"，还神神秘秘地说这是处女的标志。彤丽就告诉她们怎么鉴定谁是处女，从额头汗毛的浓密度，到瞳孔的清澈度，从身体的味道，到走路的姿态，从胸部的形状，到屁股的弹性……每说一条，姑娘们就让她给几个人鉴定一番。

到最后，她们问："彤丽姐，你是么？"

"切——"长长的一声轻蔑的口气之后，"那有什么，不就那么点儿事儿么！你们想知道么？"

几个小姑娘头点得像是吃米的小鸡，眼睛里崇拜极了。

"下次吧。"彤丽说完，潇洒地离开，享受啊，这种感觉真好。

每次和小保姆们聊天，也不是完全没有收获。一个四川籍的小姑娘，业主是个作家知识分子，整天窝在家里，不出门，不是看书就是听音乐，偶尔在家里看看电影，保姆要照顾的是他年迈的母亲，瘫痪在床。一整天不说一句话，对她的要求就三个，安静，干净，少油盐。

四川姑娘可犯了难，坐在彤丽面前说："有什么用，她们说的那些对付一般人行，咱们对付的是谁？知识分子，闷都闷死你了，说句话都嫌声音大了，吵到他写作打断他的思路。你那个是个大学老师，一样！现在不是不上课么？"

彤丽争辩，"他又不写东西。"

"一样！他上班么？不上吧？哼，一个男人不上班，真要命！"

彤丽想了想，又想了想，晚上主动问白宏，想不想看书，别说，这招真管用。

白宏沉默了一下，"怎么看？"

彤丽站在书架前，"我给你念，你想看哪本？"

白宏对彤丽这样的热情没抱什么希望，淡淡地说："你想念哪本都行。"

彤丽左看右看，挨着书架数过去，《西西弗斯的神话》，这是谁？没听说过。《没有个性的人》，没个性有什么好看的。《蒙古往事》，这是什么，写成吉思汗，能看吗？"自言自语地批判这些书。

"你喜欢看什么？"白宏问。

"爱情的那种，哎，《情人》这个不错。读这个吧？"

彤丽用温柔的声音读："情人，作者：玛格丽特·杜拉斯，外国人。"

"法国人。"

"我已经老了。有一天，在一处公共场所的大厅里，一个男人向我走来。他主动介绍自己，对我说：'我认识你，永远记得你。那时候你还年轻，人人都说你很美，现在，我是特地来告诉你，对我来说，你比年轻的时候还要美！那时候你是个年轻的姑娘，但比起你年轻时的美貌，我更爱你现在备受摧残的容颜。'这个形象，我是时常想到的。我常常忆起这个只有我自己才能回想起来、却从来不曾

147

说起的形象。它一直在那里，在那昔日的寂静之中，令我赞叹不止。这是所有形象中最使我惬意、也是我最熟悉、最为之心荡神驰的一个形象。……"

白宏认真地听着。

接下来的几天，彤丽给白宏读这本《情人》，就像一道电视节目一样，每晚八点，饭后，坐在沙发上，两杯清茶，一个读书，一个听，还挺有点儿文人气象的。

彤丽当然不会仅限于此。这种在她看来枯燥的东西，读了好几页，主人公还没怎么着呢，尽是些莫名其妙的描述。一开始读还挺好玩，在想象中，自己就是一个娴静的少女，手捧书卷做吟诵状。可是真要每天读，就要命了。这点儿想象支撑不了三天。但是白宏到点儿往沙发上一坐，彤丽就只能开始。读着读着彤丽想到了那个签名，自己答应了刘未然的。一个多星期过去了，央求了几次，也没用，骗着他签还让他发现，彤丽都快没招了，眼下白宏这么爱听她读书，这是一个千载难逢的机会。

"今天晚上还读这本书？"彤丽故意问。

"没读完呢，继续读。"

彤丽拿起《情人》翻着，"你要是给我签名，我就给你读，怎么样？"

"没门儿。想别的招。"白宏想都不想。

"这样，我读一章，你签一个字，这样公平合理。"

"NO。"

彤丽站起来把书放回去，"你不签名，我就不给你读！"

"这书可是名著，我让你读是为你好。像你这个年龄的女孩，不管是学什么的，杜拉斯的《情人》都是必读书目。大学里找男朋友，一见面第一句话就是你读过《情人》没有？一听没读过，扭头就走。"白宏说得煞有介事，一副彤丽自己得了便宜，还不知好歹的样子。

彤丽不信，又从书架上拿下来那本书，翻来覆去地看，"真的？"

"那当然！"

"那……你是不是特别想读这本书？"

"对啊。"

"既然这样，你签个名，我就读给你听。怎么样？"

"说了半天，你还不明白？"

"明白什么？"彤丽以为白宏是非读不可，听了这句话，她又糊涂了。

"我是让你读！这本书，我都能背，你不念，是你的损失，懂吗？"

彤丽不信，"你能背？"她捏着书脊，抖抖书，"这么厚，你能背？"

白宏站起来，"你打开，看好了。"这会儿他来情绪了。

彤丽坐下，捧着书，翻开第一页。

"好了吗？"

"好了。你背，我就不信了，你能背下来。"

"听好了！"白宏清清嗓子，声音低沉有力，"我已经老了。有一天，在一处公共场所的大厅里，一个男人向我走来。他主动介绍自己，对我说：'我认识你，永远记得你。那时候你还年轻，人人都说你很美，现在，我是特地来告诉你，对我来说，你比年轻的时候还有美！那时候你是个年轻的姑娘，但比起你年轻时的美貌，我更爱你现在倍受摧残的容颜。'……"

彤丽听傻了。一口气背了半个多小时，除了几个地方的字有出入，几乎差不多。白宏说这是版本不同。彤丽第一次听说读书要读版本。

这下彤丽把签名的事儿忘到姥姥家去了。白宏嘴里描述的校园爱情让她心动。在她的想象里，一对对青年男女在树荫下接头，必手持一本《情人》作为暗号。女学生昂首挺胸，一件纯白的连衣裙，微微飘荡。当她拒绝男生追求时，只问一句话："读过杜拉斯的《情人》么？"这样说话的女生，必然长发如墨，整张脸向上扬起四十五度，没有泪水，只是轻慢。这本书让她想象成恋爱的《圣经》，那种香车豪宅的时下爱情，在彤丽这里遭到了空前的鄙视和冷遇。

彤丽要读书，要读《情人》。

尽管看不懂，也看不出好，但是一定要读过《情人》，记住书中的人名，随时拿来炫耀。她甚至把书随身带着拿到小区里的花园中，坐在台阶上读，出门坐地铁，在地铁上读，等公共汽车时，也要抽出来读一段。在她的脑子里，眼下读的那一段和记忆中的片断永远对不上号，不过没关系，她专注地翻开书，默默地念着每一个字，想象着周围人诧异的目光。

小区里举办消夏晚会。白宏是广告，一定要到场，还要出一个节目。无奈之中，白宏想到了彤丽，是啊，朗诵不就是一个绝好的节目么。不用怎么费力，白宏就说服彤丽上台朗诵。就是这本书，当着所有的人，彤丽有点儿激动，但是没有立刻答应，提出来签名做条件，白宏同意先签一幅画。

接着这几天，杨志强看不见彤丽，发短信回复非常简单，"嗯"、"哦"、"知道了"、"没事儿"……能没事儿吗？每天晚上杨志强看着彤丽在那儿给白宏读书呢。好容易逮着一个机会说句话，彤丽的回答让他莫名其妙，什么情人，什么容颜，什么摧残。杨志强没处商量，想了好几天，觉得白宏毕竟是个男人，太不安全了。而且还离了婚，一个女朋友也不交，也没打算再婚，整天两个人孤男寡女……就这样一路顺着想下来，越想越合理。事儿就是这样，真相如何，事实怎么样，没法求证。越没法求证，人的想象力就越发达，可是发达不代表丰富，想来想去就那么一点儿事儿。电视上演过八百遍了，可人们还那么想，振振有词地说，电视上都说了，你们就是那样的！坏了，死循环！现在杨志强就是掉进自己的死循环里了。于是，临近晚会，白宏督促彤丽背书的时候，总有小石子落在窗户玻璃上，彤丽一回头，必看见一个脑袋。有时候彤丽故意恶作剧，一边读书，一边走到阳台，对着杨志强招手，在翻页的间隙，做个口型奚落他，然后又慢慢地走到白宏身边，继续读着。

到了这天，日头还没落，就有业委会的专门来请白宏，以示郑重。彤丽则跟在白宏身后，手里却拿着《情人》，不时地拿出来看看，侧耳听见邻居对白宏说："你家的保姆可真有样儿，是大学生吧？"彤丽听着得意哦！

开场小段，唱歌跳舞，一个一个的过去，该彤丽了。

彤丽站在上面，穿着陈静给她的连衣裙，坡跟儿鞋，专门梳了马尾辫，把自己打扮得像个学生。杨志强下面看着，听着她清清喉咙，慢慢地背起来。她真是好看，他躲在角落里看，总也看不够。

白宏坐在下面，身边的人却没有那么专注，正好跟白宏说几句话。先是自我介绍，然后为他抱不平。一左一右，一个说得了一个房子算开发商有良心。另一个说一双眼睛几套房子都不换。说着就拐到白宏的职业上了，两个人都说看了他的画展，说好。白宏应承了，这些话他早听了一万遍了，再脆弱也磨出茧了。

左边的邻居说："我看你那个画展就挺好，别听那些狗屁专家瞎说。他们也不想想，人都这样了，办个画展容易吗？你说那帮孙子，说话就是不饶人，有仇吗？没有！你说他们图什么？"

这些话白宏没听过，也就没长茧，很疼。

右边的邻居跟着说："你不懂，这叫炒作，现在都这样，有人夸，卖得不好，有人骂就不一样。骂得越狠越值钱。对吧白老师。"

"哦，对！"

两个邻居说了几句之后才注意到白宏神情的不自然，意识到自己说多了，赶紧转话头，"这不是你们那个保姆么？都听听。"两个人不说话了。天下的好话就是这样变味儿的。本来是奔着安慰，鼓励去的，结果把人家不愿听的话都说了。本来人家还不太知道别人是怎么骂自己的，这下好，朋友一片真心地跟你学，一人一句，精准极了，还是原句。学完还跟一句，别听他胡说！对，我是没听他胡说，我就听你胡说了！

白宏直着脖子瞪着前方。嘈杂的环境中，彤丽的声音被话筒放大得扭曲而陌生起来。在音箱的混响中，白宏好像听见了陈静的声音，清脆而具有穿透力。此时他所想到的，正是陈静所预言的那些，真的，一一发生，别人的评价，业内的不认可，他有那么一个时刻庆幸自己已经离婚了，否则这个消息如果从陈静那里听到，自己怎么面对。此时他猛然想到，其实画展早已过去一个多月了，该知道的都知道了，唯有自己还蒙在鼓里，而对自己隐瞒的没有别人，一定是陈静。

彤丽在上面继续朗诵着，快乐地朗诵着《情人》，做作地朗诵着《情人》。

台下，白宏真切地体会着如影相随的情人之情，无处可逃又无法面对，既不能憎恨，又做不到坦然。情人、情人，情到深处，这个人就是另一个自己。你必须向她交待，又不必向她交待，结果却是无法向自己交待。此时的白宏被一种巨大的失落感勒住了脖子。

30、婚姻是个杂种，一边是深刻的了解，一边是彻底的塑造

彤丽最高兴的，是白宏从医院回来之后，答应签名。现在她能

完成刘未然给她的任务了。

吃过早点，彤丽抱着画出了门。

第一次到刘未然的小院，彤丽被这个环境吸引了。

八仙桌边，彤丽坐下，额头微微有汗，神情兴奋，将画递过去的同时格外有成就感。

刘未然接过来把画放在一边，看也没看一眼，却说："来，先喝口茶。歇歇。"

彤丽不愿意显得自己土，"这叫功夫茶，对吧？"现代知识的普及和歪曲都靠电视，非常有效。

看着刘未然面露诧异，好像自己说中了，立刻又说："现在谁还喝茶啊？人家都喝咖啡。那才叫时尚。"

"喝咖啡不叫时尚，是西化。也不是不好，但是你在家喝的速溶咖啡，就一点儿都不时尚，而且喝多了有害。"刘未然一本正经地说，"真正喝咖啡的，不但讲究咖啡豆的产地和烘焙技术，更关注炮制的过程，要将咖啡豆研磨，熬煮，过滤之后才品尝。那个趣味在于熬煮的过程，让整个屋子慢慢充满咖啡的香气，这样才能品味出咖啡豆的不同味道变化。这些其实跟喝茶一样，喝的不光是内容，而且喝形式，喝文化，喝气氛。"刘未然说得头头是道，也不管彤丽是否明白什么是喝文化，什么叫喝形式。

彤丽还真被他这个专业劲儿蒙住了。看着刘未然从洗杯，醒茶，闻香开始，一道一道地将茶叶摆弄，细致缓慢优雅。整个过程几乎不语，只在递给彤丽茶杯的时候，提示一句，这是闻香，还是初品。从器具到动作，加上这个环境，彤丽晕头转向地就迷上了，觉得刘未然说的每一句都特别有文化，有传统，跟别人不一样。所谓跟别人不一样，就是跟陈姐子晴姐不一样，跟白老师也不一样——这是彤丽认识的所有文化人了。他们都是喝咖啡的，喝得简单，家里差不多是速溶，经常出门在咖啡馆喝。可是怎么也比不上现在这样，一小杯茶，清清淡淡，倒进一个白瓷的小杯中，少的就只有一口。彤丽喝得谨慎，那个香气也就格外浓郁。

摆弄得差不多了，一人一盅茶，慢慢品，这才聊起来。彤丽已经五体投地。从古董到历史，从三皇五帝到鸦片战争，无一不谈，彤丽也是跌跌撞撞地跟着刘未然了解了一下中国历史。他说得对不对，彤丽没法判断，从进门开始，她就认定了刘未然一定是对的。如果自己那些零星的历史记忆和他说的不符，那一定是自己错了。

一溜烟儿的，聊到下午，彤丽眼看着日头偏西，才想起来白宏在家呢，今天还打算去子晴姐店里，看来没时间了。

刘未然也不留她，"你要有兴趣，我能带你上电视台的《鉴宝》节目，都是专家讲每件古董的故事。"

"上电视？"彤丽没想到。

"你带一件自己的东西去，让专家看看是真是假。"

"我哪有古董啊？"

"你是没有，但白老师有啊，老家具，花瓶，瓷器都行。"

"那我回去找找。真能上电视？可是我可没听说白老师有古董。"

"咳，就是去玩，长长见识。你不用真拿个古董，看着像就行，他们专家就算是说你这个不是，也得说出为什么来，这样你不是长见识了么。"

"那，你会不会觉得我特虚荣？"不知道怎么着，彤丽突然冒出这样一句。

刘未然依旧一本正经。"姑娘，这个词在咱们这个时代可不时兴喽，张爱玲怎么说来着？出名要趁早，越早越好，你看看那些超女，哪个不是身价百万？就是靠电视，一夜之间，名、利，都齐了。靠一个人奋斗，那得三辈子！就算你干得好，要等有了钱，也老了。男人嘛还好说，特别是女孩子，聪明漂亮，那是老天爷给的福分，大好的时光不好好利用，别说你亏，老天爷也亏！"

彤丽被刘未然说得飘飘然。

回家路上，彤丽在公共汽车里看外面的街景，突然觉得无比美好。车上的电视屏幕，节目很炫，尽是美女。

彤丽喜滋滋地坐在车上，仰着脸看。随着车一晃一晃。

一直走到白宏的单元门口。遇见楼上的保姆高小妹，两个人站在门口聊了一会儿。高小妹问彤丽那天在台上念的是什么，是不是诗，怎么那么长。又告诉她，她现在是小区的名人了。

这些话让她打心眼儿里高兴。

"杜拉斯你知道吗？"

高小妹摇摇头，又立刻说："我只知道杜蕾斯。"

"什么杜蕾斯啊，人家杜拉斯是个法国人，已经不在了，我背诵的是她写的小说，叫《情人》。有机会要看，二十岁的女孩儿都看，哎，你多大了？"

高小妹赶紧说："我也二十了，我虚岁二十，还差一个月，就二十岁了。"

彤丽跟高小妹讲什么文化，什么校园，什么爱情……颠三倒四，却说得一本正经。看着高小妹崇拜的眼光，彤丽早忘了自己一天没回家看看敬爱的白老师是不是饿死了。

31、我的非常闺密之第五波：一物降一物，卤水点豆腐

陈静第一次去白宏的家——她不愿意用"家"这个词——是去解决问题的。可是到了那儿，她才知道这个问题她解决不了。

白宏没有任何征兆地把自己锁在房间了，一天。彤丽急了，要踹门，被陈静拦住。就这样对峙着，潘子晴也赶来了，郑云也到了。人们在屋外商量，时不时的对里面说两句，却没有应答。

最后郑云找来了白宏的学生——那个被他砸了作品的学生。

卓梦敲开了门。

她口口声声要白宏道歉，所有的话都是当初白宏砸她作品时候的说辞，现在都还回来，说得狠，也说得伤人。不光伤白宏，也伤陈静，伤自己。足足十分钟白宏打开了门，人们才惊见白宏两天的作品——满满当当的一屋子都是拳头大小的人头，没有五官，只有一张嘴，一张洞开的大嘴，满屋的小人头张着大嘴，好像要说什么。这样的景象着实吓住了陈静也吓住了潘子晴。

这一闹白宏算是转过来了，陈静却差点儿虚脱了。

潘子晴负责送陈静回家，其他人留下，继续观察这个要命的家伙！

在潘子晴的车上，陈静说："现在我一闭上眼睛，就看见那群张着嘴的小人。每一个都是白宏的脸"

"绝望！我第一次这么具体地看见绝望长什么样！"两个人对开门时的瞬间依旧心惊不已。

"我就是料定他会有今天，我才一直反对他参加画展。可是，唉，人生不如意的事十之八九。"陈静叹了口气。

潘子晴瞟了她一眼，"是你不如意还是他不如意？"这话问得入骨，陈静疼了。

"不一样吗？"

"不一样，照我看，就算真的是一堆臭大粪，该参加画展还要去，还非去不可！一个人有没有才华，有没有能力，只要他没死，就不能下结论。再说了，那几个批评家，我看也不怎样！国内，哼，要我说得狠点儿，专家都是些胡说八道，没有职业道德专业素养的人。只是掌握话语权而已，何必对他们说的话那么当真呢？要我说，任何人，输入关键词，百度啊谷歌什么的一搜，看完前五页，就是专家！"

陈静诧异地看着潘子晴，"你怎么口气那么像白宏？这些话，我可听着耳熟。他跟你说过？"

"这还用说？这就是事实。"

"什么事实？现在事实就是他整个人都崩溃了。你说专家都在胡说，没用！对他来说，就是一个致命的打击。"陈静一点儿都不含糊地顶回去，这口恶气总得出来！

"不见得，他最后还不是开了门出来了么？他没事儿，我看，倒是你……"潘子晴摇摇头，"唉，这么多年，陈静，你还是这样，一点儿都没变！"

潘子晴口气肯定。她看见陈静备受打击，她必须让陈静明白，白宏的才华是白宏的！这一点潘子晴老早就想说了——怎么一结婚，连老公的才华、理想、抱负都成了这些女人经营的一部分？要说她喜欢陈静，对！没错。但也不是没有看不惯的地方，现在这点儿，就是了。

之前郑云还问过她，闺密到底是什么意思？说白了不就跟哥们儿一样么？

不是，闺密是另一个自己。

那时候，潘子晴对郑云说："你们这些老爷们儿是不会懂的。就像你和白宏，你当他是大哥，是楷模，你崇拜他，你可以为他拔刀相助，但永远不会心疼他。闺密不一样，我们可能彼此憎恨，有时候还会误解，甚至炫耀攀比，但是我会心疼她，心疼陈静，就像心疼自己一样。怎么说呢？有时候我觉得她是另一个我，是我特别想成为的那个人！"

但是话说回来，闺密犯错误，那比自己犯错误还难以容忍，尤其是这个错误让自己饱受折磨。闺密看得见你所有的虚伪和掩饰，弱点和雷区。说不说、捅不捅破取决于时机。现在这个时候不是潘子晴选的，是她实在憋不住了！

"打我认识你的时候，你就这样，说得好听是傲慢，有自己的原则，说得不好听，你就是太自以为是！你凭什么认为白宏就受不了这样的打击？再说了这算什么狗屁打击？"

"受得了这样的恶评，他怎么会是现在这样！"陈静是振振有词，"要不是郑云了解他，叫来那个学生，他会把自己关几天你知道么？你不知道，我知道！不算打击？要怎么打击？难道要跳楼才算打击么？"

潘子晴也不客气，直接来一句："他要是跳楼，也不是专家的评价逼的，是你逼的！"

陈静没想到潘子晴说出这样的话来，瞪着眼睛看了她一会儿，气鼓鼓的，把脸转开。

潘子晴不鸟她，把着方向盘继续说："因为你在乎，所以他在乎，他是做给你看！让你觉得他的才华是有人认可的。他在乎的是你，不是别人！从头到尾只有你一个人坚持认为没有人会认可他，人们都会批评他。你知道他心里什么感觉吗？你是他什么人？妻子、老婆、同床共枕的人，他就爱你，自己掏心掏肺爱着的女人，却不相信自己有才华！我真不知道你怎么想的！"

"可是，他说他已经不爱我了！"陈静都不知道这句话怎么出来的，就那样一个不小心，漏了。说完她自己也是一惊。

潘子晴知道这才是她的心里话，却不动声色，瞟了她一眼，平静地问："那你呢？你爱他么？"

陈静冷冷地"哼"了一声，"他要离婚，我就跟他离婚！他不去给学生道歉，我就去给学生道歉！他发疯，我就跟着给他擦屁股，你说我还要怎么爱他？"

"老陈，我跟你说，"潘子晴音调降下来，语速降下来，慢慢说，"这些是你最不应该做的事儿！这不是为他好，你这是自私懂吗？就算是你老公，他就得按照你的想法来？他就非得去评什么烂职称？评上又怎么样？你是跟他结婚还是跟职称结婚？"

陈静没想到潘子晴的立场依旧在对方那里，"我不跟你说了！"可是没忍住三分钟，陈静又挑起话头，"自私？我怎么自私了？你没结婚，你根本不知道什么是婚姻！它不是一个人用心就行，它是两个人，两个！现在国内生存有多难，你也不是不知道。大批的公司在裁员，我要还贷款，难道我这样做不对吗？你以为我这样做很高兴么？我当然希望我丈夫是一个成熟稳重的男人，有条理有原则的男人。男人！不是男孩！我找的是老公，不是儿子！"

"你是改造他！"不等陈静回过味儿来，潘子晴继续说，"这不是保护，这是侵略！我还告诉你，这么多年，你的每一段感情我都亲眼目睹，陈静，你说的男人不是白宏，是穆少卿！"

陈静愣住了，本能地反驳："胡说八道！我跟他没有关系。"声量却不如先前的高。

"有没有关系不重要！还重要么？有没有关系，你都要把白宏改成穆少卿。你就不觉得自己太自私，太自以为是，太霸道了吗？！你都说了婚姻是两个人的，你现在要完全控制白宏的生活、情感，连他的性格你都要控制、改造成你想要的样子，你不觉得过分吗？我是旁观者，我看得清楚，白宏要离婚，说真的，我不觉他是对生活绝望，他是对你！他对于取悦你这件事情绝望了！"

这几句真真地戳在陈静的软肋上，想起今天在白宏家里看见的场面，这一下子算是内伤了！堪比中了一招"七伤拳"。

陈静大喊一声"停车"，也不管车停没停，推开车门要下。身边是呼啸而过的汽车，后面几辆车连番地对她鸣笛。潘子晴吓得立刻靠边停下，正在四环桥上。陈静开门下车，潘子晴怎么叫都不回头。大步往前走。

跟了她几步，跟在后面的汽车又开始鸣笛，潘子晴被催得烦了，一脚油门，还真走了。

看着潘子晴的车绝尘而去，陈静站住脚，怅然若失。

这就是闺密。

小事情面前，一定是毫无立场地挺你，帮你，支持你。一旦这个问题严肃了，事儿大了，她们是第一个跟你表明立场的人！此时你才发现，原来你无话不说的闺中密友竟然和你的立场不一样！陈静深知潘子晴今天这番话是劝自己的，是安慰来着，她自己也知道自己这毛病，控制欲太强，总是要改造白宏，其实这些话潘子晴以前也露出来过，陈静明白她的看法。她生气不是因为潘子晴今天把话说明了，而是因为她提到了穆少卿。这些天穆少卿跟自己的联系越来越密集，短短一个月，从有事儿说事儿，到了每天晚上一个问候。这些没人知道，包括潘子晴，或者说，尤其是潘子晴。她觉得丢人。却停不下来。旧情是什么？就是在最不该出现的时候出现，最不该帮忙的时候帮忙，最不该关心的时候关心。本来想把旧情当良药，结果发现病没治好，反倒药物依赖了。

一想到白宏，陈静有点懊丧。好像一下子，自己在对方那里再也不重要了，以前对他管用的招数，通通失效。难道真的是因为离婚了？还是因为——不爱了？她不愿多想，却一直不停地想。

次日白宏一直睡到中午才起来，出门上卫生间，洗漱完毕，之后转身出来，"吧唧"撞在一个人身上。

不是别人，彤丽。

没等白宏问，彤丽理直气壮地说："你绝食，你不睡觉，我就不信你还能不上厕所！"彤丽生气不是没有道理，昨天的突发事件让彤丽觉得自己失去了陈姐和子晴姐的信任，是自己的失职，可说到头还是这个男人不好。男子汉大丈夫，有什么想不开的，喝顿酒，要不就找人打上一架，要不就老老实实地自己咽下去。这算怎么回事儿。是不是男人啊！

被彤丽这么闹，白宏原本还有点儿低落的心情，一下子变得没有道理了，至少对着彤丽，他没道理。

就这样被彤丽一路连拉带拽地弄到客厅，安排了一桌子丰盛的早点，说是要补回来这两天的损失，白宏无奈拿起筷子，摇着头说："一个大姑娘，到卫生间堵着我，也亏你想得出来。"

彤丽一边吃着，大口大口的，"我就堵你！不吃不喝谁都能做到，我就不信你还能不拉不撒。"

"粗俗！"

紧接着几天里，彤丽寸步不离白宏，擦桌子扫地、刷锅洗碗、洗衣服晾床单都叫上他，白宏倒也乐得有事儿做。作品，他一点儿碰的兴趣都没有。幸好有彤丽为了不给白宏突然自闭的机会，差不多一直在和他聊天。白宏没话说，彤丽就说自己，从小学怎样，到邻居的小男孩如何，再到自己的二姨三姑堂兄表妹……唧唧呱呱的，倒也不闷。最后白宏听说她小时候是和奶奶长大，奶奶是白内障加青光眼，几乎什么都看不见，但是她奶奶是她们家最有文化的人，小时候被日本人集中起来学过日语，说起来，算是旧中国真正的市民，吹拉弹唱，评述故事，三国红楼，象棋围棋，这些也都一股脑儿地教给了彤丽，什么都知道，什么也都似懂非懂。白宏听她讲三国，算是颠三倒四，顺口问她怎么学会的象棋，彤丽立刻得意起来，不止会象棋，还会下盲棋。因为奶奶一辈子就喜欢玩，眼睛看不见了也要玩，最后活活把彤丽练出一身本事。

知道彤丽会下盲棋，白宏来了兴致，二话不说两人算找到干的事儿了。有了这个活儿，白宏还真的老老实实待了好些日子，以至于郑云每次来看他，他都在下棋。

郑云想把白宏做的小人头拿到自己的画廊，白宏挥挥手表示无所谓。郑云足足搬了四趟才搬完，期间白宏头都没抬一下，更别说问了，好像那些东西就不是他的。这样来来回回几次，郑云看出来了，彤丽真正是白宏的克星——一招一式无所不在，更厉害的地方却是，彤丽并没有特意做什么，白宏还认为这些都是自己的意愿。完美了。比起跟陈静一起生活的时候，现在才真的是自由自在，畅快无比。

一物降一物，卤水点豆腐，这是潘子晴听郑云汇报完之后的点评，此后再没说别的。

32、天苍苍，野茫茫，一树梨花压海棠

郑云终于突破和潘子晴进展到了关键的一步：上床。

当然到达这一步，还是分了好几个等级。

首先，郑云在潘子晴面前落下了男儿泪，哈，男人的眼泪很性感。

地点在著名的后海酒吧，时间是白宏画展的恶评初登的时候。郑云难过极了，比陈静还难过，还痛苦。白宏的作品受到恶评，就等于他的眼光受到恶评，那就是他受到恶评，甚至比自己直接受到恶评还要难受，就在于白宏对于郑云来说，有一种强烈的象征意义——才华。

潘子晴站在露天台子边，手持一杯洋酒，靠着栏杆，身后的后海，五光十色。

郑云拿着啤酒瓶面对着她，身子微微后仰，感叹道："真是一幅绚丽的油画。只可惜我没有才华，"他已经喝了不少，情绪发作，"但是我师兄有！"

"白宏有没有才华，跟你有什么关系？"

"有！"他说得肯定。

"好，白宏有才华！怎么了？"潘子晴顺着他说，郑云微醉的样子倒有几分可爱。

"你说那些人什么居心？他们为什么非说没有呢？"

"作品嘛，就是这样，有人说好，有人说不好，干吗？人家一批评，自己就受不了了？没劲！"

郑云不依不饶，"那画展你也看了，你说你觉得怎么样？"

"我不懂，大概还不错吧。"

"何止不错？那就是才华啊！你看他那幅，对，就是那幅被买走的，色彩和笔触，它的节奏感多好！还有，也是卖了那幅，那种心里的色彩和现实的空间情绪的关系，没有才华？没有思考？要怎么思考？思考什么？这他妈的请的是什么狗屁专家？"

郑云说着开始情绪激动起来，喝一口酒继续说："完全是胡说八道！太不负责了！我看他们是理论学多了，根本不懂创作，根本不知道困难在哪儿，更不知道人家在空间和色彩上做了什么，更重要的是，他们根本不理解什么是观看。看，你知道吗？什么是看？"

潘子晴兴致高了起来，此时的郑云完全专注于他自己的情绪，却显得格外真诚坦率。她眯着眼睛看着郑云。

郑云继续说他自己的："眼睛看到的根本不是表达的重点，更重要的是文化意义的观看，对看的表达，就是一种文化的改造。他们学院出来的就知道讲技法，毫无情绪、情感，干瘪苍白。他们居然说白宏没有才华。那些毫无个性的家伙！我们现在就有这样一帮，一大帮自诩的专家，只会批评，再批评，艺术是可以批评的吗？我们要尊重艺术，尊重才华，他们有吗？有吗？没有！"言语激烈之处，眼角湿润，一两滴眼泪，恰到好处。动情，又不滥情。会哭的男人有一种难言的杀伤力。

微风中，后海众多酒吧开始夜间表演，各种风格的音乐飘出……

潘子晴后靠栏杆，身后一片色彩纷呈的水域微微荡漾。这样的灯光，这样的环境，这样的酒杯和酒，还有这样的情绪，肾上腺激素激增几乎是必然的结果，在激素的作用下，人就显得格外有魅力。之后要不要上床，仅仅是个程序问题。

你有没有试过，在一个男人大谈艺术的时候跟他做爱，骑在他的身上，听着他神志不清，激昂豪迈的理论，甚至骂骂咧咧？潘子晴做了，对，他们上床了，确切地说是潘子晴上了郑云。骑在他身上，听他继续谈论才华，臭骂那些批评家，那些从郑云嘴里冒出来的脏话，更像是催情剂，动作疯狂、激烈。突然之间，戛然而止。伏在郑云身上，伏在一个滚烫的男人身上，嗯，眼角还有点儿湿。

次日清晨，郑云彻底醒来，发现身边还有一个人，潘子晴。

剩下的回忆才点点滴滴鲜活起来。

郑云突然觉得慌张，拾起自己的衣服，穿得既匆忙又小心，生怕把什么东西弄响，吵醒潘子晴。太尴尬了，郑云来不及收拾停当，甚至都没有仔细看一眼潘子晴就离开卧室，到客厅里收拾自己的样子，顺便各处看一眼，有没有留下什么东西。五分钟之内，开门关门。

那时床上的潘子晴早就醒了，听见郑云小心翼翼的动作，就知道他的想法，她只好假装熟睡。等外面的门"咔哒"一声关上，潘子晴才翻身起来，看看身边尚有余温的痕迹，点了根烟，"懂事儿！"潘子晴赞赏的同时却有几分苦涩，没有道理，喉咙发干。她吞了口唾沫，起床，打电话，叫小时工，整个家又恢复到样板间式的整洁。看着自己的房子，潘子晴突然觉得口渴难耐。

煮了满满一锅水，放进去杨梅和山楂，冰糖和枸杞，看着锅里的水不断翻动，颜色渐渐变红，潘子晴心中一片空白。突然一个电话响起，整个人竟然冲出厨房，急匆匆地寻找手机。电话那头不是郑云而是另一个男人，不用自我介绍，他的一声"喂"，潘子晴就知道他是谁。

所有人前风光的女人都有一个惨痛的历史。用最流行的话说，谁年轻的时候没爱过个把人渣！在漫长的历史进程中，有一个甚至几个不知好歹的混蛋将她单纯美好的小心愿狠狠砸烂，然后无辜地逃之夭夭。若干年后回想起来，这些个小混混小坏蛋如今也中年发福，变成了老混混或者大坏蛋，然后在网上发一个帖子，说自己当初是青涩懵懂，因一时轻狂，伤害了某个清纯女子。多少年后，这些男人成熟稳重修炼成精，身边却只有急功近利的白骨精。然后呢？这些男人就把自己原谅了，很彻底，很无辜。至于那个女孩子后来怎么样，无论是下地狱还是上天堂，他们一概不问。他们更乐于在众多兄弟或小新欢面前谈论这个女子，一副情圣模样。偶尔获知一星半点这个女人如今的状况，还要表现出一副扼腕叹息的样子，责怪她不够坚强。男人之无耻大抵如此。潘子晴总结过。可是真正让一个女人改头换面的从来都不是男人，而是她们自己。酒吧这样的地方适合修炼，也能够得道。潘子晴就是其中之一。

　　陈静并不知道潘子晴所有的秘密，这个就是之一。确切地说她只听子晴曾经说过这样一个男人，却不知道任何细节，无疾而终吧。现在那人要结婚，子晴受邀，去吧。这个决定倒不是潘子晴对对方还有什么好奇——这是男人的幻想。而是对方先一步邀请，如同武侠片中下了挑战书，不回应反倒显得自己小气，看不开当年那些破事儿。于是"去"成了一种姿态，其中的意思就是："who怕who"，反正我也不在乎。

　　迎宾处站在一对新人，女方小了好些，潘子晴过去打招呼，陈静一边听着。

　　新娘看来是想极力把自己表现得八面玲珑，可惜不是这块料。

　　说起交情，新娘故作亲昵地说："待会儿你跟我好好讲讲，这个家伙年轻时候有什么劣迹。"

　　闲话说完，陈静潘子晴两人走进大厅。

陈静皱眉说："就刚才她说的——年轻时候？我们现在已经要用这个词了吗？"

"现在的小姑娘，说话没有分寸。"

现在国内的婚礼刚刚从黑社会的年终堂会大串联转型到港台综艺档加东北二人转的大串烧，期间莫名其妙的采访和间歇性神经病一样的互动真让人抓狂。仪式开始，音乐声起，两个人一本正经地踩着红地毯走过来，神情步伐节奏都对，唯一错就错在不是教堂。他们面前是一个细小的主持人，口才水光溜滑的，一直到登上台面，都没有那么一点点庄重感。是啊，现在的婚姻么，就是个游戏，也怪不得当事人不认真。

"请问秦先生，我们的苏小姐到底哪里吸引了你，让你不可自拔地爱上她？"婚礼的司仪很为自己的口才得意。

陈静和潘子晴坐在下面看着直想笑。

"是她的善良聪慧和单纯可爱。我就想，这么好的姑娘，我得先下手，不能让别人抢了。"下面哄然大笑。

潘子晴坐在下面，看得专注，同时笑得也疯狂，陈静仔细地看着她，觉得有些不同。

司仪继续问："请问苏小姐，我们秦先生身上的哪点魅力吸引了你，让你接受了他的求爱呢？"

新娘羞怯得特别合适，"嗯，就是，我觉得他特别真诚。"

一帮人在潘子晴身边都笑趴下了。

潘子晴笑得几乎弯下了腰。陈静却觉得她并不快乐，微笑的同时，担忧地看着她。

司仪说："让我们再次祝福这对新人，同时也要祝福所有的亲朋好友。接下来，我们要请出所有来宾中依旧未婚的姑娘们，谁接到新娘手里的捧花，谁就是下一个最幸福的人！"

谁也没想到还有这个环节，本来无所谓，看妙龄少女们凶恶的争抢是挺好玩挺性感的一件事儿，可惜这次是新郎的主场，新娘不是本地人，还没有什么朋友。眼看着在座的那些已经半入中年的人们，司仪有点儿冒汗，他还真没想到大家都结婚了。

司仪顺着秦先生的目光，看到了潘子晴。

陈静捅捅她，"去啊。"

潘子晴一甩头，"不去！"

司仪看到她，好像看到了救星，三步并两步地走过来，非让潘子晴上来，还说什么一个都不能剩下，顺便带动大家鼓掌，潘子晴无奈，正看见秦先生那求助一般的目光。

司仪直接走了过来，"来来来，我们一起体会爱情力量的伟大。大家鼓掌欢迎！"

走到新人面前，潘子晴干脆一把抄过来新娘的捧花，"别费劲儿了，给我得了。"

司仪热情百倍地走上来，"请问，您有什么话要对他们说。"一个黑乎乎的话筒戳过来。

潘子晴低头看看那个话筒，"就祝你们幸福吧。"她说。

司仪赶紧说："我们也祝美女早日找到意中人。"

人们依旧鼓掌，然后是其他环节。

捧花被潘子晴扔在陈静面前的桌上。潘子晴坐下来，心里憋着火气。

陈静拍拍她的后背，想安慰，却不知道该说什么。

从酒店出来，两个人分道扬镳。

潘子晴开车直接到了郑云的画廊，下午阳光明媚。潘子晴站在门外，郑云看见她，就赶忙出来。上次好了之后再没下文。郑云不知道该说什么，怎么联系。看她今天主动来了，他突然手心一热，高血压症状加肾上腺激素激增，三步并两步地出来了。

还没等郑云站稳，嘘寒问暖，确切地说郑云还没想好该问什么，怎么问的时候，潘子晴一把搂住他，吻了上去。

这个吻让郑云半天没喘上气来，又凶狠又直白，没有回味，也用不着回味。恶狠狠的却时间不短，让郑云脑子彻底短路了。事后很久，他回想起来都想不清楚那是个什么感觉，好像那个被潘子晴搂住亲吻的人，不是自己。

不管那个人是谁，反正画廊里的人都认定是郑云了。

晚上在郑云那个乱七八糟的单身公寓里安眠。

潘子晴第一次在别人的床上醒来。这次潘子晴要让自己清清楚楚地跟一个男人在一起，躺在床上，看着他的脸，闻着枕头上床铺上这个男人的味道。郑云卖力，汗流浃背，潘子晴竟然在湿漉漉的撞击下有了一点快感。直到郑云浑身大汗地瘫软下来，压在潘子晴身上，而不是转身离开。抱着郑云的汗湿的肩膀，潘子晴狠狠地一口咬上去，郑云疼得一抖，没动。

潘子晴松开口，哭声从牙印里透出来。

郑云抱着潘子晴，突然觉得她那么瘦，肩膀上的骨头扎手。

33、年轻女子的虚荣心，要好好利用

这两天彤丽几乎每天给白宏做病号饭，不是鸡蛋羹就是炖猪蹄，白宏纳闷了，彤丽倒振振有词："补气的！你们艺术家不是每天都生气么？补足点儿，好生啊。"

"嗬！挤对我？你是不是觉得我这人气性特别大？"

"说真话还是说假话？"

"说真的。"

彤丽重重地"嗯"了一声。反倒要白宏来安慰她。一来二去，主仆的位置颠倒了。

本来要那个玩意儿当古董，上电视，得白宏点头，现在好，反倒是白宏主动让她去。

彤丽说家里没古董，白宏安慰她，"没真的还没假的么？"

"那等你眼睛好了，我带你去刘老板那，看看真正的古董，那感觉，不一样。"彤丽也安慰白宏。

白宏好像什么心事被说中一样，"你觉得我眼睛能好吗？"

"你又不是天生的瞎子，当然能好了。"

"手术风险特别大。"

"你年轻怕什么，我奶奶那是老了，七十多了，医生怕她做了从手术台上下不来，你才……哎，白老师，你今年几岁？"

"三十六"。

"是啊，总要试试，你要瞎了可是下半辈子什么好的都见不着了，你就不觉得可惜？"

"该见的也都见过了，没见过的见不见也无所谓。还有什么东西非要看见不可？想不出。"

"陈姐啊。"彤丽想都不想。

说到这儿，白宏才想到，陈静好像很久没有来看过自己了。

彤丽紧接着理直气壮地数落白宏："你说你一个男人，一点儿批评就受不了，叫什么男人？再说了凭什么别人都得夸你，顺着你，让着你？就因为你眼睛坏了，眼睛坏了你就有理了？眼睛不好了，就去治，治好了高兴，治不好，该怎么过怎么过！我奶奶不照样，活八十多。我就弄不明白你有多么痛苦？有什么了不起？不就是让人说了两句吗？谁还没有被人说坏话的时候？有什么好痛苦的？你们这些什么艺术家、知识分子，好像天底下就你自己那点儿事儿重要！动不动就特痛苦！切！"

几句话说得白宏连连点头。

白宏这样的态度下，彤丽很顺利地拿了几个瓶子到刘未然的地方。

彤丽打开书包，拿出一件陶罐递给他。看着这个罐子，没有自己想要的，刘未然有些失望，随即掩饰过去，接过来，放在桌子上。"没了？"

"还有。"最后掏出来玉壶春瓶，顺手递给刘未然。

刘未然见彤丽姿势随意，怕有个闪失，两手一托那瓶子，说："拿好，搁在桌上。"

彤丽奇怪地看了刘未然一眼，说："紧张什么，假的。"

刘未然顺着她说："是啊，假的也不能摔了啊。"

然后把包一放，"这几个你看哪个好？"

刘未然故意拿起一个看看，又放下，拿起一个看看又放下。最后拿起玉壶春瓶，看了看，又放下。

"你觉得这个瓶子好？"彤丽说着用手指指玉壶春瓶。

刘未然一怔，"何以见得？"

"瞧你轻拿轻放的就知道了，别文绉绉的。"

刘未然顺水推舟地说："那就这个瓶子吧。"

"行！"

"我联系好了给你打电话，"刘未然看着瓶子故作不在意地说，"瓶子先放我这儿，我帮你伺候一下。"

彤丽想了想，转头四望，说："还是拿回去，我得给白老师说，是哪个瓶子被看上了，是吧？"

刘未然不好露出失望，也立刻说："应该的，到时候叫白老师一起来。"

彤丽几下把这些个东西塞进书包，动作让刘未然紧张，生怕有个闪失。赶紧拦住了她，说："你这样拿瓷器不像话，万一碰了，就可惜了。不是古董，也是个玩意儿不是。我帮你找个盒子装起来"。

彤丽高高兴兴地走了。

刘未然眼看着背影消失，不甘心地说："这丫头，精啊。"

所以还得有下一步，于是他真的为彤丽联系电视台，联系鉴宝节目，和彤丽定好时间，上电视喽！

演播厅里，主持人站在彤丽身边，身前一张铺了天鹅绒的桌子上，摆着这只青花瓷瓶。

主持人问彤丽："你的心理价位是多少？请写在题板上。"

十几个像探照灯似的光柱照在她脸上，彤丽额头后背都开始冒汗了。她走到竖起来的题板上，不放心地转头看了看主持人，又看了看观众席里的刘未然，刘未然对她微微点点头，她才小心翼翼地开始写。

主持人将题板转向观众，上面写着"800"，观众席上，人们都吸了一口气，好像是一个特别大的数字。席间有刘未然，嘴角微微一笑。

主持一愣，随即说："持宝人报价八百万，是我们节目开播以来比较高的报价，接下来让我们专家来鉴定一下，这件藏品的真正市价。"

彤丽听见八百万的时候，吓了一跳，站在主持人身后，几次想提醒她，但是又不太合适，一个人干着急，于是手心上也全是汗，在后襟上怎么擦也擦不干。

等主持人走到彤丽身边的时候，悄声道："你可真敢说。是不是祖上留下来的老东西。"

彤丽着急地说："我写的是八百，你怎么加了一个万呢？"

主持人一愣，"什么？你的意思是……？"

"我是说八百块啊！"

主持人有点儿恼，"开什么玩笑？"

"我没开玩笑。我说八百还是往高了说的，其实就一百多。"

"我们这儿是鉴宝，懂什么叫鉴宝吗？"

彤丽有点不好意思，嗫嚅地说："知道，就是古董。"

但是等到专家开始评价的时候，谁也没想到，这个瓶子竟是真的。市价八十万。刘未然在观众席中听专家讲这个瓶子的身家来历，怡然自得，如沐春风。

另一个专家补充道："从它的身上的图案来推测，这个玉壶春瓶应该是一个对儿瓶，也就是说，应该还有一只相同的瓶子。如果两个瓶子放在这里，市场价应该在三百万左右。因为只有一只，我们给出的价格是八十万。"

这个结果吓了彤丽一跳，鉴宝证书接过来的手都在发抖。

送彤丽回家的路上，看着小姑娘惊魂不定的样子，刘未然心里高兴。

彤丽一路上问他是不是真的。

刘未然不在意地说："电视能信吗？当然是假的了，你看你写八百他们故意念成八百万，就是为了制造效果。这几个专家跟我都很熟，我事先跟他们打过招呼的。"

彤丽老大不相信，"那这个到底是不是古董？"

刘未然也不瞒她，"当然是了，不过不是正德年间的东西，应该是清末民国时候的民间仿品。这些细节说多了你也不懂。"

彤丽不服气，"怎么不懂，年代越远的越贵，这我还不懂？"

刘未然哈哈一笑，夸她聪明。

刘未然送彤丽回家，让杨志强看见了，这辆车来了好几次，说是见白宏，却老是跟彤丽过不去似的。

夜里杨志强睡不着，起来蹲在彤丽楼下，发短信，可是房间的灯已经灭了。实在忍不住打过去，却已经关机。杨志强沮丧又担心，竟然在门口站了一夜。

34、闺密第五式：我替你保守你不知道的秘密

最近子晴有点儿怪，是不是因为那个男人的出现和婚礼呢？陈静想着。子晴竟然开始劝阻自己为白宏看病的事儿了，这不像她。

其实是陈静不知道，每次陈静说起手术的事情，她看着陈静这么紧张，就特别想安慰，告诉她其实白宏根本不是她想的那样，他小子早就跟穆少卿达成一致了。这是穆少卿给她讲的，现在潘子晴倒是隔三差五的要见见穆少卿，有些不能跟陈静说的，穆少卿告诉潘子晴，至于子晴要不要告诉陈静，那就是她来决定了。

那天是白宏主动来找穆少卿，"穆院长，是我，白宏。"

穆少卿一愣，赶紧上前扶他，"请坐。你怎么……自己来了？"没想到白宏突然到访，穆少卿不由得紧张。

"陈静把情况都跟我说了，我想单独和你谈谈。"

"可以。"他看着白宏的脸，没有异常，陈静说了什么呢？

"我想了解一下手术的具体情况，能不能请你再说一次？"

"没问题，这是我的工作。"

穆少卿接着就给他详细介绍了整个手术过程，包括其中设为研究项目，资金的配比，院方的实力和被邀请方的实力等等。

白宏听得仔细，等穆少卿说完，他沉默好半天，这个描述说明他的手术确实很有价值，也确实没有太多经验可循。"手术失败的话，我的情况会怎么样？"

穆少卿也不再婉转，直白地说："会失明，彻底的。除非有更新的技术。"

白宏笑了笑："真是那样，就算我为医疗事业做贡献了。反正我现在这样和彻底失明有什么差别。"

"你说得没错。不过，我劝你还是再慎重考虑一下，和陈静商量商量。"

"她如果不支持我手术，就不会这么尽力地了解整个过程。陈静这个人，你应该了解。"

这话让穆少卿有点儿尴尬。"对，这倒是，不过，你还是应该告诉她你的决定。毕竟还是有风险。"

白宏摇摇头，"不用了。我自己可以承担所有的风险。"

穆少卿沉吟了一下，说："但是……我的意思是，你或许……也要为陈静考虑一下。"

白宏又笑了，"我们已经不是夫妻了，陈静没有告诉过你吗？"

穆少卿欲言又止，张了张嘴，最后说："她……我听子晴说过。何必呢？"

白宏非常乐观地说："今天我自己过来，她也不知道。我就是要亲耳听你讲，我有知情权对吧？

穆少卿让他弄得有点儿迷惑。"对。知情权。"

"现在只有我自己为我的手术签字，承担全部责任。"

穆少卿打了一个磕巴，他不知道该怎么回答。

这个手术，你不单是为了这个项目，对吧？"

穆少卿心知肚明，索性道："坦白地讲，我做这件事情，有很大成分……是为了陈静。"这话说出来，心里一下子松了。

白宏没说话，向空中伸出一只手来。

穆少卿看着他的动作，有点儿犹豫，不知道该不该握住。

白宏的手就那么举着，悬在空中。"我也是为了陈静。穆少卿，这才是我今天来的目的，要的就是你这句话。"

"我……"

"不用说了，陈静这样的女人应该幸福，我有义务做到这一点，不能实现她的愿望，让她高兴，让她幸福，就是我做得不好。"他的手依旧悬在空中。

穆少卿张张嘴，不知道该说什么，又闭上了，伸出手来握住白宏的手。

白宏用力一握，"谢谢。"

穆少卿握着白宏的手，由衷地说："我会尽最大的努力。希望你一切顺利。"

白宏紧紧抓住不放，"还有一件事，你要答应我。"

"什么？"

"今天的对话别跟陈静说，就当我从没来过。"

"好。"

第一次跟白宏打交道，穆少卿告诉潘子晴，他从心里钦佩这个男人。他一下子洞悉了对方的情感，与其说洞悉，不如说，他因为了解自己，了解陈静，了解自己对陈静的情感，才这样了解白宏此时的深情，无须多言。

潘子晴听了穆少卿这些话没说别的，她羡慕陈静，这样两个男人用这样的方式爱她，确实令人羡慕。潘子晴没告诉陈静，倒不是妒忌，而是蒙在鼓里有蒙在鼓里的幸福。

35、阴谋诡计都是愿者上钩

刘未然告诉彤丽，因为她相貌讨喜，被电视台的编导看上，希望能拍几张照片，预留，说不定什么时候推荐她做演员或者主持人。虚荣是所有这个年龄女孩子的弱点，一称赞相貌就毫无提防之心。这些天刘未然不是带着她见电视台的人，就是带她去拍照。

漂亮的照片出炉了，可是要有观众。以前彤丽都会找杨志强，现在她不愿意了。倒不是生气，杨志强这段时间一见面就动手动脚的，老是要跟她干点儿什么，她不傻，就是杨志强这次表现得和以前不一样，总觉得有点儿别的什么。有几次说恼了，杨志强就消失两天，然后再出现的时候特别疲惫。彤丽不知道，他去港口卸货去了，赚点儿钱存起来。他打算悄悄地攒上一大笔钱，给她，吓她一跳，也表示自己的决心。要么干脆让大哥到她家里提亲去，看她怎么办。总之刘未然的出现，让杨志强特别有危机感，好像成亲这事儿要尽快定下来。眼前呢，彤丽却一趟一趟地往外跑，每次都是坐小轿车回来，几个保安晚上睡觉的时候还说这个女人有手腕。杨志强不愿意说破了他们的关系，只是竖着耳朵听着。几个半大的小子们和几个自以为老成的爷们儿，说着说着就拐到男女床上那点儿事儿上了。突然一个小子愤愤地说："这要是我女人，二话不说，先上。他们有钱，放到床上，脱了裤子，也不过是一双破鞋，还是老子干过的货。"末了补了一句，"不能便宜了那龟孙儿。"几句话一过，大家都附和，也有打岔的说他还没沾过女人，根本不知道女人什么味儿。这些男人把自己有意打扮成猥琐的老油条，享受着调笑一个虚构女人的快乐。杨志强躺在床上，不言语，却一字不落的都听进去了。尤其是"不能便宜了那龟孙儿"那句话，好像指出了明灯。

早晨，彤丽要去潘子晴那儿，一出小区，被杨志强拦住。他先是一通臭骂，然后就是逼问，最后恳求彤丽告诉自己到底怎么回事儿。彤丽呢，一开始还回他几句，后来就光听，最后实在没意思了，一把推开他，要走。这下惹恼了杨志强，忽悠一把抱住彤丽，就要亲。彤丽也不推，只把头往后一扬，"我看你敢！"

杨志强愣住了，手里抱着的这个女孩子，眼睛瞪着自己，像两个冰锥子。他没亲下去，缓缓地松了手。彤丽揉揉自己被他抱疼的胳膊，看着杨志强难受地抱着头，蹲在地上。

彤丽拍拍他，"没出息的！哎，你来北京是为什么？"

杨志强抬头，"为什么？为了你！"他说得恶狠狠的。

彤丽轻蔑地说："我可不是为了你！我还要出人头地，挣大钱，出大名。这世道，只要你受得了罪吃得了苦就能挣得到！谁生来有钱啊？你看电视上，好多大老板，都是白手起家，那个什么，叫什么的来着，就是在中关村送货，后来自己开公司的。有什么啊！再说了，北京这么大，有钱人那么多，总得需要你这样的，我这样的人伺候他们吧？这就是机会！有机会，就能有钱！以后等我们自己有钱了，也找人伺候我们。世界就是这样的，没有白吃的苦白受的罪！为了我？你要是真为了我，你就去挣去，给我挣出一份产业来，那是为了我。"

杨志强嗫嚅地说："我就是怕你……"

彤丽打断他的话，"我问你，你想不想幸福？"

杨志强点头，"当然想，我只要跟你在一起，就觉得幸福！"

"等我们有自己的事业，才是真正有幸福！"彤丽眼睛里充满了希望。这个神情迷惑了杨志强，他觉得自己冤枉了彤丽。

事后彤丽也在心里反复想着自己对杨志强说的这番话，越想越是心潮澎湃。这几张明星照，她揣着到店里，先拿给小宋看，又拿给潘子晴看。她们也都说好看，小宋尤其羡慕。潘子晴拿她开玩笑，彤丽是得意多于腼腆。

陈静来了，彤丽格外高兴地招呼她，一口一个陈姐，然后拿出来这几张照片给她看。

"不像你！"陈静口气淡然。

彤丽没想到陈静这种态度。"就是我啊，你看，这鼻子，这眼睛，这都是我啊。时尚这叫。"她还一个劲儿地解释。

潘子晴看出来陈静的不爽，一个二十几岁的丫头对这样的东西没有抵抗力。其实她也没觉得有什么好，厚粉底，假睫毛，高光一打，后期一P，基本上人人长得都一样。她只是不愿意打击彤丽。陈静就不同了，现在彤丽整天跟白宏在一起，天天就干这个，她怎么能放心。

"照我说，还是你原来的样子好看，干干净净的。这照片上，化那么重的妆，哪里还看得出是谁，化这种妆，什么人拍出照片来，都一样。这不叫漂亮，也不时尚。"

彤丽不服气，反问："怎么不漂亮，不时尚？好多杂志上的明星照都这样拍，怎么我就不行，我拍了就不好看？子晴姐都说好看的。"

"大家都一样有什么好看的，得和大家不一样，才叫时尚！"

彤丽说不上来，又不服气，"子晴姐你说！"

潘子晴安抚着，"你们俩都对，我谁也得罪不起。"说着走开了，去招呼顾客。

"就算是好看，你也不能靠这个生活是不是。我听那个主管的老师说了，你最近不太用功。"陈静话题转了。

彤丽有点恼，嘟着嘴不说话。

陈静看着她，耐心地教她："财会是份正经工作，以后走到哪儿都有你一席之地，不管有没有人给你化妆，你都能靠着这个职业自立。"

"我知道。"口气多少有些敷衍。

"也难怪，你这个年纪的女孩儿都有些不切实际的梦想，我是担心你被别人利用了。"

彤丽不服："利用？没人利用我。刘未然你也知道的，摄影师是他的朋友，他能利用我什么？"

名字一说出了，陈静就留了心，"刘未然？买画那个？"

彤丽点头。

潘子晴看她们说得差不多了，过来打圆场，说彤丽账目做得好，自己都离不开这丫头了。多亏了陈静。可陈静的心思已经飘了。

"陈姐，子晴姐这边的账目，就是我昨天晚上做的，你看看有没有错？其实我财务学得可好了。"

陈静看着，没说什么。

潘子晴故意开玩笑地说："这下完了，你连我的账本也看了。彤丽这个账算是现学现用。"

陈静还在想刘未然是为什么，脑子里模模糊糊地觉得不对劲儿，突然听见彤丽说："陈姐，好久不见你了，你都胖了。"

这句话一下子把陈静拉了回来。她不愿意彤丽知道自己怀孕，所以故意避着她，今天一上来说了那么多把这个事儿忘了。现在陈静已经五个月了。虽然一直控制得好，也是腰粗如桶。

潘子晴觉得再瞒只怕会有反效果，不等跟陈静商量，"她啊，你仔细看看，她这是怀孕了！"

彤丽惊喜地打量着陈静，"真的啊。白老师要是知道了肯定特高兴。"

陈静看看潘子晴，潘子晴对她一个劲儿地使眼色。陈静只好说："暂时别告诉他，还有十几天，他就要动手术了。"

潘子晴说："对啊！要不他一高兴，一激动，又检查不合格怎么办？陈姐等着他睁开眼睛看见的就是自己的孩子呢。"

彤丽很兴奋，"对啊，真是的。我怎么没想到。好，我一定保密。"

潘子晴拍拍彤丽的肩膀说："你现在有两个秘密了！"

彤丽一听秘密，激动得脸都红了，一个劲儿点头。

受到陈静的打击之后，彤丽很不甘心。

晚上回家拿出来自己的照片又看了半天，还是不服气。于是拿出从前买的和一些陈静后来给她的化妆品，对着镜子，照着照片上的样子，画起来。画来画去，越画越黑，镜子里一副熊猫眼，彤丽沮丧极了。此时白宏在外面叫她下棋。这两天白宏兴致高涨。

陪白宏下着棋，彤丽偷偷用白宏的手机，给郑云发个信息，让他来陪白宏，其实是她想借机问问郑云自己这些艺术照好不好看。

不管怎么说，第一个说自己漂亮的终究是郑云。

彤丽心不在焉地下棋，眼看着自己要输，悄悄把一个马放在炮前，然后说："马八进六。现在别马腿，你不能吃了。"

白宏想了想说："不对啊，你这个马不在这儿啊。你这个马刚才不是在三上吗？"

"我还有一个马呢。"

"我已经吃了。不对不对，你要赖可不行。"

彤丽无奈地说："白老师，你记性可真好。"

白宏得意地说："那当然。"

"你要是能看见就好了。"彤丽这句话带着无尽的遗憾，手里摆棋子的动作都慢了好多。

"你又想让我看什么？"

彤丽心里藏不住事儿，直接说："陈姐非说我拍的照片不好看，你要能看见，帮我评评理就好了。"

"你可以找别人帮你评理啊！"

"我找谁啊？"

"郑云啊，他不是能看见吗？又会看。"

"他……才不会呢。"彤丽故意说。

"你不是都发信息问他了吗？"

彤丽一惊，"你怎么知道？"

"那当然了。我什么都知道。"

"他说他一会儿到，你可别说是我叫他来的。"口气中有几分恳求。

"那你再陪我下一盘。"

"行！"

"不许耍赖！"

"行！"

"去把脸洗了吧。"

"干吗？"

"一脸乱七八糟的，还不把人吓一跳？赶紧洗了吧，幸亏我看不见。"

彤丽高兴地站起来一边走一边说："你太神了！你怎么什么都知道！"说着进卫生间，哗哗的水声。

白宏笑眯眯的，小声说："这化妆品的味儿可真不好闻。"

郑云来的时候，彤丽显得格外热情，弄得他有点儿不自在了，他躲着彤丽跟白宏说："怎么？闷了？终于想起还有个叫郑云的家伙？"

白宏挺配合地说："对啊，找你聊聊天，汇报一下工作。哎，彤丽，给我们郑老师沏杯茶。我这个茶可是今年的新茶。我先上个厕所。"

"你骂我！"郑云说着坐下，彤丽端茶给她，立刻拿出自己的照片给郑云，"郑老师，你看看这个，好看吗？"

郑云纳闷地看着她，"怎么还真的叫起老师来了？"说着看看手里的照片，"你的？"

彤丽得意地回答："嗯。"

郑云一一看过去。

"怎么样？漂亮吗？像不像明星？"一副沉不住气的样子。

"明星嘛，谈不上，挺像杂志封面的。"郑云说着，抬头看看白宏，也没有什么提示。

彤丽得意了，"时尚吧？"口气好像终于得到认可一样。

郑云摇摇头，"漂亮吧，也倒是挺漂亮，时尚吧，也行。反正……咳，你自己拿着玩儿，当一乐，挺好。"

"什么意思？说明白。是不是不好看啊？哪儿不好看啊？"彤丽一句紧一句地问，声音也不由得高了。

"就是不像你。这种照片找谁都一样。没什么特色。"郑云说得敷衍。

"好看就行了呗。"

郑云敷衍地说："不丑！"

"明星都是这样的！"

"明星就好看啊？"郑云的笑声衬在话里。

彤丽懵了，反问他："不好看能当明星吗？"

郑云自顾自地说："你拍了明星照，也不是明星啊！"

这句话戳在了彤丽的痛处。

彤丽咬着嘴唇，也不说话了，一把抢过照片，转身走了。

郑云有些纳闷，"怎么了这是？"

白宏听着彤丽回房间，笑了笑，"得，今天没棋下了。"

彤丽回到自己房间，气鼓鼓的，但是郑云说的和陈静说的话，一样。这让彤丽不得不服陈静是对的，再拿出来看这些照片，彤丽心里就不舒服了。倒是好看还是不好看呢？

她趴在窗户上往外看，正好窗外路灯下戳着杨志强。他看见彤丽看见自己了，赶紧招手，彤丽气呼呼的没理他，躺在床上瞪着天花板生气。

一会儿，彤丽的手机响了，杨志强的信息："别去当演员，不好，不安全。"

彤丽回复他："照了明星照就能当演员？美的你！"

"你不当了？"

"我倒想呢，长得这么丑，谁要啊？"

"你不丑，你可漂亮呢！我看过你照片了，像明星！"

"像有什么用，又不是！"

"当明星有什么好？天天让人骂。"

彤丽看着手机，心情稍微好了一点儿，好半天，才说："你什么都不懂。"

聊着聊着夜深了，杨志强发短信说那个男的走了。彤丽知道说的是郑云。一会儿白宏去洗手间洗漱的声音传来，再然后就是回他自己的房间睡觉，关门声。一切都安静了。

杨志强又发来短信："我想进去。"

彤丽发给他："不行！"

杨志强并不放弃，这样来来回回的又发了一个小时，彤丽突然看见杨志强进了单元门。紧接着一条短信："你不开门，我就按门铃了！"彤丽害怕了，赶紧蹑手蹑脚地出来，打开客厅的大门，生怕杨志强真的按门铃吵醒白宏。杨志强果真顺着门缝溜了进来。

两个人溜进彤丽的房间才敢说话。

杨志强没别的想法就是要好好地和她睡上一觉。

彤丽不肯，低声骂他。

杨志强却一改以往怕彤丽的样子，做出一副无赖相，坐在床上不走——这些都是码头的老男人们教他的，此时坐在彤丽的床沿上，杨志强心里也打鼓。

彤丽气鼓鼓地看着他。

杨志强硬着头皮，硬硬地看着彤丽。

彤丽一咬牙，低声说："行！"说着躺在自己床上，动作之猛，杨志强吓得从床上跳了起来。看着彤丽躺平了，对他说："来啊，来吧！你不来你不是男人！"

杨志强嘟囔几句，还真的靠过来，亲亲彤丽的脸，又亲亲她的嘴，始终不敢用力，亲一下，看看她的表情，彤丽就那样看着他，不说话。

杨志强坐在床边，回头看着彤丽，不说话。

彤丽却说："怎么了？你不是说别人嘲笑你么！你不是说要告密么！现在怎么了？你不是就想这样么？"

杨志强嘟囔着："我没想这样，不是，我想的不是这样的。我……"

彤丽"噌"地坐起来，和杨志强面对面，"你想怎么就怎么，我都由着你胡闹还不行？"口气却凶得很。

杨志强伸手想抱抱彤丽，临到最后又收了回去，好半天却说："我没洗手。"

最后杨志强还是站在窗外的灯下面看着彤丽。看着她熄灯，睡觉。

早晨起来，彤丽窗口吊着一株巨大的向日葵，她取下来，后面夹着一个小纸条，歪歪扭扭地写着：你喜欢花，送给你花，这个大，实惠。彤丽看着"扑哧"一乐，把上面的瓜子扣下来，嗑了几枚，舌尖上都是那种清甜的味道。

彤丽的明星照余波未尽。很快小区里的小保姆们都传阅了，虽然彤丽在陈静郑云这里受到了打击，可是这些小保姆的羡慕大大满足了她的虚荣心，甚至还让她膨胀了很多。

不一日，她们都聚集在白宏家里，一群小姑娘，叽叽喳喳地说着明星照，一会儿就说到当演员这事儿上去了，似乎这个年龄的女孩子都有一个演员梦。

一个小保姆略带妒忌地说："当演员你可小心，她们里面都是潜规则，都得睡觉。"

彤丽觉得有点儿不舒服，"不见得吧。"几个小姑娘各执一词，争了起来。

一到有分歧的时候，白宏的角色就特别重要。"不管怎么说，还是要有点儿才艺才能当演员，睡觉谁都会，能当明星的毕竟是少数。"白宏说完，大家就不得不认同。

"对对，当演员都要会唱歌，跳舞，那叫才艺表演。让你笑就笑，让你哭就哭。"

"是啊，彤丽姐，你会吗？"

"到时候你就得学，唱歌什么的，他们叫培训，你看超级女声没？都那样。"

此时小保姆们起哄："彤丽姐，唱一个。"

彤丽很大姐的范儿说："行，我给你们唱一个。"

彤丽唱王菲的《红豆》，大家一致鼓掌。

白宏来了情绪，说："等等，等等，我找个东西给你们录下来。"

从这天开始，彤丽和白宏又找着一个乐子，就是把小保姆们聚在家里，唱卡拉 OK。没有音乐，全部清唱，唱得高兴了，大家一起来。白宏拿着摄像机对着声音拍，说："现在你们的声音都记住了，回头眼睛好了，就跟你们人对上了。"

很快摄像机也在小保姆们手里传来传去，像是一个玩具。

这边的小保姆们热情歌唱，小保安们却有他们的想法。

"哼，这些有钱的男人都没安好心，他们在城里自己有老婆，过腻歪了，又来勾搭我们的姑娘，妈的，欺负我们没见过世面呗。"

"都是一块出来的，结果呢，姐妹们给他们当了小蜜，做了二奶，把漂亮的都让他们弄走了，把咱哥们都晾了。你说比年轻，比力气，比长相，咱们哪点不如他们？我就不懂，怎么咱们的姐妹们一劲地往他们身上扑呢？"

"有什么不懂，架不住人家有钱呗。你们看这两天接送彤丽的那个车，你们得挣一辈子！"

"到最后，等人家玩腻味了，一甩，你说惨不惨啊。"

"到时候你接着啊，英雄救美，还能白落一媳妇。"

"我傻呀，你怎么也不要，我啊，回家娶媳妇去。老实厚道，能生孩子行了。漂亮有什么用，你看着漂亮，人家也看着漂亮，我们没车没房，争不过人家。"

"我还不服这个气，不公平，我就不信，只要我一心一意对她好……"

"那也不如一辆奥迪车。"

他们谈得义愤填膺，好像彤丽不是一个姑娘，是所有那些本来属于他们却被别人娶走的姑娘，好像发在手里越来越少的钞票一样，群情激愤，又彼此挤对。

唯一一个不说话的还是杨志强。他躺在上铺，盯着天花板，下面的声音不停地钻进他耳朵。人们也习惯了他从来不参与这种话题。

第二天，杨志强又看见这个黑色的轿车进来，彤丽很快出现在停车场，身边的保安们彼此使个眼色，嘴角露出一丝轻蔑。

这个表情像把刀一样插在杨志强心口，虽然没人知道他们认识。

刘未然的车没有马上开走，彤丽还坐在车里。两个人说话，杨志强远远地看着。

刘未然先是夸彤丽上相，好看。彤丽却因为陈静和郑云的话，没有对刘未然表示特别的应和，反倒说一般一般，然后把郑云的台词说了一遍，不为别的就是要向刘未然表示自己不简单。

刘未然也没想到这个小姑娘这么难搞，干脆问："你要不要当演员？"

"真的？那你说我是去还是不去？"彤丽反问刘未然。

刘未然此时一副认真的样子，帮她分析局势："你要听我的，彤丽，还是干你现在这个稳当。不是人家还帮你报了会计班吗？会计走到哪儿都需要，有需要就有工作。当演员就不一定了，这个导演看中了，下一个可能就看不中，你要是红了还好说，红不了呢？每年电影学院、艺术学院毕业多少学生，有几个当明星的？大多数都是龙套，又辛苦又没多少钱。就算是你一下子红了，也保不齐能红一辈子。工作不能好高骛远。还是踏踏实实的，柴米油盐过日子，安稳。"

这几句狠，既然你彤丽已经表示对照片免疫了，我刘未然就跟你玩儿真诚。

彤丽信了。这话跟陈姐说的一样，都是为自己好，她有点儿过意不去了。"那我要是不去，人家会不会怪你？"

"怪不着我，你要觉着新鲜，我就受累带你去，玩玩见识见识，你要没兴趣，我就帮你推了，怎么样？"

"那多不好意思啊。"

"没什么不好意思的，我们就算交个朋友，行不行？"

"你真的跟我交朋友？"

"赏个脸？"

彤丽不好意思地笑了。"瞧你说的，你跑前跑后的，又带我上电视，又带我照写真。怎么能说赏脸的话呢。你是大老板，我一个小丫头，你说我们是朋友就是朋友，就算你说不是朋友，就不是，只要你能用得着我，绝不说 NO。"她的防线又一次垮了。

"那可就一言为定了？"

"嗯！"彤丽爽快。

终于上钩了，刘未然暗自得意。

"既然是朋友，我有什么就不瞒你了。"他把真正的来意说明，一个台湾老者看了电视，觉得那瓶子是他们家失散的，想看看。还安慰彤丽，不是拿走，就是看看，也许是，也许不是。

彤丽一听就答应了，人家都当自己是朋友了，还磨叽就没意思。再说，刘未然再三保证这瓶子不会有问题。彤丽问了时间地点，就下车了。

她刚一下车，远远地看见杨志强站在出口的地方看着自己，脸黑得像炭。

36、想明白的，未必能躲开；没想明白的，也未必会上当

自打陈静从彤丽嘴里听到刘未然这个名字，怎么想都不放心，索性去找郑云问个明白。这一找，才发现，郑云已经被潘子晴收在帐下。坐在潘子晴客厅的沙发上，看着这两个家伙极为随意的穿着，陈静先是一阵大笑，差点儿喘不上气来。

郑云有点儿不好意思了。

潘子晴不客气，"干吗，这不是你的主意么？"

陈静平息了一下，才说："好吧，好吧，我认了。"说着又笑起来。

郑云赶紧说："嫂子是不是有什么事儿啊？"

陈静这才把对刘未然的担心说了，"那个刘未然，一会儿带着彤丽上电视，一会儿撺掇彤丽当演员。你说，他要是什么艺术爱好者，应该缠着白宏才对啊！"

潘子晴顺着陈静的话说，"你是说他看上彤丽了？"

陈静皱着眉头，"应该……不会吧，他那样的人，喜欢彤丽什么呢？"

郑云接过话来："嫂子，我这话你听了可别多想。"

两个女人转头听他说。

"彤丽身上有股子单纯劲儿，傻天真傻天真的，风风火火侠肝义胆，现在她这样的女孩儿，不多。还就是那种有点儿经历的男人喜欢。你要是说……他看上彤丽了，嗯，还真保不齐。"

陈静琢磨郑云的话，好半天没吭声。潘子晴倒是上一眼下一眼地打量郑云。

郑云被潘子晴半笑不笑的打量看得有点儿毛，不好直说，赶紧用陈静转移注意力。"嫂子，你不是担心彤丽和师兄……我师兄可不

是那种人啊，师兄这种男人我了解，在他心里，天底下就一个女人，那就是嫂子你……"

潘子晴也安慰她："别听他胡说。"

陈静突然抬起头来，看着潘子晴和郑云，"要是……白宏要是真的喜欢彤丽，其实……也挺好。只要他……"

潘子晴听不下去了，"说什么呢？只要他怎么？你还真以为自己离婚了？"

陈静忘了身边还有郑云，瞅了潘子晴一眼，"我现在后悔当初没听你的，要是真离了，倒挺好。"

潘子晴没话说了。

郑云劝陈静："师兄心里也是为你好……"

"心里是为了我，难道我不知道么？可是他不管我心里是怎么想的！"陈静打断了郑云的安慰。

郑云哑然了，这些愿意在生活中动不动就拯救女人，拯救爱情的勇士们，其实从来没想过对方到底需不需要他们拯救——说白了，这种拯救其实是为了自己。

"是他不承认自己脆弱，自己失败，反倒做出自我牺牲的样子，做出一切为了我，为了爱情的样子，跟着就把自己原谅了，不是么？"陈静苦笑一声，"他凭什么认为，我的生活应该由他来安排、来决定？"

这些话潘子晴是很认同的，郑云却听着尴尬，等陈静发泄完了，没再多说什么，也不敢再说什么。

事后潘子晴嘲笑他："马屁拍在马腿上。"

郑云却说："女子无才便是德，老祖宗说得对啊！"

结果遭到潘子晴的暴力对待。

没等郑云去弄清楚刘未然的目的，彤丽已经如约带着花瓶来了。这脚轻轻巧巧地踩在他的圈套里。

一间古色古香的茶室里，一位老者须发皆白，一身布衣，精神矍铄，儒雅极了。见她进来，连忙起身，表示尊重和欢迎，"彤小姐，请坐请坐，请上座。"

他指中间的位置，"坐，坐，今天，你是贵宾。"

彤丽有点儿不知所措地看看刘未然。

等落了座，老者给几位斟茶，"这是今年清明前的安徽黄山毛峰，俗称雀舌，两位尝尝。"

刘未然举杯先观色，说："确实是上等品，色泽温润清亮，略带杏黄，犹如象牙，"呷一口，"口感醇厚，香气悠长，确实是上等品。"

老者遇到行家，很高兴，"刘先生是品茶高手。"

彤丽小心翼翼地喝了一口，"真香。"

老者又赞扬："姑娘也懂茶？不易。现在年青人都喜欢喝咖啡，喝茶品茶懂茶的越来越少了，这可是中国文化的精髓啊！"老者说着有些懊丧的样子，"彤小姐如此年轻也懂茶道，令老朽欣慰。"他这一番感慨，让彤丽有点儿腼腆又十分受用。

彤丽生怕别人等得心焦，二话不说，端出那个盒子放在桌子上，"这个就是你要看的瓶子。"

老者不伸手，反倒说："不忙看，姑娘信任我这一头白发，老朽不能哄你小姑娘。你得先听我说。"

彤丽认真地点点头。

两个人听老人讲起了身世，以及他和这个瓶子的渊源。

彤丽算是第一次从头到尾地听了一个古董故事。又曲折又感人，怪不得刘未然那么爱古董呢。原来这么小小一个瓶子上竟有这样的生离死别，这老人并不是要找这个瓶子，而是要凭着这单瓶找到失散的大哥，兄弟本是一对儿，找到大哥算是先父遗愿。

彤丽安慰他，要他打开盒子看看，是不是他找的那个。老人却拦住她，先问她父母姓什么，又问这瓶子主人姓什么，就是想知道是不是和自己有那么一点儿关联。看着老人是真动了情，彤丽也差点儿掉了眼泪，可惜东西不是自己的，她不能做主。

　　说到最后，老者才答应看瓶子，好像是彤丽求着他看这个瓶子，而不是他要看似的。直到拿出瓶子来，这姓关的老者，还邀请彤丽一起看看，是不是一对儿。

　　彤丽不看，摇头说："我不懂，看不出来的。你要看就看，看多久都成，但是不能买，要是我的，送给你也成，可是它不是我的。我不能做主。"

　　老者摆摆手说："我明白，能在有生之年见见这瓶子，也算了了心愿，就当是见大伯的面了。"

　　说着老者将两个瓶子摆在一起，对照着，感叹，"就是它，真的是它。我可找到你了。"眼圈又红了。

　　彤丽只顾着安慰老者，完全不在意这瓶子。

　　老者拿起一个瓶子放进彤丽带来的盒子里，"有劳姑娘。关某心满意足了。"

　　"你不再看看了吗？"

　　老者一边将另一个放在自己的盒子里，一边说："够啦，确实是一对儿，我就知足了。再看我怕难过。"

　　彤丽懵懵懂懂，"喔"了一声，并不急着将瓶子放起来。

　　老者诚恳地对彤丽说："关某拜托彤小姐，千万要好好保存啊。若是有朝一日，想要变卖了，千万要先通知老朽我啊。"

　　彤丽爽快地答应："好，我回去跟白老师说。"

　　刘未然在旁边提醒她："赶紧收起来吧。"

　　彤丽听话地合起了盖子。正要放在书包里，忽然觉得好奇心起，又打开盖子，抱起来看那瓶子。

　　"彤丽，赶紧放好了，别摔了。这个可是老先生的心愿啊。"刘未然嘱咐她。

　　彤丽抱着这瓶子底看，那仔细的样子倒像是专家，刘未然看着她又看看老头，两人一脸迷惑。

彤丽放下瓶子，非常肯定地说："不对，这个不是我拿来的那个瓶子。"

刘未然一愣，"不可能，我一直坐在这儿看着，不会拿错的。"

老者一改悲伤的样子，急忙说："你怀疑我调包？"神色之间的儒雅一下子变得猥琐。

彤丽也不解释，"给我看看你那个。"理直气壮。

老者拿也不是，不拿也不是，就在磨蹭的时候，刘未然又说了："咳，都是一样的瓶子，一人一个，就行了，哪个都一样。"

"那不成，我拿出来的不是这个，我就不能把这个拿回去。你给我看看你那个。"

话说到这儿，老者只好拿出来递给彤丽。一边递过来，一边看着刘未然。

彤丽接过，抱着底部看，"这个对了，我记得我做了记号的。"

刘未然也凑过来看，什么都没有，"哪儿有记号？"

彤丽指着边缘的一个地方说："我用指甲油刷了一下，侧面有反光。"

然后拿起来放在自己的盒子里，好好地盖上，说："你不看了，那我就回家了，白老师还等我给他做饭呢。"

老者颇为尴尬地应着："好好，不送，不送。"完全没有了初见时的热情和长者风范。

彤丽抱着自己的包抬腿就走。

刘未然说："我送你？"

彤丽头也不回，"不用了，我打车。"说着出了门。

房间里只剩下刘未然和老者，两人面面相觑。

好半天，老者疑疑惑惑地问："这丫头真的不懂？"此时这老头流露出一副街头混混的样子。

"古董她是不懂！"刘未然的言语中露出几分狰狞。

"那……她从哪看出来这个调包计呢？我，我可一点儿都没错啊。"

刘未然恨恨地自言自语："跑了这么多年的江湖被一个小丫头绊了一跤。算是我小看了她。"

老者看着刘未然的脸上，试探地问："接下来怎么办？"

刘未然拿起剩下那个瓶子，左右端详，他不说话，老家伙也不敢问，生怕打断他的思路，突然刘未然手起"啪"一声将这瓶子摔在地上，砸了个粉碎。

门外的服务员赶忙进来，"先生？这……怎么了？"

刘未然脸色颇黑，闷声说："雀舌不错，就是野味太重。"

37、真正的诱惑都是赤裸裸的

郑云还真的去问刘未然对彤丽到底有什么企图，刘未然一脸委屈。

郑云有点儿不大信，"没有企图？"

刘未然更加真诚地说："没有！我对她绝对没企图。"那个"她"的音咬得格外重，强调着，郑云没有听出弦外之音。

他看着刘未然的表情，还是觉得不大可信，可又不知道该说什么，就这样斜眼看着他琢磨着。

刘未然开口了："你不就是为了你那个师兄么，怕我这么一带，回头真找了什么电视台的去做小明星去，把你师兄撂了单？不说我真没这个心思，就算有，你凭什么拦着啊？现在可是一个女孩子最年轻、最好的时候。等你们不要了，她还有机会吗？没啦！你们这样……哼，也不怎么地！"

郑云让他这一顿数落，本来理直气壮的事一下子就泄了劲儿。"行！我说不过你。反正这事也不由我说了算。我不管你是帮忙还是使坏，你呀，离她远点成吗？就算帮我一个忙？"

刘未然眯着眼睛，"人家大活人一个，有什么主意，我也拦不住，要真的心思活了，你也怨不得我！"

这话说得狡诈，他早想好对付彤丽的招儿，却先把自己推了个一干二净。

郑云这一来，还真的起了点儿作用，刘未然觉得自己时间不多了，要尽快把瓶子拿到手，不要让事态扩散。

彤丽从刘未然那边受了骗，一肚子窝囊气，说不出来。杨志强还好死不死给她找麻烦，非得问她那人跟她什么关系。

"我怕他欺负你！"杨志强是真怕了，他看见彤丽这两天不对劲儿，好像在跟谁生气。

"欺负我也不用你管。"

杨志强急了，抬手就想打她，眼睛瞪得通红。

彤丽看见他抬手，不躲，反而贴上去，仰着额头，看着杨志强，"你打，我看你敢打！"

杨志强手举起来却落不下去，整个人僵在那里。

彤丽也气得鼓鼓的，冲着他喊："你不打我你不是男人！你打，往脸上打！"

"啪"的一声，彤丽吓了一跳。

杨志强这一巴掌打在自己脸上，顿时一个红手印就出来了。

彤丽愣住了。

"我打自己行不行？"杨志强冲她吼起来。

看着杨志强脸颊上的红印，她心里难受，"哇"的一声哭了起来。

彤丽这一哭，弄得杨志强慌了手脚，不知道她为什么哭，只当是真的受了欺负，一个劲儿地问谁欺负她了。

彤丽这次哭，不光是委屈，还害怕，还窝囊，所以哭声震天，算是嚎啕，一边哭一边喊。好多人回头看，她也不管了，指着杨志强的鼻子，"就是你！你欺负我！就是你！"

杨志强没法子，劝也不是，哄也不是，拉她又拉不起来。大街上人来人往的，杨志强恨不得找个地方藏起来。

好半天，彤丽没劲儿了。一抹眼泪，站起来。这一通，她把自己发泄了一个干净，现在心里舒服了，索性把刘未然骗她的过程都告诉了杨志强。

"说来说去他是为了那个瓶子？"杨志强松了一口气！

"废话！那瓶子是古董！"

杨志强咧嘴嘿嘿一笑，"那我就放心了。"他才不关心古董值多少钱。

彤丽一边擦眼泪，还瞪了他一眼，"我呸！喊着要打我，手举那么高，也不敢打，不是男人！"

杨志强赔着笑，"不是就不是呗。打女人才不是男人呢。我这是好男不跟女斗。"

彤丽一把扯住他的耳朵，"你好？你哪儿好？"

杨志强讨饶，"你好你好，我不好，你天底下最好。"彤丽这才放了手。

杨志强问她："要是那人还来怎么办？"

彤丽一甩头，"我不怕他！大不了，我报警把他抓起来！"

豪言壮语还没落地，刘未然还真来了。他约彤丽到一个西餐店里谈谈。彤丽也不怕，去，我倒要看看你能把我怎么着！

刘未然选这个地方显然是想好了的，刻意向彤丽展示一下昂贵

195

的奢侈的生活是怎样的，不用真的昂贵，只要看起来像就行了，几百块钱的西餐，周到的服务优雅的环境，刀叉和红酒，牛排和甜点，就这样一道一道地攻破彤丽的聪明。聪明在这个攻势之下尤其显得局促，没有反击之力。就是因为足够聪明，她明白眼下的交易是多么的划算，而自己坚持的那点儿道德和信念是多么的微不足道，更重要的是，眼前的生活，就像端上来的牛排，不但触手可及而且货真价实，是结结实实的一块，热气腾腾的一块，马上就放进嘴里的一块——肉。

"你，把那个瓶子给我，我就给你三十万。"

一进门，彤丽就等着他说点儿什么关于这个瓶子的话，说什么她都得给他顶回去，彤丽想了好多刘未然会说的话，甚至像电影里一样，把自己绑起来，用刀威胁自己交出瓶子。在她的想象里，就是死，她也不给，然后还通过自己的计谋和聪明把他们通通抓起来……等到牛排上来，刘未然才说了第一句关于瓶子的话，没有刀光剑影，没有威胁绑架，甚至从头到尾都是笑咪咪的。

"你，把那个瓶子给我，我就给你三十万。"刘未然切下一块肉放进嘴里。

彤丽不言语，目光中既有疑惑也有警惕。刀子在手中立着，盘中的肥肉"吱吱"冒油。

刘未然看着她继续说，他要一句一句地捅破她的道德底线，钱是绝好的武器，尤其是这个时代，什么人都有就是没有不爱财的，"这瓶子不止这个价，你我心里都知道。现在这三十万，烫手的人民币货真价实，放在你手里，就全是你的，没人知道。我，得这个瓶子，省了三十万，就等于得了三十万，公平合理！"

彤丽看着面前的食物，不作答。

刘未然吃两口，看看彤丽，给她一个咂摸的时间，然后继续游说："之前，我是想骗你。"彤丽抬眼狠狠地瞪着他。看着她恶狠狠的眼神，恨不得一口吞了自己，刘未然很高兴，他觉得自己刚才的话没白说。彤丽越生气，证明这番话对她越有效果，如果她现在一副很淡漠的样子，反倒不好办了。

他不慌，继续说他的："之前我是想骗你，说白了，我们这行就这样，只要能得着这玩意儿，没什么亏心不亏心的，你用不着委屈，也用不着恨我。你没让我骗着，说明你能耐，聪明，了不起！我认，我服！一百个服。真的，彤丽，我真没想到，你年纪轻轻的，不能小看。"

说到这儿，无非是揉揉彤丽愤慨的心情，刘未然话锋一转，推心置腹说："这三十万以后就是你的，你一个人的！只要你自己不说，绝对没人知道！你算算，三十万不少！这个数拿在手里，你以后想干什么都成。回家买房，做个小买卖，上学读书……十年之内啊，你的生活跟一城里姑娘没两样，还比她们强。买最好的化妆品，穿名牌，没人当你是小保姆，打工妹。咱说白了，你到北京来图什么，不就是奔个出人头地嘛。"

他这话句句打在彤丽的心坎上。

事情已经挑明了，此时她再看刘未然的神情，已经没有那么多的警惕。眼睛不再盯着他看，转而低着头，开始抱着果汁用力地咬着吸管。

刘未然趁热打铁，诚恳地帮她设计未来。"像现在这么挣，你一个月就算挣三千，在民工里算高的了吧？你得多少年才能挣出三十万？不吃不喝不穿不戴也要十年！现在，不费吹灰之力，钱，有了，还年轻，弄得好，套个金龟婿，下半辈子可就是荣华富贵了。咳，我不多说，这笔账你比我算得清楚。"

甜腻腻的果汁粘在彤丽嗓子上，声音有点儿嘶哑，"你是……让我偷……出来给你？把白老师的东西……偷出来？"

"不！"刘未然大摇其头，"不偷，我给你一个新的。"

"什么新的？"

"就是拿一个完全一样的瓶子，把这个换出来。神不知鬼不觉。"见彤丽犹豫，"反正他们也不懂，也不打算卖。你这么想，万一哪天他没看见，打破了，多可惜。好好的东西糟践了，不如落在懂行的人手里。"

看见彤丽仍在犹豫，刘未然继续跟进："我现在是跟你谈交易，就咱们俩，四四六六，放在桌面上，清清楚楚。我不欺负你，也不强迫你。你愿意，算咱们双赢，利益共享。你不愿意，我也做回君子，君子不强人所难。"

彤丽一时想不出头绪，刀叉使不上劲儿，牛排满盘子乱跑，索性一把抓起整张牛排放在嘴里撕咬着，汁水顺着手指流下来，一口一口地吞噬着肥厚的牛肉。

这是他最后一招险棋，刘未然看着眼前的彤丽，不由得高兴起来，他啜饮一口红酒，切下一块肉慢慢嚼，味道真是好极了。

此时彤丽吃完牛肉，手上尽是肉汁，也不答话，大声叫服务员，"再来一块，饿死我了。"

看彤丽吃得凶猛，刘未然得意地想："这世上，从来没有没价的东西，就看你出得起出不起这个价钱，只要你出得起，哪怕是人心，照样买得来。彤丽你再能耐，也就是一个小保姆，我就不信你抗得过这三十万，三十万不多，但这话不是你说的。这就是命！你得认！"

从西餐厅出来，彤丽放慢了回家的速度，坐着公共汽车，路过城市中心最繁华的地区，平时每次经过也只是觉得繁华，今天这个城市在彤丽眼里改变了模样。

彤丽坐在靠窗的位置上，外面高楼大厦辉煌无比，商场外的大幅广告显得妖媚动人。车上，一个女孩子带着耳环，戒指，一头漂亮的发卷，鲜艳的皮鞋和裙子。这个女孩子一上车就低头拿着PSP

打个不停，人也随着车摇晃。

窗外巨大的广告牌，钻石，美容，皮具……模特面孔精致，表情傲慢，他们仿佛都在注视着彤丽。

十字路口，公共汽车旁边停下一辆轻巧漂亮的敞篷跑车，里面的女孩子不过彤丽这个年龄，带着墨镜，烫着头发，偶尔抬头看一眼公共汽车，神情和那些广告模特几乎一样，冷漠傲慢。

彤丽看着车上的人们，打手机，玩游戏，听随身听，戴着穿着各种新鲜的玩意儿。她第一次觉得每个人都这么新鲜，新鲜又冷漠。彤丽几乎是魂不守舍地走进白宏的小区，她的眼光划过保安，那些住宅，出入的车辆。青灰色的建筑，白色的门窗，环绕着绿色的植物，一排排灌木如此整齐，保安的制服是统一特制的，甚至包括手套和靴子。花园各种鲜花已经盛开，藤蔓植物爬满了事先做好的架子，为人们撑起一片阴凉。出入的汽车都异常优雅，反着光快速划过，每扇窗户都反光，似乎每家人的生活都是那么神秘，且优雅。彤丽甚至觉得这个小区的狗，品种都十分不同，很少叫，每一只都优雅得像人一样，踱着方步，穿梭在花草丛中。

彤丽一边向里走，一边看着，神情就像从来没有来过这个地方一样，新鲜、激动，同时还掺杂着紧张不安。甚至连白宏这个已经住了好久的房子，都让她有一种新鲜感，竟然是这么大，这么明亮，厨房是欧式整体装修的，是大理石的地面，窗帘的花色低调。回到自己的房间，窗帘"呼啦"一声拉在一起。

坐在床边，彤丽平复着自己的情绪，心跳一直很快。好半天，她从床底下拉出两个大小一样，颜色不同的盒子。

她把两个盒子都打开，放在一起，仔细看着。

她拿出来一个看看，抱着看看底座，放下，又拿起另一个看看，翻起底座，看过放下。

彤丽站起来低头看着这两个瓶子。她把盖子盖上，将它们推了回去。长长地出了一口气。

彤丽"腾"地站起来，拉出自己的行李箱，打开。然后将衣橱打开，整理自己的东西。一件件地拿出来，放在床上，自己开始叠衣服。其中一件裙子让她停了下来。这是陈静给她，上电视的时候穿的那条裙子。

彤丽看着这个裙子和镜子里的自己，想到陈静对自己的好，想到潘子晴对自己的好，想到白宏对自己的信任，一时又开始犹豫。突然手机响，彤丽吓了一跳。是潘子晴的电话，问她今天怎么没过来，彤丽这才想起来今天本来是要去店里的，一批新货今天到，等她入库。完全忘到脑后了。

彤丽一时不知道该怎么解释，支支吾吾的。

潘子晴问她是不是不舒服，彤丽借着这个话头就解释起来。

潘子晴没有怀疑她，反倒让她多休息，这让彤丽心里更难受了。按理说以往潘子晴这些人对她向来如此，可是今天的感觉却格外强烈。

就这样过了三天，那个关老头忍不住问刘未然要不要催，刘未然摇头，"等！这事儿不能催，一催就黄。"这次他信心十足。

这三天彤丽在家里擦地板擦窗户，洗衣服，整理器具，默默地干一身汗也不停下来，好像一停下来，就会错一样。彤丽只有一直做一直做，把所有能做的都做了，不止是擦地洗碗，包括窗户玻璃，每个餐具都细细地擦洗了一遍。然后到潘子晴店里打点货物，整理库房，收拾店面，甚至拉着小宋把整个店的窗户也擦过一遍。然后细细地把几个月的账核对了。每天睡得很少，彤丽从来没有这么认真地干过活，不但认真而且低调，干一整天不说一句话，默默地什么都做了。只三天，彤丽就瘦了好几斤，她几乎彻夜不眠，她睡不着，觉得床下面的东西太硬，其实不过是那两个盒子罢了。

第四天，白宏被学校接走，参加一个讲座。

最后把整个家都转过一遍之后，坐下来把两个盒子从床底下拉出来，再次打开。

彤丽看着两只瓶子，良久，她终于把瓶子调换了。然后抱起装着真瓶子的盒子，放进书包里。抱着书包，彤丽穿过大厅，看着自己这两天弄得干净明亮的房间，开门出去了。

38、我的非常闺密第六波：谁背叛了谁

一阵急促的敲门声中，陈静开门，迎面是气喘吁吁的彤丽，怀里抱着一个盒子，头发也乱了。

看见陈静，彤丽一下子松了口气，"陈姐！"径自进来，一屁股坐在沙发上，"有水吗？"

陈静递给她水，"怎么了？出什么事儿了？"

彤丽一阵摇头，然后把茶几上的东西扫到一边，掏出那个盒子，放在茶几上。

陈静纳闷，"这是什么？"

"是个古董，叫什么瓶我不知道，反正很值钱，值很多，刘未然，就是那个，那个老板，你知道的那个。"她有点语无伦次，"他想要，他一开始就想要这个瓶子，他去买画，要签名都是假的，他就是想趁机把瓶子骗走。他不是好人！"彤丽的口气越来越重，说到激动的时候，神情忽然郑重起来，"陈姐，你别看不起我！"

陈静有些愕然，"我怎么会？不会的，你说吧。"

"刘未然说让我拿一个假的把这个真的换了，他给我三十万。陈

姐，我知道我在北京十年也挣不了三十万，我把这个瓶子拿来给你，就是，就是……"她狠狠地平复了一下气息，"怕我哪天犯浑，没准儿……真把瓶子给他了。现在放在你这儿，我就放心了。白老师那么信任我，把他的卡也给我了，密码也告诉我。你又对我这么好，咱们是闺密，你什么秘密都告诉我，我要是为了三十万，把你们出卖了，我自己都看不起我自己，真的陈姐。我心里真怕啊，我好几天没睡觉，干活，什么活儿都干了，可是没用，心里还是想着这些钱！想着……我真怕，怕我自己犯浑，一时糊涂，对不起你！这个瓶子是真的，你好好放起来，没人知道，白老师也不知道。我不敢告诉他。陈姐你要保密啊。要是让刘未然知道了，他会来骗你的！"

陈静看着彤丽，一时不知道该说什么，安抚了她几句。这些话彤丽想了一路，这种感觉却不止这一路，现在她长长地吁口气，一下子放松了，看着陈静将盒子拿进卧室。

彤丽突然想起来，告诉陈静自己的记号做在什么地方，以后万一有什么也好拿出来辨别。站起来就向卧室走去。"哎，陈姐，我跟你说这个真的上面有记号，我告诉你在哪儿。回头他们万一有人调包……"

一进卧室彤丽愣住了，迎面穆少卿站在那里，满脸愕然。

彤丽不知道这个男人是谁，看着面熟，好像见过，为什么藏在陈静的卧室，自己在客厅说了那么久的话，这个男人一直在卧室里躲着。

穆少卿表情尴尬，干站着。原本是穆少卿送陈静回家，陈静礼貌性地邀请他上来坐坐，却碰见彤丽。正每个屋子参观一下，走到卧室，彤丽突然来访，穆少卿在卧室也是尴尬踱步，本想一会儿她走了自己就告辞，没想到还是迎面撞见。说不清楚，在卧室撞见就是说不清楚，用不着脱衣服，用不着有任何举动，就是猜疑。而且自己一个男人为什么好端端的在人家女人的卧室里不出来？这时候穆少卿都想不通自己是怎么了？慌张什么？尴尬什么？什么都没发生过，甚至连暧昧都没发生过，到底是怎么了？

陈静神情尴尬，一时不知道该怎么解释。

此时，窗外一阵闷雷滚过。

"彤丽，我给你介绍一下，这个是中心医院的院长，穆少卿。他是负责治疗白老师的眼睛的。"陈静说的时候，表情不由得有些不自然，她担心彤丽误会，她又说不上来为什么担心。

彤丽看看陈静，又看看穆少卿，她的目光停在陈静的腹部，已经隆起不少了。窗外雷声好像一下子打醒了彤丽，她什么都没说转身出来。

"彤丽！"陈静叫住她，却不知道还能解释什么。

彤丽停下，回头看着陈静说："你是为了白老师的眼睛，我知道，我理解。"口气却是硬的。

"三天以后白老师就要做手术了……"

"我知道，我不会说的，你放心吧。"彤丽没回头。

看着彤丽离开，陈静转过身看见穆少卿关切的目光。

豆大的雨点"噼噼啪啪"地打在客厅的窗玻璃上……

窗外大雨如注，天色昏暗。人们被突袭的雨水狂风冲得七零八落。

彤丽夹着瘪下去的书包，如同逃命一般，离开陈静的小区，湿淋淋地登上公共汽车，湿淋淋地冒着雨回到白宏的住处。

彤丽一路上脑子没停，那个人是负责白宏手术的院长，听说是陈姐的同学，对，同学，一定有什么！看他刚才的神情就一定有什么。为什么在陈静的房间，陈静为什么慌张，他们之间什么关系？彤丽想得很清楚，而且陈姐怀孕了，还专门叮嘱自己不要告诉白老师，对，她当然不敢告诉白宏，因为那孩子根本就不是白宏的！

一路淋着雨，彤丽却根本不觉得，脑子里像是着了火一样。她知道这样的事儿在现在尤其不是什么新闻，彤丽明白，可心里就是难受，甚至恨得慌，一路上彤丽脑子里一句话盘旋着："为什么不告诉我？为什么瞒着我？我什么都给了，你还不信任我！为什么不告诉我！"

彤丽病了。

用江湖郎中的话说，这叫急火攻心。原本是心病，不是别的，就是彤丽本来已经为了瓶子自己跟自己过不去了好几天，干活干到体力透支。最后强扭着自己，把瓶子还给陈静的，松了一口气，还为自己的忠诚和道德感到自豪。这美好的感觉还没完，穆少卿的出现狠狠地打击了她。彤丽突然意识到，那些所谓的姐妹、闺密、朋友、同盟都是谎言，她觉得自己被利用了，自己纠结数日的忠诚变得非常可笑，很难说彤丽没有为此心疼那灰飞烟灭的三十万……一项项地回溯起来，彤丽越发肯定陈静是利用她的，包括潘子晴也一样。此时彤丽周身乏力，昏昏沉沉，看到的却是白宏的照顾，行动不便依旧为她做粥，做面。看着白宏在厨房忙活，她突然有一种同命相连的凄苦感。她觉得白宏特可怜，比自己还可怜。看着白宏为自己端药、倒水的时候，彤丽突然想到陈静不让她告诉白宏她怀孕这件事儿，非常可疑。这个想法让她更加有理由同情白宏了。

39、掌握了你的生活就能掌握一切

彤丽稍微好了一点儿，先去找了刘未然，这件事儿要有个了结。

她抱着另一只盒子去的。刘未然拿出来那个瓶，一副成竹在胸理所当然的架势，再看几眼，不对了。顾不得身份，脸上渐渐变色，将瓶子放下，冷冷地看着彤丽。

彤丽毫不诧异看着他，一点儿退缩的意思都没有。

"这明明是我给你的那个。"刘未然凶相毕露。

彤丽喝一口茶，慢悠悠地点点头。

"你想用这个换我三十万？"

"没有。"彤丽的回答干脆利索。

"那你来这儿是什么意思？"

"把这个瓶子还给你。"她脸上一副大义凛然的神情。

刘未然不由得警惕起来，"干什么？"

彤丽一副无辜的样子说："这是你的瓶子，我还给你，不干别的。"

"那三十万……"

彤丽喝一口茶，"喔，我不要。"

"你不要？这可是三十万，你十年也挣不到。"

"我知道。"

刘未然定定地看着彤丽，觉得不可思议，他想过彤丽再来时会说什么，就是没想到是这样一个局面，眼前的人似乎有点儿不一样了。彤丽一副很无所谓的样子，看不出对这些钱有多么心疼或者可惜。这让刘未然心里不踏实。但是他觉得不能放弃，要继续说服。

刘未然换了一副苦口婆心的样子，"你说到底，不过是个长房大丫头，家管得再好，也不是你的。你说你费那么大劲儿干吗？自己落不下一点儿好处。老话怎么说，人不为己，天诛地灭。"

"我就是为了我自己。"她看着刘未然，脸上没有一点儿怯色，"他们……许诺更多的好处给你？"他揣测着。

"你说，人这一辈子最紧要的是什么？"

"什么？"

"你这个小院，我进进出出了几十次，跟你长了不少见识。用你的话说就是要活得讲究！东西讲究了，值钱，人讲究了也值钱。什么是讲究？就是问心无愧！"

"你一丫头，大西北小土堆过来的，你有什么可讲究的？"刘未然忍不住轻蔑的口气。

"再怎么说，陈姐当我是朋友，我在这北京就这么一个朋友，你们北京人叫……闺密是吧？就跟你说的一样，我，内蒙古一小镇子的穷丫头，没见过世面。陈姐总见过世面吧？她拿我当闺密，她信我，白老师也信我，多么贵重的东西托付给我，我拿进拿出，没人起过疑心。你说，"彤丽将桌子上的瓶子拿起来朝刘未然跟前一放，一推，"我就这样，伸着手，拿过来给你？就为了钱？就为了我可能一辈子都挣不到的钱？一张桌子，一个瓶子，一壶茶都要能放在阳光下，光明正大的，我一个大活人，还能见不得光么？"

彤丽将这瓶子一推一送，动作是干净利索，话说得也漂亮。

刘未然看着，不得不点头，既佩服又恨得慌，"好！有气节！"

"你知道就好。"

刘未然多少还是不死心。"我就再问你一句，三十万，就这么……"刘未然伸手将桌子上那个假的、做工精美的瓷瓶，轻轻一扒拉，"哐"一声摔在地上碎了，他接着说，"吧唧就碎了，你一点儿也不心疼？"

彤丽看着摔碎的瓷片，"不是我的，有什么可心疼的。这东西碎了，你比我心疼。"说完，站起身来，抬腿就向大门走去。

刘未然显然被最后一句话伤着了，咬牙切齿地看着彤丽将要跨出门口的背影，"世事难料，你对得起他们，他们却未必对得起你，承你的情！"

彤丽没有停，好像没听见一样，出去了。穿过小巷，彤丽在北京城二环里的小街上有点儿迷糊了，站在拥挤喧闹的街头，狭窄却繁华的马路，彤丽知道自己从此以后都没有机会了，刘未然最后一句话，让她恨得心痒痒。直到走出去很远，她才擦擦眼角的泪水，咬咬牙，走得义无反顾。

回到家里，一天都兴致全无，本来去面对刘未然是求一个心里痛快，至少告诉他自己是个有立场有道德的人，不是可以让人利用的人，结果被他一句话全部打消了。整晚懒洋洋的做什么都没劲儿。

晚饭的时候，白宏提议下棋、唱歌都没得到应答。突然一阵吵闹声，接着几个年轻男子一起喊："彤丽！彤丽！彤丽！"

白宏也站起来听，笑着说："你有崇拜者了。"

彤丽出来，迎面是杨志强，后面挤着几个保安都是熟面孔，对她笑，却笑得很不自然，一副短路的样子。

杨志强表情十分严肃。严肃得奇怪。

没等彤丽发问，杨志强向前几步，走到彤丽面前。忽然跪下，拿出戒指，"嫁给我吧。"

彤丽愣了一下，本能地向后退了一步。

杨志强拉住她的手，膝盖还在地上。

彤丽有点儿慌，"你这是干什么？"

"求婚啊。你答应了？"

"你先站起来。"彤丽说着将杨志强从地上拉起来。

杨志强不站，把盒子举到她面前，"我今天特地买的，真的钻石。"身后一个声音说："真的，七千多呢！"

好几个保安躲在后面，挤挤挨挨，给杨志强鼓劲，不断地帮腔。晚上出来遛弯儿的人也停下来，围观。不一会儿，好多人还有狗把彤丽围了起来。

杨志强说不出什么豪言壮语，"我会对你好的！真的！"

树丛后面又传出一声口哨，大家兴奋极了，就在等着彤丽说"yes！"

彤丽却没有心情，她看着眼前的杨志强，下意识地回头看了一眼，白宏独自在客厅的样子，显得很可怜，很孤单。

彤丽叹口气，"别玩了。我还有事儿呢。"说完就回去了。

杨志强愣愣地在原地站着。

保安们悻悻地从树丛后面走上来，都很失望。

人们默默地散开，几声狗叫。

几个保安一路上心里猜测着，眼上使着眼色，嘴里却一句话都不说。杨志强也不吭声，钻戒还在手里拿着。

保安队长走过来，"强子，要不去退了吧，我跟你去，能退。"

杨志强推开他，"我不退，我就不退，扔了我也不退！"

保安队长把他拉到一边儿说："你还是退了吧，你没见么？"

"什么？"

"这种事儿，我比你有经验多了。我这两年在好几个小区做保安，这种事儿都是这样，你不用太认真。"保安队长告诉他彤丽一定是想跟那个男业主一起，结婚什么的，保姆都这样，更何况她长得漂亮，看着也不像能干一辈子家政的主儿。

"可是，那个姓白的不是瞎子么？"

"那不是正好么？她老婆为什么跟他离婚？不就是因为他瞎了么？瞎了才轮到咱们的姑娘，要不，哼，还不是玩玩儿就算了。"队长开始语无伦次。

杨志强没再说什么，好像自己应该知趣地离开，好像这样是为了彤丽好一样，这番话让他很难受。他回头看看这个小区，白宏的房子，再明白不过，自己一辈子奋斗，也给不了她这些。彤丽原本就是想留在城里，而自己是打算赚点儿就回去开个小店，过清贫的日子。彤丽和城里女人交朋友，自己的朋友都是和自己一样的人。杨志强就这样想了一个晚上。

彤丽没闲着，后天白宏要进手术室，她要准备，不知道要不要住院，要住多久。彤丽收拾着，白宏反而让她休息。彤丽忍不住问他，手术好了以后，住在哪儿？白宏告诉她还回来。彤丽又问，那你还用我么？白宏笑笑，说她还有自己生活，总在这儿陪自己也不是什么长远之计。彤丽突然被自己的一个想法吓到了，她竟然不希望白宏复明。为什么？

40、我的非常闺密第七波：谁能问心无愧？

潘子晴听穆少卿说起这件事儿，反问："你当时干吗了？为什么不拦住她？"

穆少卿用奇怪的眼神看着她，"这……拦住说什么？说了她信么？兴许反而糟糕。"

"你想让我干吗？"

"你解释比我管用，比陈静说也管用。毕竟你是第三方。再说了，你也得跟陈静说说，我看她……反正白宏就要手术了，什么事儿过了这两天再说！"

潘子晴上下打量他一番，"你还真当白宏是同谋啊？你真当陈静离婚了么？"

穆少卿想也不想地说："离也好，不离也好，我能做的我都做了，难道你希望我娶她么？你了解陈静，你觉得她会感激么？"

潘子晴哑然，她当然知道陈静会断然拒绝，可是你一个男人，不冷不热地关心一下，没有一点儿实际行动，看着也讨厌。对，她是会断然拒绝，你就不能给她一个拒绝的机会么？潘子晴嘴上什么都没说，苦笑了一下，这点儿心思，也只有女人能懂。男人们整天说不明白女人的脑子里想什么。想什么？问啊！鼻子下面长嘴没有啊！莫名其妙的对方恨你，不是因为她要和你怎么样，而是她要拒绝你，你却没给她机会。

潘子晴想了想这事儿也挺麻烦，说是个事儿吧，不是。不是个事儿吧，好像又有点儿。她不确定彤丽到底怎么想的，她琢磨是先见彤丽，还是先见陈静。

潘子晴提着一瓶红酒，一瓶二锅头，来到白宏家里，说是慰问即将手术的男人，酒是让他对出院以后的生活有个念想。彤丽的态度阴晴不定，听白宏说生病了，潘子晴假装自己什么都不知道问彤丽，她也不说什么。潘子晴索性打开天窗说亮话，直接问彤丽："听说你到陈静家碰见穆少卿了？"

彤丽愣了，她还真没想到潘子晴直接就问了，一时答不上来，等她反应过来的时候，第一句却是跟白宏说的，"白老师，你别往心里去，他们什么都没有，就是做客。"

潘子晴笑笑，"你这么说我就放心了。怕你误会，听说你都气出病了。"她不等彤丽回应，又跟白宏说："你这家长不错，我的丫头现在倒一心为你着想，你说你下了什么药？"

白宏笑笑，"我说呢，那天回来还说胡话，什么骗不骗的。原来是这样。"

等潘子晴走了，白宏还真的安慰彤丽，告诉她穆少卿和陈静怎么回事儿，爱过，好过，分开了。白宏还怕彤丽不放心，又说自己跟穆少卿打过招呼，让他照顾陈静，他放心。

整个过程，彤丽什么都没说，也没问。她当然没想到白宏是这样的态度，但是她心里却更加难受起来，自己也不知道为什么。她看着白宏说着，轻描淡写的，好像这些事儿都是他安排的。半晌，彤丽问："他……也会背《情人》么？"

白宏一愣，"不知道，也许会，也许不会。"

话往明处说，让彤丽解释，让她觉得自己生气是错的，让白宏回头安慰她——潘子晴这招狠，她算准了白宏是什么人，也算准了彤丽是什么人，更算准了彤丽不知道白宏对这件事儿的态度。可是她并不知道，彤丽的难过不是陈静有穆少卿，而是陈静没跟自己说，尤其是这样一来，彤丽发现所有的人对这件事儿都清楚，唯独自己不知道。她心里的别扭就更大了，但是说不出来。最关键的是那三十万，要是没有这笔钱，潘子晴这招立竿见影，彤丽肯定羞愧得无地自容。现在不同了，她牺牲了，尽管谁也不知道，可是她牺牲了，她把自己赌在了陈静身上，却发现到头来人家并不当自己是那个最贴心的人。连老公都不知道的秘密才是闺密的基础，现在连老公都知道的秘密，她却毫不知情。

潘子晴把自己的招说给陈静，打包票彤丽一定没事儿。

没想到陈静却开始懊丧自己为什么不离婚，口气不是怨恨而是淡漠，陈静告诉潘子晴自己想不明白为什么当初死活不同意离婚，这几个月下来，越来越后悔。

"怎么了？说真的？就是不中我招，彤丽自己真的跟白宏说了，白宏什么人你不知道么？你自己问心无愧，我还不信一个小彤丽能左右你们这么多年的信任！"

陈静闻言，怔怔地看着潘子晴，弄得她一时不知所措，"怎么了？我说得不对？"

陈静神情渐渐萎顿，"你说得都对。"

"这不就结了？！"

"可是我问心有愧。"

潘子晴一愣，"不就是穆少卿在你家么？怎么？难道还打赤膊战了？”

陈静没心思说笑，"不必赤膊，只要尴尬就行了。我要是问心无愧，看见彤丽，我慌什么？"

潘子晴凝视她，"你慌了？"

陈静点头。

潘子晴开导她，"没有实质内容的不是证据。"

陈静幽幽地说："问心有愧——心里愧了，还用有什么实质内容？"

潘子晴清楚，陈静的难受并非这件事儿可能导致什么后果，而是她真的对穆少卿有情，对他有心——这个不符合她对自己的想象和希望。她以为自己能公私分明，以为自己感情也分明，却发现自己还是对穆少卿有旧情。旧情这玩意儿，就像是脸上的皱纹，人人都有，随着时间推进，越来越多，有深有浅。可是对有的人来说，皱纹是一种装饰，年轻浮躁的面孔由此变得丰富而神秘，对另一些人来说却是灾难。前者享受旧情带来的余味，后者忍受旧情突发的余波，对更多的人来说，旧情就像是脸上的第一条皱纹一样，你知道它在那儿，却拼命掩饰，当着人面，假装没有，背着人却趴在镜子上使劲儿看。

41、不甘心！不放心！不死心！

自从被彤丽拒绝，杨志强就开始关注起白宏来了。

保安队长的话起了作用，杨志强是既不甘心就这样放弃，也不放心彤丽和这个瞎眼的男人在一起，虽说这样也许是成全了彤丽，可说到底，杨志强还是不死心。

心这玩意儿就是这样，明明是自己的心，却好像永远长在别人身上，无论疼痛、难过、沮丧、愤怒，都是把自己的心放在别人身上难受得死去活来。白宏住院这两天，杨志强偷偷到白宏家里，越是没有任何证据，他越是觉得他们之间不正常，白宏一定对彤丽有非分之想。等白宏从医院回来养伤，他就借着每次有人参观房子，主动带路，帮忙，跟着那些看样板间的人一同看看白宏住的地方。可是每次来，彤丽都在，两个虽不说话，却用眼神吵架。几次之后杨志强没有任何收获。

这天杨志强特意在窗户外观察，彤丽和白宏坐得很近，还拉着手不知道在说什么。其实他看不见，彤丽是在给白宏剪指甲。

白宏手术的时候，陈静和彤丽在门口送他进手术室。之后两个女人坐在走廊的长凳上等着。沉默了很久，彤丽突然问她，什么时候告诉白宏离婚是假的？陈静一愣，她没有想到这点。看着彤丽，陈静一时不知道该说什么。

"你后悔当初没离婚是不是？"彤丽一点儿都不留情面。

"这是我的事儿。"陈静不愿意跟她说这些。

"我后悔当初给你出这个主意，让你这样拖着白老师。"

"你觉得他可怜？"陈静忍不住问了一句。

"你还要骗他到什么时候？"彤丽几乎在逼问陈静了。

彤丽心里真正想问的是，你究竟想骗我到什么时候。不知道为什么总是说不出来，她告诉陈静，假离婚的事儿必须让白老师知道，否则就算陈静不说，她也会说的，不然就太不公平了。

陈静平静地问："白老师知道之后如果不同意离婚怎么办？"其实她倒未必是这样想的，只是看出来彤丽的心意，想要试探她一下。

彤丽还真的愣住了，她没想过白宏会不同意离婚，想了半天她也没有答案。

陈静没有等到白宏手术结束就走了，临走把白宏又一次交给了彤丽照顾。

两个人一起送白宏进手术室，出来的时候却只有彤丽一个人。

手术很成功，唯一的麻烦在于，为了保证头部损伤减到最小，手术从口腔深处开刀，结果出院约一个星期，白宏都不能说话。彤丽也因为白宏不能说话，这些假离婚的事儿又在肚子里多藏了一段时间。

手术之后的一周，白宏看不见，又不能说话，彤丽必须一直守在他身边，白宏跟彤丽说什么事儿，要拍拍她，然后比画一番，这通费劲儿样儿就别提了。一开始两个人都别扭，过几天就习惯了，等白宏能说话了，彤丽反倒不习惯了，因为白宏不再需要接触她就能找到她，不再拉着她的手放在自己身上告诉她自己要换衣服，拉着她的手告诉她想喝水。

白宏能说话的时候，彤丽陪他说话，尽量联系，偶然说起自己淋雨回来的事情，白宏告诉她自己找了楼上的高小妹过来帮忙给她换衣服。

彤丽问他为什么，你又看不见。

白宏说你是女孩子，始终不方便。

彤丽没再说什么，该说的都说了。看着白宏平静的脸，"你还不知道我长什么样子呢？"

"很快就知道了。"

"你会记住么？"

"一定会的，我是干什么的。"

"那……你能给我做一个塑像么？就像……你给陈姐做的那种。"

这句话一出，白宏沉默了。

彤丽看他好半天没说话，自己忍了好一会儿，还是说："你不是说你手上长眼睛吗？要不你现在给我做一个，等你看见了，你再看看你做得像不像我。"

白宏推说想想，没有直接答应，没想到第二天郑云运来一堆弄好的泥，说是彤丽让拿来的，师兄又想做东西了。这让白宏有点儿尴尬。

晚上，白宏摆弄着那些泥块，彤丽守在一边，看着他塑一个人型，彤丽故意说以后自己走了，白宏还可以通过小人想起来自己。

白宏问她："为什么要走？"

"你好了，我就走了。"她说的时候看着白宏的表情。

"嗯。"

"你……舍得我走么？"彤丽忍不住问。

白宏笑笑，"那也是要走的，你总不能干一辈子家政吧？"

"嗯。等你能看见了，谁来照顾你呢？你说陈姐会不会……"

白宏打断她，"我们已经离婚了。"

彤丽张张嘴欲言又止。好一会儿，彤丽说："白老师，你知道我长什么样么？"

"不知道。"

"你不摸摸看，怎么会知道呢？"

白宏一愣。

窗外，杨志强看着，白宏的手慢慢地摸过彤丽的头、脸颊、脖子、肩膀……杨志强不愿意看了，转身离开。

白宏的手在彤丽的肩膀停下来，"我知道了。"

"真的？全部？"

"嗯，全部。"

这些动作刚好被窗外的杨志强看到，恨得直咬牙。找到机会就进去直奔工作间，看到半成的女人雕塑，还是裸体的，杨志强狠狠地吐了一口唾沫，"流氓！"

彤丽之所以这样，就是犯了女人的通病，用爱情拯救那个可怜的男人。

对于彤丽这样的作为，潘子晴忍不住问陈静："你真的无所谓？真的受得了？"

陈静却反问她："受不了又能怎么样？"

"解释啊！"

陈静依旧是反问，"你觉得呢？"

潘子晴明白了，却只能叹口气，为什么不解释，掉价呗！

这些高知女性，骨子里傲慢得一塌糊涂，她对你好的方式也是居高临下。所以，还真轮不着你彤丽不高兴。陈静这样的人，做朋友只有三种方式，第一，用建议的方式，告诉你你应该怎么做。第二，用友爱的方式，批评你做得不好。第三，用同病相怜的方式，挖苦别人挑剔别人，以发泄怨气和不平。三种，就这三种。可是陈静没想到，原先接受你友谊施舍的闺密替补同学成长了，强大了，她要平起平坐了。你不舒服？那可对不住了。陈静你要么就隐了，要么就忍了，再不然就隐忍。彤丽和潘子晴不一样，潘子晴会恪守闺密的边界，因为她和陈静是一类人；彤丽就不会，彤丽不要边界，闺密就是亲密无间，没有缝隙，没有秘密，没有误会，全都是心有灵犀，全部都是默契——让人窒息的默契。

彤丽和陈静决裂的第一个反应就是：要拯救白宏。因为这个男人可怜，为什么可怜？因为我彤丽觉得他可怜，他就是可怜，论证完毕。拯救可怜的男人，只有真挚的爱情，好吧，爱情太虚幻了，那就肉体吧。于是彤丽打算献身了。连同身体和她的爱情，安抚一个没有生活能力的男人，如此温良的男人，干净整洁的男人，没有别的女人的男人，被女人利用伤害的男人，受到欺骗的男人，水深火热的男人，蒙在鼓里的男人，精神落寞的男人，住在大房子里孤单的男人。

事实上，不光男人喜欢拯救女人，女人也喜欢拯救男人，要不这个世界最多的故事就是英雄和爱情。一个男人用自己的力量拯救全世界，一个女人用爱情拯救了他。你要是不让他拯救就是伤害他。

　　在彤丽之前，郑云率先遇到这个问题。

　　他几次想和潘子晴彻底同居，都被她驳回。

　　"那我这算什么？长工？"一次欢好之后，郑云有点儿按捺不住了。

　　"你现在还是短工。长工？嗯，还差着呢。"潘子晴故意这样说。

　　"你就不能请我当个地主啥的？"他气喘吁吁看着潘子晴。

　　"地主也是力气活，一样。再说了，当地主压力多大啊，收成好不好，都得管，哪像现在，一收工就走人。我可是为你好！"

　　郑云突然正经起来，"怎么着也得为自己着想，老这么单着，也不是个事儿，就算不为自己，也得为父母想，不为别人也要为自己将来想。你就不希望以后过那种平凡人的幸福生活，一个老公，一个孩子？该将就也得将就。"

　　这种强调潘子晴听多了，平凡人的小幸福？幸福这种事儿，对她来说根本是个理论，只有平凡而已。人一平凡了，就觉得自己低一头，没什么可说的就说自己幸福，其实呢？婚姻有什么好幸福的？家庭有什么好美满的，就像每晚七点的幸福联播一样，会议都是顺利的，会谈都是亲切的，中国人的婚姻都是幸福的，家庭都是美满的，孩子都是八九点的太阳……无聊！这种话最好编进历史教材，以便后人了解这个时代的集体精神病。

　　为了印证自己是对的，郑云第二天着着实实地给潘子晴表现了一下。不知怎么郑云在自己和潘子晴的关系里扮演了一个着急上火的角色，按理说都应该是女人急得跟什么似的，可是潘子晴不急，不但不急还把他往外推。床第之欢个几次，男人就会自然而然地在体内合成一种物质，这个物质作用于上半身，却不是来自于上半身，基本上下半身去过的地方，靠上半身看着，生怕别人也去。可惜现在的女人能到处溜达，而且潘子晴坚决不共享空间的态度让他更是大为烦恼。不过郑云不承认自己烦恼，他更喜欢说潘子晴太弱了，太需要人照顾了，喜欢说这个女人内心的敏感和纤细，然后让自己成为那个拯救者。现在的局势是，拯救者全副武装好了，被拯救的出门钓鱼去了。

郑云每天想的是怎么能随时知道潘子晴的行踪，这个想法和杨志强不谋而合。他们并不认识，从来都不认识。经济地位不同，出身不同，学识不同，才华更是天上地下，爱的女人也不一样，爱的方式更不一样，不过在多疑这件事儿上，他和杨志强终于站在了一个水平线上，足以说明性别的生理基础是多么重要。男人多疑自古有之，郑云的全部教养和文化使得他和杨志强存在一个重大的差别：会不会去实践自己的多疑。郑云不会，心里琢磨七八圈了，嘴上也不敢多打听一句，生怕被轻视了；杨志强不管那一套，他要进白宏的家，他要看着这个男人，他要知道只有白宏和彤丽在一起的时候是什么样的。

杨志强溜进来过几次，彤丽撞见过，把他轰走了，没有被白宏发现，当着白宏的面，两个大气不敢喘。彤丽随后质问他，杨志强倒是理直气壮，他看见白宏摸彤丽的脸，他看见白宏做一个女人的塑像，他料定那个就是彤丽。这话反倒让彤丽难过了。

那个塑像刚做好的时候，彤丽很高兴，终于让白老师给自己也做了一个，就等于他的态度，他对自己的态度。可彤丽越是仔细地看着那个塑像，越觉得没有一点儿像自己，其实这倒没什么，谁都不像也没什么，可惜彤丽看出来了，这个塑像像陈静，从里到外，从头到脚，那是陈静。今天杨志强一提，反倒让彤丽心里难过，先是抽泣，突然就大哭起来。杨志强更是认定了彤丽受这个瞎眼男人的欺负了。

彤丽的难过没地方说，她觉得委屈，不甘心，可说不出来为什么。

42、爱情是虚的，婚姻是实的，幸福是虚实相间的

眼下爱情是个时髦的话题。人人讨论爱情，却把婚姻当投资，婚姻一旦破裂，张嘴就问爱情在哪里。事实上，无论中国还是西方社会，因爱情这样浪漫的原因构成婚姻的历史不过一两百年，更长久的人类历史，婚姻关系体现了一切人类社会的文明，却唯独与爱情无关。自有婚姻以来，数千年的历史中，婚姻变成一个问题大约就是现在了。当道德和习俗都无法约束这个社会结构的时候，必须有一个更为强大的因素来制约它并构成它。很可惜，利益做不到，爱情也做不到。

这天白宏像往常一样，走到客厅倒水。杨志强不知什么时候溜进来，看见白宏向这边走过来，就靠在一侧的墙上，警惕且狐疑地盯着白宏。第一次离白宏这么近，他紧张得面红耳赤，屏着呼吸，克制自己想干点儿什么的冲动。

白宏漫不经心，拿着一杯水经过他身边，一个二十出头小伙子旺盛的气息出卖了杨志强。白宏已经感觉到身边有人，故意放慢脚步，他几乎听见了那个男人的呼吸声。他漫不经心地停下，转过身，正好和杨志强面对面，相距不过一米。

面对那双空洞的眼睛，杨志强紧张极了，他想跑，可是又不敢，他看着白宏的眼睛，突然觉得恐惧。

白宏举起手中的水杯泼过去，杨志强被泼了一头一脸。

他吓了一跳，转身要冲出门去，白宏大喝一声："站住！"他举着杯子，随手可以砸在杨志强头上。

杨志强停下来，看着白宏，呼呼喘气。

"杨志强？"

杨志强一愣，"你……"

白宏哼了一声，"你是不是叫杨志强？"

"嗯。"

白宏其实早就发觉家里有人窥视，又听彤丽说被人求婚，就知道杨志强这个人了。本来想威吓几句，杨志强一开口，白宏突然觉得这个声音有点儿熟悉，好像在什么地方听过，他为了引杨志强多说几句，问了好多问题，在干什么？什么目的？并威胁说要报警。

"我是在保护她！"

"保护她可以呀，但不是你这种办法。你现在的做法说白了就是在羞辱她，你懂吗？你这样做她就喜欢你了？只能让她讨厌你。还不明白？你要是想和她在一起，就要做那些让她喜欢的事儿，而不是让她讨厌的事情。懂不懂？"他举在手里到杯子放了下来。

"少来这套，你们这些人，我明白，说得好听！背后却占她便宜，我都看见了！"

"你看见什么了？"

杨志强恨恨地看了他一眼，"我懒得跟你说！"说完要出门。

白宏又上前一步，拦住他，"等等。"

握着杯子的手正好挡在杨志强鼻子跟前。

杨志强有些心慌，"你，你要干什么？"

"我请你说两句话。"

"什么话？我告诉你，想让我离开彤丽，没门儿！"

白宏顿了顿，没接茬，缓缓地说："你就说，从今天起，你们之间的权利义务关系到此结束。"

"什么？说什么？"

"从今天起，你们之间的权利义务关系到此结束。"

杨志强突然想到这句话，"你，你都……知道了？"

"现在知道了。"白宏声音沉下来。

"既然你知道你没离婚，就老实点儿！"

"彤丽也知道我没离婚，是吗？"

杨志强又一愣，"当然。"他嘟嘟囔囔，然后立刻挑衅地说，"那你也不能把她怎么样，我可告诉你，我不是好惹的！"

谁也没想到杨志强的口音泄露了秘密，白宏竟然能从口音推断出整个骗局。想来离婚时的那句话，一直在他脑袋里盘旋；或者是因为一个人眼睛看不见了，耳朵就格外好使起来。到底是什么不得而知。

此时杨志强已经走了，白宏想了又想，却怎么也想不通，陈静为什么这样做，他也想不好，该不该质问她，这样一来，白宏突然意识到，自己已经很久没有见过陈静了，一想到这一点，白宏忽然特别想她。尽管彤丽对自己示好，尽管自己曾经如此决绝地要离婚，尽管他认为陈静有诸多缺点，霸道任性自己总是没有自由，当他得知自己的离婚是假的时候，竟然有点儿欣慰。爱这个东西很虚妄，但是当得知自己被骗之后的第一个反应不再是愤怒而是松了口气的时候，这个感觉是如此真实，它捅破了白宏对陈静的定义，打碎了白宏对自己的想象，是的，他松了口气，他不想离婚。再想到离婚的时候，他第一次感到万分疼痛。

假离婚——白宏实在想不通这个局面对陈静而言有什么好处。他想爆发，却找不到爆发的出口；想怒气冲冲地问责，实在是掉价，丢不起那个人。隐忍也不是他的风格。更要命的是白宏知道彤丽对自己有感情要求，也知道彤丽身后还有一个"同案犯"，这个叫杨志强的小伙子很可能会纠缠不休。这一切都早已摊平在桌面上，不但他清楚，别人也清楚，这个别人就是陈静和潘子晴。但是这些都不是最要紧的，最要紧的是他已经搞不清楚自己到底想要怎样，对陈静的思念在得知假离婚这个事实之后与日俱增；彤丽对他的好，和这些好背后的要求，让他在感觉不错的时候还掺杂着一丝愧疚。他不知道怎样对待这个既不是离婚也不在一起，更不能用分居来定义的关系。继续，回到之前的那个房子里，假装一切都没发生过，或者补一个手续？

总有那样一种男人，他们从不纠结于爱不爱，或者更爱哪一个，而是纠结于要不要在一起，多久，以后会怎样，现在要放弃什么……他们衡量，他们难以决定，他们跟每个人说"我爱你""我离不开你"直到你等得不耐烦，自动离开，或者和情敌谈判，PK淘汰……因为他们谁都不想放弃。私下里这样的男人聚在一起，常常会突然感慨起旧社会的香艳，如果这样的男人还读过些书，他们跟你说："哦，真想回到南宋，做一个书生，吟诗作对，舞墨弄箫，流连在秦淮河边，一阵细风抚过，尽是情欲的味道。"

穆少卿也是这样的男人。不过他爱陈静，甚至可以说他这一生唯一爱过的女人就是陈静，但是"爱"和"在一起"这两个短语之间的距离之远恐怕只有时空飞船才能到达。对于穆少卿这样的男人，不知道每天里有多少女人芳心暗许，爱情是可以发生很多次的，可以在不同的人身上同时发生，就像夜晚的烟花，一个瞬间，璀璨到眩晕。不是穆少卿的爱有多独特，更不是他的眼光怎么高，尤其不是权衡利益的结果。陈静之所以特殊，就在于这个女人让他心生愧疚，对于男人而言，恰到好处的愧疚感，使得这份爱情华丽万分；更为特殊的是陈静不仅让他有愧疚感，还是通向那个年代的密码，每次见到她，都能感受到自己曾经的青葱岁月，怀旧的重点从来都不是旧，而是怀念自己——自恋的另一种形式。很难想象一个童年充斥暴力、青春期印满嘲弄的人会在功成名就的中年开始怀旧，那样的人恨不得旧日时光从未发生。只有穆少卿这样的人才会怀旧，年轻时的精力旺盛，在回忆中不断提纯的爱情友情，再伴随一些幼稚的豪言壮语……怀旧之美，溢于言表。让这种感觉更加强烈的时候，往往是面临眼前的无奈之际。

今天这个无奈却被海城戳穿了。

"其实说白了，你在这个家里，就是一个山寨版的老爸加老公。山寨就是山寨，功能再强大，再耐压，那也是山寨。是山寨的，就想着原创。做原创的老公，或者原创的老爸。我说得没错吧？"海城指手画脚，说得高兴。

穆少卿愣住了，他没想到。他不是没想到这个十四五岁的继子了解得如此透彻，而是没想到他说得这么不留余地。想想也对，穆少卿这点儿无奈，不用长眼睛也一清二楚，所谓成熟就是绝不会当面捅出来这些心酸，大家都假装视而不见，唯有将成年未成年的"少年"才会把这个当成一个事件来说，还要说得尽量刻骨以显示自己的成熟。

此时海城洋洋得意地伸手，"说好了的，可别赖，你得请我和我女朋友吃金钱豹。我们九〇后比你们想的聪明多了，就是不稀罕跟你们似的那么得瑟。"

穆少卿长长地出了口气："海城。"

"干吗？"

"你是哪年的？"

"九五年，怎么了？"

"九五年的……能保密吗？"

"你说跟我妈说啊？当然不会了，我姥爷住院，还不够她伤心的，我才不雪上加霜呢。你放心吧，那是我妈。"

"你……不恨我？"这就是成年人的狡猾，穆少卿深谙此道。

"嗨，这有什么，是我姥爷喜欢你，我妈才跟你结婚的，我知道。这是迟早的。我无所谓。"海城豪爽地摆摆手，"行了，到时候当我女朋友的面，你可要给我面子。"

接下来几日，穆少卿床前尽孝，连徐航都插不进手去。不是因为穆少卿多想表现自己，他不过是闻到了一股危险的气息，用这样的方法回避。

危险就来自陈静，那天小保姆瞬间冷若冰霜的样子让穆少卿察觉到了这种可能，陈静眼神里的慌张和尴尬更加印证了这一点。此时陈静最需要有人在身边，让她靠一靠或者让她骂几句，他懂，可是他也明白，这个时候进一步，就再也退不出来了。一个中年男人，热衷于仕途，他会怀旧，却绝不会为了怀旧而真来一出昔日重现。那些对中年成功男人包一个酷似初恋的小三的描述，通通都是幻想。女人这样想，无非是希望爱情这种没有成本的东西换来万千宠爱，她才不在乎是不是替身；男人这样说，却是标榜自己深情，同时暗示自己孤单，钓鱼罢了，谁当真谁完蛋。爱情需要幻觉，就像所有的电视剧里，男女主人公准备浪漫的时候，不是在喷泉中湿漉漉地奔跑嬉戏，就是突然被一群萤火虫围绕，大家可以觉得浪漫，但没人会当真。穆少卿更不会，也决不允许自己当真。

于是他躲了。

中国有句老话叫躲得过初一躲不过十五，穆少卿没想到陈静竟然拉着潘子晴干脆一同到医院里看自己。

她们说是看望徐父，礼尚往来。两个女人却只在病床前一站，随即离开。穆少卿跟着出去，临关门的一瞬间，徐父一抬眼，翁婿两人一个对视，徐父随即闭上了眼睛。什么都没说，也什么都说了。穆少卿有些不自然。

陈静潘子晴和穆少卿站在门口，有一句没一句地说着话。自打白宏手术之后穆少卿就不见人影。平时三天两头的一个电话问着，还觉着烦；现在突然没有了，陈静心里有点儿慌。她想看看穆少卿，却说不上来为什么，好像有什么话要问，有什么事儿需要求证，拉着潘子晴来了，一路上被她嘲笑，现在见了面却说些有一搭没一搭的话。

　　"我心里知道，没有你在后面使劲儿，白宏不会有现在的结果。"

　　"医院应该做的，我已经调任卫生厅了，下个星期就上任，顺便说一声，别你们来了，我不在，还以为我有意摆架子，哈哈。"穆少卿并不是那么大公无私的人，他帮陈静是全力以赴，白宏的病例也帮了他一个忙，借助这个机会为医院引进一个新的技术，顺便买了一批仪器，又做了一个长久的交流培训计划，冠冕堂皇地报批，也是一笔业绩。之前徐父还为他不去党校培训埋怨了许久，结果升职令下来，稳稳当当地落在穆少卿头上。连徐父也说他有策略，他能把握住现在这个局势下官员升迁的原则。这些陈静不知道，也不必知道。穆少卿更希望陈静认为自己是完全为了她，无论以后怎样，这一笔要在陈静心里留得辉煌些，再辉煌些。

　　潘子晴不掺和他们谈话，脸转到一侧，向旁边站开一点儿。

　　穆少卿怕冷落了她，"子晴什么时候出阁啊？"

　　潘子晴不客气，"别没事儿拿我当空格键用。有话就说！"

　　穆少卿摇头，"这么多年一点儿没改。"

　　陈静笑着说："要不现在还单身呢。"

　　正说着，徐航出现了。

　　看到徐航，三个人都不说话了，徐航倒没在意，看了穆少卿一眼，"爸呢？"

　　"睡了。"

　　"我进去看看。"徐航也不关心跟穆少卿说话的是什么人，说着

225

就要进病房。

穆少卿拉住徐航，"忘了介绍，这是我夫人，徐航，这两位是我大学……校友。"他一下子没想出什么名称，就这样说了，说的时候还挺坦然。

徐航打量了一下陈静，"你好。"

陈静掩饰自己因为"校友"这个词带来的恼怒，面带微笑地说："你好。"

潘子晴横了穆少卿一眼，"幸会，老听穆少卿提你。"口气刻薄。

徐航一愣，"是吗？"不由得扭头看看穆少卿。

陈静一拉潘子晴，"不打扰，先走了。"

两人转身走了。穆少卿跟着徐航进屋。

潘子晴愤愤地说："真绝啊！他那样……有必要吗？"

陈静淡淡地说："当然有！这样才说得清楚、明白！"

穆少卿一句"校友"，什么都说明白了，位置、未来、分寸和关系。往往在见到大奶的时候二奶才知道自己是二奶，见到老婆的时候情人才知道自己是情人，见到妻子的时候红颜才知道自己是红颜……男人的态度只有这个时候不扭曲。

潘子晴看着陈静，知道她心里又难受了。"唉，说白了，这个人就是你身上的一根刺，这么多年，以为长住了，现在一碰，还会疼。"

"我已经把它拔出来了。"陈静面无表情地说

"什么时候？"

陈静停住脚步，回头看看远处的病房门，"刚才！"

这边徐航坐在徐父身边，给老父亲擦脸，嘴上问："那真是你校友？没别的事？"

"别胡说。"口气清淡，必须的，不能有一点儿情绪，否则就是不打自招。

徐航倒满不在乎。"我一看她，还挺激动，以为像电视剧似的，你的二奶来算账了呢，原来是校友，没劲。"

徐父听见了，没睁眼，皱皱眉头。

穆少卿不语，此时说什么都是错，就让她说吧。

"校友也应该有个名字嘛。"

"说了你也不知道谁是谁。"

徐航絮絮叨叨的，"你要真有个二奶什么的，倒挺好玩的，不过看你的样子也不像。你这种人，放你去找也找不到……"

徐父听不下去了，低声呵斥："徐航！"

病房里安静了。穆少卿看着徐航给岳父收拾，心里却在细细地咂摸陈静离开的种种。他这样的介绍并非准备好的，却显示了他最根本的念头，什么是婚姻，什么需要维护，什么是不能放弃的，一个瞬间之前的全部纠结都有了答案。这就是现实，现实就是只有在关键的时候才知道的事情。之前的估计和愿望都是人们对自己的想象，有的人把自己想成慷慨的施恩者，有的人把自己想象成保护弱者的英雄，有的人把自己想成正义的化身，有的人把自己想成为爱走天涯的浪子……事到临头，施恩者念念不忘让别人报答自己，英雄则牺牲弱小以求自保，道德卫士们歌功颂德，浪子为了一套房子把自己卖了。

郑云听潘子晴分析完这件事儿，良久无语，看着潘子晴，好半天，才问："我想知道……你到底是怎么看我的？怎么……分析我的。"

"你？"潘子晴打量了一下他，"你不是想听我分析你，你是想知道我爱不爱你，或者……我爱的男人是什么样的，对吧？"

这句话把郑云噎住了，他看着潘子晴，"你爱我么？"刚说完郑云就改口，"错了，我是问，你爱过什么人么？"这话突兀又严肃，他表情认真。

227

"你得先告诉我，爱是什么意思？"

这个问题太大了，也太复杂了，郑云答不出，半张着嘴，望着潘子晴。

潘子晴紧接着又一句："那你爱我么？"

郑云有点儿恼羞成怒，鼻子里的气息渐渐加重，沙哑着嗓子说："我爱你！我他妈爱你！我他妈真的爱你！"

43、婚姻遭遇战——打的是利益，输的是感情

白宏亲耳听见陈静告诉他，离婚是假的。他没想到，彤丽也没想到。

"我已经知道了。"白宏这样说只是不想让自己显得愚蠢，任人摆布。

这下轮到陈静愕然了，她下意识地看了一眼彤丽。彤丽已经傻在原地了。

彤丽"噌"地站起来，对陈静像是告白一样，着急地说："我答应你不说就是不说，我讲信用，不是我！我没说过！你爱信不信。"

白宏把话头接过来："是杨志强，我从他那儿知道的。"

白宏把这个过程讲了个大概，彤丽放了心，至少杨志强不是故意的。

对于陈静来说，她并不关心这个过程，而是之后怎么办。

这是一场博弈。陈静原以为自己一马当先，结果腹背受敌，骑虎难下。冷不丁白宏一招领先，早一步破了局。彤丽开始关心白宏什么时候知道的，为什么这么长时间不揭穿她们。陈静看着两个人，

觉得非常被动。

"我怀孕了。"陈静这句话又一次打开了局面。

白宏猛然想起她曾经说过怀孕的事情，还被自己嘲笑走了。此时白宏心里充满了懊丧，"几个月了？"

"六个月了。"

"知道性别了么？"

"不想知道。"

"医院联系好了么？血压正常么？你心脏怎样？你很容易心悸，每天有人接你下班么？"白宏一连串的问题好像想了很久似的，彤丽在一边听着，脸上已经皱起了眉头，她暗自想这孩子根本不是白老师的，我现在到底要不要说。眼睛在两个人身上脸上来回地扫。

"你怎么肯定孩子是你的？"陈静先说了这话。她看见了彤丽的神情，抢在了前头。

彤丽听陈静这样说，心里竟然一乐，对了，这话彤丽不好说，陈静自己说了，什么后果就不关彤丽的事儿了。彤丽等着，看着，她希望白老师一拍桌子，大喝一声"谁的？"

陈静察觉到了彤丽的一丝笑意，彤丽的心思不用猜，她都明白。陈静这样说也不是对白宏有多大的把握，只是懒得绕圈子，还要等着对方来问，然后再解释。陈静天生讨厌解释，就不会把自己置于那样被动的位置，她要看白宏的反应，什么反应都行，她不在乎，尤其是现在。

"是你的就好了。"白宏这话说得淡淡的，什么都不问，什么额外的情绪都没有。

三个人半晌无语。无语不是说她们没有想法，而是没说出来。尤其是彤丽，听见这句话，肚子里马上挤满了各种问号，却一时不知道该问谁。

待了一会儿，陈静说："我今天来是想跟你说，我们离婚吧。"

彤丽瞪大眼睛看着陈静，结结巴巴地说："陈……陈姐，你……"她以为陈静说自己怀孕是为了留住白老师，如果是那样，彤丽打算立刻揭穿她，至于揭穿什么，彤丽没想好，总之有什么事情横着，硬邦邦的，不舒服。

白宏却点点头，"我猜到了。"

彤丽又惊讶了，怎么今天的事儿，今天的话都这么奇怪。

她忍不住问："为什么？陈姐你为什么要离婚？你当初假离婚不就是为了白老师能安心治病么？现在他手术也动了，医生说慢慢就能看见了，你为什么要离婚？难道……"她想到了穆少卿，然后又想到自己，亏得自己当初还把这个秘密当成宝，原来人家根本就不在乎。利用！这时彤丽的脑子里只有这两个字。

陈静看了彤丽一眼，没接话茬，转而问白宏："等你能看见了，还是……"

"明天吧。"

"好。"

谈判结束。陈静和白宏都没什么动静，不生气，不难过，反正彤丽看着，白老师是一点儿异常都没有，该干什么干什么。她却不能把今天的见面当成空气，可是她又找不到发泄的途径。

在房间里绕了三四圈之后，突然看见外面的杨志强又在偷偷地往里看。彤丽一下子找到了出口，狠狠地出门把杨志强训斥了一顿，中心思想是：彤丽很生气，后果很严重。杨志强反问她是不是喜欢白宏，白宏是不是欺负她了，彤丽却指着鼻子告诉他，这是背叛！是利用！

次日，陈静和白宏真正坐在民政局的办事处里，他们身后各站一个人，陈静身后是潘子晴——她怕陈静吃亏；白宏身后是彤丽——她怕白宏吃亏。

验明正身之后，两人在另外两个人的保护下，细细地罗列协议，确切地说是财产分割。这是这个时代最有特点的事情，好像婚姻就是一大堆合用的财产，冰箱洗衣机，房子车子和电视音响，书柜写字台大衣柜，衣服首饰和锅碗瓢盆，如果可能大概人们会把他们曾经拉出来的屎都要好好地分一分。但是没有人会去分配他们曾经说过的话，做过的事儿，那些似乎都是虚的，不值得，也无法分割，时髦的称法应该是"非物质文化财产"。

　　一切有形的有重量的有名称的东西，如何归属都已经分门别类地写进协议，包括那个突然很值钱的花瓶，包括还在还贷的房子，这些白宏都给了陈静，一分不要，净身出户。每写一条，彤丽和潘子晴各自执笔落实在一式两份的协议书上，白宏不心疼，彤丽心疼，几乎每一条，她都要再从白宏十分肯定的脸上再确认一百次。对此，潘子晴不作评价，陈静不催，反倒是白宏在她的追问和提醒下显得非常不耐烦。

　　"完了么？"潘子晴问两个人。

　　"没有了。"陈静推过来潘子晴手里的那份协议，交换彤丽手里的协议。

　　白宏伸手拦住陈静，"还有呢。"

　　彤丽一愣，还有？难不成还要养陈静后半辈子么？

　　彤丽猜对一半，白宏提出了一个还只有含混名称对象的权利分割。

　　"你在我们婚姻期间怀孕，我应该有对孩子的监护权。"白宏说得明确，似乎他从一开始就等着说这句话，他不在意那些死的没有表情的东西何去何从，他一直等着最后可以问到这句话，孩子的将来是否有他一席之地。

　　"你……想要监护权？"陈静看着他，白宏点点头，彤丽在一边不解地看着他。

"你可以见他，任何时候，你想见，就可以见。"陈静说得简单。

"还有呢？"

陈静继续说："你每月要固定支出一部分钱做他的抚养费。"

白宏点头，"一半收入。"他想也没想，

"那好，抚养费支付到十八岁成人，还是二十岁？"

"什么时候他有了工作，再说。"

彤丽忍不住喊白宏："白老师……"话音没落被潘子晴拍了回去，"有你什么事儿？！"

陈静继续说她的："其他费用，你要承担吗？"

"你说。"

"教育。"

"好，我负担一半。"

"医疗。"

"没问题。一半。"

陈静，凝神看着白宏，一时也想不出什么，转头看看潘子晴。

潘子晴明白，陈静这是在试探白宏的底线，这个底线不是利益，而是情感，不是那些说得出来的名目，而是说不出来的，却最为重要的东西。她毕竟还是不甘心。

白宏问："没有了？"

陈静慢慢地说："你可以教他雕塑，或者别的，出席家长会，还有和他旅游，单独的，都可以。这是……你的权利。"

"谢谢。如果出国的话，我也可以负担一半费用。"白宏补充。

"白老师，你这样下去，自己怎么生活？"彤丽想这可亏大了，她以为白宏会争取利益，如果陈姐不同意，潘子晴要横，她一定帮白老师坚持到底。没想到白宏一上来就拱手相让，对方没想到的他都想到了，这让彤丽没法子帮他了。

白宏摆摆手，"你别管。"

潘子晴露出一个笑容，看着彤丽，"你管不了的！"

白宏继续说："我……还有一件事儿。"

"你说吧。"

"你打算让他姓什么？"

这个问题把大家都问愣了。谁都没想到。

白宏等了等，听见没有反应，就说："如果，我是说，如果可能，我希望他姓白，"他紧接着说，"毕竟我们有婚姻，这样，跟孩子也好解释。不过，你要是让孩子跟你的姓，就当我没说过。"

潘子晴看出陈静已经开始有点儿崩溃，虽然表情还保持着平静，眼眶却湿了。

潘子晴插了一句："你是打算让孩子叫你叔叔还是爸爸？"

白宏心里的话被潘子晴问出来，整个人都僵住了，他说不出来。

"陈姐，你这样做，对白老师太不公平了。"彤丽终于爆发了。

潘子晴说："人家都同意，你在这儿打抱什么不平？轮得着你吗？"

"你们是欺负白老师看不见，这孩子……"

潘子晴盯着她的眼睛，等着她把话说出来，"孩子怎么了？"

彤丽张张嘴，把那句话咽了回去，"反正你们……你们这样，就等于让他净身出户，还让他以后一辈子帮你养孩子，凭什么呀？"

白宏呵斥她："彤丽！这是我的事儿。"白宏伸手向彤丽，"笔呢？"

彤丽不肯给他笔，身子向后一缩，"这……不是你的孩子，你为什么……"

白宏从潘子晴手里接过笔，陈静递过来离婚协议书，让他签字，白宏签了一个，问陈静："你都签好了？"

"签好了。"

白宏提起笔来，向纸面落下。

耳边传来彤丽摔门离开的声音。

44、给你委屈的人，比你还委屈

徐父已经到了最后的时刻，他留下穆少卿，"你不喜欢徐航，我心里清楚，不怨你。我是过来人，说老实话，婚姻就是那么回事儿，从开始就已经结束了，和谁结婚都一样，平淡？不对，是乏味，无聊，压抑。我都懂，我也年轻过。"只在门口那么一瞥，徐父已经看出来少卿和这个女人之间的暧昧，他不放心，穆少卿的前途就是自己身后最重要的事儿。"我不是在劝你。你是明白人，心里有主意，徐航就这么个样子，我不在了，以后怎么样，也能想得到，我不能说让你受委屈的话，而且你也受了不少委屈，可她是我女儿，我能怎么办？唉。"说得有点累，停下来喘息着。

穆少卿帮他抚抚胸口。

徐父继续说："每次我问你去党校的事，你都说心里有数。现在，卫生局长已经定了你，我死也放心了。为官为人，你有你自己的路数。以前我看你，就是年轻时候的我，现在我承认，爸爸不如你。"

穆少卿黯然，"爸，您别这样说。"

徐父闭上眼睛，缓缓说："不服不行啊，时代不一样了。现在是你们的时代，位置越高，代价越大，你一向严于律己，前面的路很长，也很危险，不要轻易落马。"

穆少卿说："爸，你放心，这个，我明白。"

徐父还是絮絮叨叨地给他讲自己年轻时候的一段情感，最后还是放弃了。"那样的生活可能是幸福的，但不属于我。后来……"他长长地出口气，回忆着，"她嫁给了另一个人。"徐父喘息几下，继续说，"我后来见过那个人，她们在一起，她脸上的忧伤没有了，很高兴的样子，可是我觉得还是有一点儿忧伤更好看，唉，爱情这东西是没有道理的。"

穆少卿心领神会，这句话刚好打在他的七寸，"是啊，现在我也知道，爱情这东西，还是没成全的比成全了的美好。"

徐父欣慰地看了他一眼，"少卿，你是做大事的人，你比我年轻的时候更有策略。你的心，不是一个女人就能填得满的。"

穆少卿点头，"我知道了。"

徐父环视了一下房间，轻轻说："屋里真清静啊。"

"我叫他们进来？"

"不用。"

穆少卿又站起来，给他掖掖被角。

"我累了，想睡一会儿。少卿，你在这儿，我心里踏实。记得，不要叫醒我。"

穆少卿坐下来，点头，"好，我在这儿陪你。"

说着将徐父的手放进被子里，掖好，看着他闭上眼睛。

穆少卿坐在徐父身边，背影孤单，窗外阳光明媚，一阵风吹来，窗帘被风吹鼓。

徐父过世，穆少卿要在上任之前把一切办好，忙了一天，回家看到徐航，一副不在意的样子，好像去世的是一个毫不相干的人。穆少卿不由得发怒，这是他第一次和徐航发火。

徐航对穆少卿的发怒根本不往心里去。"咦？你急什么，怎么我爸没了，你就拿我撒气？没靠山了，急眼了？行了，你再尊重他，他也是我爸！"

穆少卿生气，"你爸？你当他是你的父亲吗？你有问过一次他感

235

觉怎么样？身体怎样？你这么多年，你知道他吃什么药，血压多少，血脂多少？你知道他最后几天体重一直在下降吗？你爸？你还好意思说那是你爸？你只知道化妆，美容，买名牌。就知道你要当夫人，你要享受特权！海城的学业你管过吗？他业余时间都干什么你知道吗？他喜欢文科还是理科你问过吗？你什么都不关心，就关心你自己！在你眼里一切都是利用，都是虚情假意。"

徐航斜了他一眼，也不争。"有你关心不就行了，要不然我跟你结婚干吗？我都能照顾得到，我就自己一个人过。嘁——"

"对对，我就是你的马仔。你从来没当我是你丈夫，我不过是沾了你光，托了老爷子的福。我低三下四的在你家，做什么都是应该的。是吧？"穆少卿这些话说得难过，他想着陈静最后离开时的样子，走时的眼神。他知道自己又一次亏欠了她。虽然他不会真的主动去争取陈静，但是失去的感觉依旧不那么舒服，他要发泄。

徐航敷上一张面膜，嘟嘟囔囔地说了一句："二十分钟以后叫我。"然后闭上眼睛，穆少卿就是死在眼前都不如面膜重要。

穆少卿满脸厌恶，转身离开。

第二天穆少卿上任前在医院的最后一天，欢送宴早已结束，医院里忙忙碌碌人来人往。只有白宏的主治医生孙大夫一路送穆少卿出来。

走到自己的汽车旁边，穆少卿转身说："行了，小孙，不用送了。"

"以后就没机会了，我总不能到卫生厅去送你吧。"

两人一笑，现在穆少卿要自己开车离开，也好，都好，该做的都做了，不管白宏术后恢复到什么程度，一大半靠的是自己，剩下的一小半就是运气了，谁也帮不了，帮不了就不再想了。穆少卿不问也不再交待什么。

孙医生安慰他说:"岳父的事情别太难过了。"说着还拍拍他肩膀。这些年在医院也就这样一个人可以交心,穆少卿临走之时将他放在自己的位置,做了院长,不是报答是放心。

"尽量吧。"穆少卿说着抬头看看医院,口气中还是有些意犹未尽的东西。

整个医院大楼高大气派,人们在门口来来回回,突然穆少卿有点儿感慨,半开玩笑地说:"以后我就要叫你孙院长了。"

孙医生谦虚地说:"还是小孙。还是要向穆院长看齐。"

"你年轻,你比我强! "穆少卿顿了顿,"也比他们强,你有良心,我知道。医院不管在什么时代什么环境下,它都应该是一个救死扶伤的地方,不管别人怎样,自己要做得问心无愧才好。"

孙医生点头,"您为医院做了不少贡献,这都是有目共睹的。"

"谈不到贡献。"

孙医生肯定地说:"您临走还给咱们医院增加了一项最新的技术,这还不是贡献? "

穆少卿想了想,"我……咳,我还是有私心的。"

孙医生打断他,"我知道,白宏的爱人您认识,可是没有这个关系,白宏的病例您也一样会做成交流项目。这不是私心。"

穆少卿看着孙医生,好一会儿,"以前我岳父跟我说过一个故事。"

"那也跟我说说呗。"

穆少卿眼睛看着医院大楼,"说宋朝的时候有个大儒,人家都说他公道,没有私心,朋友来访,朋友的儿子在他家里生病,他一夜探望五次。过了些日子女儿从娘家回来,也生病了,他整晚却只看了一次。人人都说他不徇私。后来你知道他说什么? "

孙医生微微一笑,"他说:'朋友的儿子,我一夜探望五次,可每次回来,倒头就睡。女儿生病,虽没有探视却一夜辗转,彻夜

237

未眠。'"

穆少卿看着他，略有讶异。

"这个故事您以前跟我讲过，您忘了，我一直记着呢。"

穆少卿叹口气，自嘲地笑笑，"还是有私心啊！这是我欠她的，让我做什么都行。"

孙医生眼睛在穆少卿脸上转了一圈，突然说："我羡慕你啊！"

穆少卿愕然，"为什么？"

孙医生突发感慨，"我也是男人，也欠过情债，要是人家能给我一个机会让我还她，我头拱地也得做到，可惜，她从不给我这个机会。她不让我还，她让我欠着。"孙医生脸上的笑容露出一副江湖中人一切尽在不言中的意思。

穆少卿拍拍他的肩膀，"有什么困难……"

孙医生打断他，"白宏后续的事情，我会关心的。"

穆少卿点点头，上车了。

一切都很顺利，陈静没有再来过，给潘子晴打过两个电话，却都是淡淡的，穆少卿竟然松了口气，一切都回到当初——这个当初就是见过白宏，帮过陈静之前的当初——很好，回去就好。突然他觉得当初那样挺好，虽然记挂着，却永远不会在你的生活里发生什么动静，对，只要不影响现有的生活，穆少卿愿意在心里记挂陈静一辈子，在心里亏欠她一辈子，甚至为她伤感一辈子，却再也不愿意真的面对这个人，这个感情。还有更重要的事情。

穆少卿正在整顿心情，准备继续他的仕途的时候，没想到徐航递过来一纸离婚协议书。

"什么时候想好的？"穆少卿一点儿心理准备都没有，他一直以为只要自己不和徐航离婚就算对得起她对得起岳父，没想到徐航竟然先提出离婚了。这一下穆少卿还真有点措手不及，接不接这个协议？他竟然没法果断地决定。

"早想好了。"徐航说得懒洋洋的，一如她之前的样子。"没想到吧？"

穆少卿无奈地摇摇头，"真没想到。"

"你以为只有你一个人委屈吗？我也是为了我爸。从始至终，都是他看上你，不是我。我受的委屈不比你少！"今天徐航一改往日的玩世不恭，认真起来，尽管说这些话的时候口气依旧是懒洋洋的，"现在老爷子走了，你呢，也算是顺利的上位了。以后怎么样，也许我爸看得准，但跟我没关系。你上次说我不关心别人，是啊，别人也不关心我。我爸在这个家里，只关心你，你才是他的希望，是他的寄托，最后的话也都留给你。我是谁？女儿？算了吧！"徐航说着轻蔑地一笑，年过四十的她眉宇间卒然闪过一丝酸楚，在穆少卿看来突然显得那么动人。

这是穆少卿从未见过的，面对这样的徐航，他突然有些结巴，"那……委屈你了。"

徐航淡淡地说："我是为了我爸。"

穆少卿随即沉默，他想不出什么可说的，只好低头看着协议，却一个字都没看进去。

徐航继续自言自语地说："我也有爱情，我也要我的生活、婚姻。我爸看上你，我就得跟你过。我不孝顺吗？七年！一个女人最后的七年！你们还想让我怎么孝顺？和颜悦色地面对这个七年？心甘情愿地忍受七年？凭什么？我是他女儿！你说，让我怎么面对这样的父亲，这样的家庭？"

穆少卿无言以对，有些惊骇，他从来没有这样想过，好像这个婚姻里最委屈的是他，牺牲得最大的也是他，他从来没想到这个同床共枕七年的女人，用玩世不恭，用毫不在乎掩饰自己的委屈，也足有七年之久。而自己却从来视之理所应当，不——他甚至认为自己是有恩于徐航的，这个恩情就是他娶了自己不爱的女人，却从未想过这个女人自己的意愿，好像一切都是应该的。

徐航说得兴起："现在这样，是不是你想要的生活，我不知道，反正不是我要的！我相信，爸爸已经……"她冷笑一声，"非常艺术地让你心甘情愿成为他的一部分，作为他的延续，为了他的政治生涯，仕途理想。哼！"

"我能理解他。"穆少卿只能这样说。

徐航立刻说："我相信！我太相信了！"口气中那种强烈的轻蔑和嘲弄，不仅是针对穆少卿，更是在嘲弄过世的父亲。

穆少卿赶紧转移话题，"那……海城呢？他就要考试了，我们离婚，会不会影响他？"

徐航笑笑说："我们离我们的，他学他的。唉。这些年，你对海城……我心里都记得。海城喜欢你。"

穆少卿顺着她说："现在年轻一代，真是让我们……怎么说，目瞪口呆。"

徐航纠正他，"让你目瞪口呆吧？我没有，一点儿都不。"她的神情里突然露出几分狡黠。

穆少卿拿起协议书，看着。"他是什么人？我是指那个……"

徐航毫不回避，"一个酒吧的小老板。你以为跟你一样，等着升迁？"

"不是，我希望跟我不一样。不一样好。"穆少卿突然感到一丝心酸，没有道理，没有来由，他嘴上应和着徐航的话，心里却咂摸着这股酸水，难道是妒忌，还是不甘？

徐航没有继续说关于那个人的事情，她停下来，眼睛在穆少卿脸上转了几圈，幽幽地叹了口气，"要不是我爸先看上你的，我一定会爱上你。你……确实是好男人，有责任心，又仪表堂堂，气度不凡，沉稳，坚硬，有原则……还……嘿，竟然还有梦想。"徐航说着，笑着，摇着头，感慨着，"真是十足的好男人。可惜了。我本来会

240

爱你的，很爱，很爱。可惜了。"

穆少卿一时有些不知所措，正要说什么来缓解自己的尴尬。

徐航阻止了他，"别说了，签了吧。我等着呢。"

穆少卿迟疑一下，签了，怅然地交到徐航手里。

在徐航接过的一瞬间，穆少卿认真地说："你今天，很漂亮，真的，很美。"

穆少卿离婚了，悄悄的。

45、我的非常闺密第八波：侵入你的生活，了解你的全部

白宏和陈静最终还是没有离婚，白宏没有签字。

"白老师，你为什么不离婚呢？"天底下最不理解的恐怕就是这个彤丽，在她看来，一个女人怀了别人的孩子就应该离婚，甚至大打出手都是正常的，唯独白宏这样，安安静静一切都承担一切都照顾，没有怨气，没有愤恨，甚至于他还因为这个孩子舍不得离婚，才是不正常的，太不正常了！

"可……孩子又不是你的！就算在一起，你不觉得难受吗？你要是离婚，还可以再结婚，要一个自己的孩子。不好吗？"在彤丽看来，一个男人最不能忍受的恐怕莫过于此，可是白宏逆来顺受的行为，彤丽想不通，想不通就会愤怒，更会迁怒。

白宏笑笑，敷衍地说："我……老了，等不了了。"

"你不老，一点儿都不！"

"咱不说这些了。"

彤丽还要说，被噎了回去，她手上的动作特别快，拿起放下声音很响，在赌气。

白宏听出来了，也不劝阻，尴尬地站在一边。

"到底为什么？你必须告诉我！是不是她们要挟你什么？或者别的！"

"没有，我只是……觉得孩子应该有父亲。"

"孩子有没有父亲跟你有什么关系？让她自己找孩子的父亲去！"彤丽的话很刻薄，说得白宏心里一疼，他没解释，默默不语。

彤丽困惑地看着白宏，想了半天。"别说了，你就是舍不得陈姐，不是孩子！你说的都是大话，这些我在书上、电视上、网上都见过，别人说过，不是你的话，不是你心里的话。你心里想的只有陈姐。"彤丽好像终于想通了，"你做完这个塑像，说这就是我，其实不是，我看得出来，那是陈姐，从头到脚，都是陈姐，说是给我做的，不对，你撒谎。"

"我没骗你，我真的是给你做的。可能我总是给她做，就会像她一些，我现在看不见，手里没准儿……"

"你说过，你手上长眼，你骗不了我。"

彤丽一个人气呼呼地从家里出来，月光和灯光中，她走到小区花园，坐下来。

身边没有一个人，她前前后后地想，想了又想，白老师应该过更好的生活，有一个更爱他的人，对他好，一心一意的好，生孩子，是他的孩子，照顾他，安慰他……彤丽想着白宏以后应该过的生活，身边围绕着一个女人。这个女人面目模糊，有时是陈静有时候是自己，就这样想着自己的心事。突然被一阵哭声打断了。彤丽抬眼看去，一个五六岁的孩子，从花丛的阴影里走出来，一边走一边哭。

这是传统经典游戏，藏猫猫。

几个家长过来招呼自己的孩子回家，只那么一会儿，小花园里的孩子们都走了。

花园还剩几个老人，有一对夫妻散步。

藏猫猫的游戏总有发人深省的东西，它告诉人们一切都有界限，隐藏的人要在规定范围里隐蔽，寻找的人也在规定范围里寻找。这是在明处的规则，潜规则则规定了隐藏地点的难度，不能太容易，又不能太难，很容易被找到大家觉得没意思，总是找不到让人没有耐心。孩子们乐此不疲地在这个界限上反复摩擦，大人们深谙其道地打擦边球。国人最崇尚的正是这样的游刃有余，在规则之内却不断挑逗你的神经。当然总有人一个不小心越界，其结果就是在你不知道什么时候也不知道为什么，别人突然好像商量好了一样一起消失了，只留下那个人。遗弃的另一个意思就是责怪。

彤丽看着那个大哭不止的孩子，不知道为什么心里竟有点儿想和他一起哭的愿望。

一个老者走来，拉住孩子，"你怎么哭了？"

"他们不跟我玩儿了。"孩子抽泣着说。

"他们怎么不跟你玩儿了？"

"不知道。"然后老人带着这个孩子回家，哭声小了，变成抽泣，可是委屈还在。

彤丽看着他们离开，看着周围住户家里的灯光一个一个地熄灭，看着只有花园的路灯亮着，她才慢慢地回去，一进屋，却看到白宏坐在客厅，等着她。听见彤丽回来，只说："回来了，就赶紧睡吧。"说完就起身要回房间。

"白老师？"

"嗯？"

"你还是爱陈姐，是么？"

"怎么想起问这个？"

"你别管，你就说爱还是不爱！"彤丽说得坚定，心里却打鼓，她都不知道自己想听见哪个答案。

"你的问题太抽象了。"白宏的回答让她愕然，爱或者不爱，世界上简直没有比这个更清楚明白的事儿了，她不懂白宏什么意思，认为他是不愿意回答。

"你不舍得和她离婚就是因为你爱她，是不是？就算是孩子不是你的你也会负责，就是因为你爱她，你还是爱她是不是？！"彤丽问得着急，话就像是机关枪的枪子儿一样。

"你自己有答案的问题，不要来问我。"白宏回答得慢悠悠。

"我没有答案，"彤丽没听懂他话里的意思，理所当然地认为他这样回答就是肯定，"我没说错，对吧？"她还是不甘心地一再追问，其实并不是想知道什么，而是要证实什么。

白宏叹了口气，"爱不爱——这个是说不清楚的，你现在还年轻，以后就知道了。我不可能给你一个你想要的答案。很晚了，睡吧。"

"白老师！"彤丽在被月光浸透的客厅里走向白宏，靠近他，低声怯怯地说，"我呢？"

白宏叹了口气，没说话，走开了。

彤丽在他进房间的一瞬间又问："要是没有陈姐，是不是……"白宏已经把门关上了。

彤丽看着那个门，心里越来越难受，她决定要和陈静谈谈。

第二天彤丽直接冲到陈静的办公室，正要说明来意，陈静却让她陪自己下去走走，彤丽和她一起坐电梯下楼，电梯里彤丽忍不住跟陈静说，白宏有多么可怜，多么需要人理解，说白宏多么爱她。陈静一言不发，中间有人进来，彤丽依旧说个不停。

陈静原本不打算理会她，只要别在办公室在同事面前嚷嚷这些事儿就行，电梯里彤丽反过来调过去的就几句话，甚至在有别人进来的时候依旧不停地说，陈静终于火了，低声呵斥："闭嘴！"

彤丽没想到，这个强调，这个表情她都没见过，一愣之下，立刻说："难道我说得不对么？"

此时别人的目光虽然刻意回避她们，陈静依旧感到那种无处不在的打量和暗笑。好在没等彤丽再说别的，电梯停了，人们涌出。陈静把她拉到隐蔽的地方低声说："说吧！"

彤丽左右看看，想不通为什么在这样的墙角才能说，也不管，索性开始她的演讲。前前后后足说了半个小时，陈静只说了三句话，每句都一样，就是每隔十分钟告诉她："小点儿声。"

等彤丽全部说完，气喘吁吁地看着陈静，其实她的意思根本用不了这么多时间，一共就两句：第一白老师爱你，我爱白老师；第二你的孩子不是白老师的，你对不起他。

"还有呢？"陈静问。

彤丽又磕磕巴巴地说了几句。

"还有么？"陈静继续问。没有表情。

彤丽说得更磕巴了，她看不出陈静的意思态度。

"还有么？"陈静又问。

"没了！"彤丽生气地说。

"你喜欢他，爱他，我不反对，挺好！只要他愿意，你想怎么样都行！"陈静说得波澜不惊。

彤丽不相信，"真的？你不爱他么？"

陈静看着这个年轻女孩子的脸，好半天说："你根本不知道什么是爱。"

彤丽不服气，正要分辩，陈静却让她把那个突然变成古董的瓶子卖了，说彤丽懂行，交给她放心。

这一下，彤丽糊涂了，她一路上积攒的问题，她的道德优势，她的愤怒，她的激动，一下子像个气球，破了。

"你信我？你不怕我跑了？"好半天，彤丽把这句话说出来。

"我信，我不怕。"陈静说得清淡，却毫不怀疑，"交给你，我放心。"说完，陈静好像交待完了所有的事情，告诉她，还要上班，转身离开。

看着陈静臃肿的身形，却依旧优雅的背影，彤丽突然激动起来，"陈姐！"

陈静停下来，转头问："怎么？"

看着陈静停下，彤丽反倒一下子不知道该说什么，好半天说："要是那孩子是白老师的就好了。"

瓶子毫无悬念地卖给刘未然，卖了六十万，在卖瓶子的同时，彤丽还去拜访了一个人——穆少卿。

46、男人是狗，女人是猫

郑云亲下厨房，一展才艺，安慰潘子晴同时也是推销自己。最近两个人的关系似乎走到一个俗称瓶颈的地方，潘子晴一副无所谓的样子，郑云反倒着急，上不上下不下地悬着，郑云总是觉得不踏实。

"他们的婚姻一直是我向往的，向往到了现在，我孑然一身，他们却打算曲终人散，你说这个时代是不是太任性了？"最近潘子晴特别多感慨，所有关于婚姻的感慨都是来自白宏和陈静，似乎仅这么一遭，她就看尽了婚姻的全部本质、全部秘密，让人沮丧的真相。

"你这个曲子还没找着人吹，他们那个也许只是中场休息。"郑云用尽一切办法要把她拉回来，又不能太流于痕迹，戏谑就是唯一的救命稻草，听着是玩笑，背后的那个人却是一脸真诚。

潘子晴打量郑云在厨房的样子，光着膀子，系一条围群，脖颈和后背上印着油油的汗水。他一丝不苟地将鱼改刀，姜丝、葱丝切得均匀，面对案板和灶台，有条不紊，干净利索，用过的器具在收起来的瞬间都洗干净放回原处，颇有一番气度。

潘子晴忍不住称赞了几句。

郑云顺竿爬："厨房里的女人只是贤惠，厨房里的男人，那叫性感。"

"谁教你的。"她有点儿惊讶。

"我妈。没想到吧？我们家一直都是我爸做饭。你猜老爷子说什么？"

"说什么？"

郑云将鱼放在锅里，煎着，然后将姜丝葱丝放上，加水，炖了起来，调小火，慢条斯理，好半天，把鱼都安顿好了，一盖锅盖，这才说："我爸说，要抓住女人的心，先抓住她的胃。"

"胡说，一听就是编的。"潘子晴刚洗完澡，穿着传说中的男士白衬衫，赤脚站在厨房门口慢慢地修她的指甲，绝不踏进厨房重地，生怕沾上油烟味儿，嘴里却说，"淑女远庖厨。"

"女人的胃和男人胃不一样。"

"说来听听。"

"男人的胃通哪儿？"郑云光着膀子，也双手一叉，靠在厨房门框的另一侧，两人一里一外面对面，潘子晴仰着头，看着他，"通哪儿？"

"男人的胃通下半身，有口吃的就跟着走，会做菜的女人多，东吃一口西吃一口，图新鲜，谁家的饭都落不下，属狗的。"

潘子晴笑得肩膀一抖一抖，衣服轻轻晃着，"那女人呢？"

"女人不一样，女人的胃通心，吃惯了哪口就是哪口，吃不着就心慌，喜欢吃熟悉的东西，别的东西再新鲜、再好吃也没用，像猫，口味虽然挑剔，一旦吃惯了，就很难改变。"郑云说得认真，看着潘子晴的眼睛，眼神里尽是期待。

潘子晴怎么会看不明白，她有意没接茬，张罗着吃饭，郑云看着她有点儿失落。

吃过饭，潘子晴还有正经事儿，她得去见见白宏，唠叨总是要的。不清不楚耗着总不是个事儿。没有带郑云，她要听白宏的心里话。坐在咖啡厅里，潘子晴带他出来坐坐，好久没坐了，白宏突然觉得咖啡的香味这么纯正绵密。

"现在能看见多少？"潘子晴问。

"有光，大的比较明显的色团。"白宏笑笑。

潘子晴突然狡黠地说："我要是突然走了，你就回不了家了吧？"

白宏嘿嘿一笑，"威胁我？说你的正事儿吧。陈静怎么样了？"

"哟，您还记得陈静？"

白宏苦笑，他知道潘子晴来这儿为的是什么，可她要不事先挖苦两句，就不过瘾。接着潘子晴慢条斯理地问了他几个问题：

"你让彤丽爱上你了？"

"彤丽怎么安置？"

"准备怎么面对陈静？"

"你怎么打算的？"

这几个问题让白宏回答得并不轻松，在潘子晴眼里，从头到尾都是白宏主动寻衅。让彤丽一个年轻姑娘爱上自己，从根本上来说就是他的错。至于白宏怎么想的，他的感受怎么样，他爱谁？爱多少？爱或者不爱，潘子晴提都不提。一把年纪了，还爱来爱去的，显得幼稚。爱情是彤丽的思路，只要爱就可以做任何事儿。到了白宏、潘子晴他们这个年纪，如若还有这个想法，不是用来伪装自己以博取不谙世事女子的一夜之欢，就是愚蠢。很多事儿眼看着是爱情，其实不然，有的是钱、有的是利、有的是名、有的是权、有的是虚荣、有的是恐惧，不一而足。潘子晴的问题早就给白宏分好了类："安置彤丽"和"面对陈静"。安置，这明摆着就不是爱情。给她她想要的，舍掉你能舍的，然后分道扬镳。潘子晴清楚白宏永远不会爱上彤丽，这个理由彤丽不会懂，怎么解释也没用；而对于白宏、陈静、潘子晴来说，这个理由根本就是不言自明的。他们之间的文化距离和心理落差是致命的；身体有多年轻，欲望就有多原始，在一起的时间就有多么短暂。一生之中很多这样的关系就像一杯酒精一样，很快就挥发干净。消毒镇痛，用过即抛，没人会把酒精当成美酒。

面对陈静，也不是爱情。不是两句甜言蜜语海誓山盟，不是顿足捶胸涕泪横流就能了事的；更不是给她什么东西就可以补偿的。陈静像是一面镜子，她就在那里，白宏需要的就是有勇气走过去，看上一眼，仔仔细细，清清楚楚，不躲不闪。这一眼看到的，不是对方，而是自己。让一个人为难的不是站在另一个人面前，而是要认认真真地审视自己在这个人身上的所作所为，面对自己一时任性的失手，面对自己夸下海口的尴尬，面对擦身而过的良机，面对悲戚的当下。白宏知道，他没有签字离婚，陈静是有感觉的。可是这点儿感动就想让陈静原谅自己，迎接他回到原先的小家，几乎是不可能的。白宏必须负荆请罪，必须主动去请求陈静的原谅。用陈静的话说，自己拉屎自己擦屁股。自己把自己放到台阶上面，就自己搭着梯子下来，一脚踩空，摔疼了，陈静也绝不会接着你。

白宏知道，白宏太知道了，他已经准备好摔跤了，可总得有第一步，眼下就是不知道怎么才能一脚踏空，掉下来。人都这样，犯坏的时候不用教，发狠的话一句接一句都不打草稿，凭空就会。等该得罪的都得罪了，能伤害的也都伤害了，想道歉，却怎么都想不出来说什么、做什么。都说是面子，怎么毁别人面子的时候就一点儿都不顾及呢？

彤丽在家，看见白宏和潘子晴已经回来，心想坏了，子晴姐肯定是站在陈姐那边的。她眼睛巴巴地看着潘子晴，不冷不热地又说了几句，告辞走了。彤丽一个没忍住追出来，一出门迎面潘子晴站在大门口，看着她。彤丽一愣，"子晴姐，你没走？"

潘子晴招呼她，"过来啊。"

彤丽走过来，看着潘子晴。

潘子晴看着她，"说话啊！你追出来，不是有话说么？"

彤丽想了想，又摇摇头。

潘子晴看不惯她这欲言又止的样子，"行了，不就是这点儿事儿么。你喜欢白老师，瞎子都知道，只要他同意，这事儿不就成了么？我们又没拦着你。对吧？"

彤丽一愣，"子晴姐，你的话怎么跟陈姐说的一样？"

"你见陈静了？"

彤丽点点头。

"她还说什么了？"

"她……让我把瓶子卖了。她为什么相信我，就不怕我拿钱跑了么？"

潘子晴听了哈哈大笑。彤丽被笑傻了，不由得也跟着笑起来。

之后彤丽真的把瓶子卖了，没有悬念，就是卖给了刘未然，也算是了了刘未然一桩心事。彤丽思前想后，把钱给了白宏，没想到白宏却让她把钱还给陈静。彤丽拿着这些钱去找陈静。

原本彤丽还准备了一番话要说给陈静听，没想到陈静抬手把这六十万，拿出十万给了彤丽，说是酬劳，说是对彤丽的信任，这段时间也多亏了她，甚至于顺利地卖掉这个瓶子也是彤丽的功劳。拿着十万块的卡，彤丽原本觉得自己牺牲了很多而建立起来的道德优势瞬间轰塌了。

47、闺密第六式：陪伴

白宏回来那天，潘子晴正好在陈静这儿，陈母在厨房忙着，陈静、陈建和潘子晴三个人坐在客厅打扑克，陈静九个月的身孕早已行动不便，说是吃了饭就去医院待产，白宏来了，手里还拎着两只烧鸡。

没人觉得意外，好像是下班回家一样自然。唯一不同的是他带着眼镜，用来帮助恢复视力的。大家一起吃了饭，一起送陈静去医院，晚上陈建走了，潘子晴走了，只剩下白宏。一个星期之后，女儿出生了。白宏就跟着大家一起回家了，住在卧室的大床上，旁边是一张小床，床头放着奶瓶和尿不湿。晚上孩子哭，白宏就起来抱抱，哄哄，喂奶，戴着眼镜仔细看看，拳头的粉红色的，肚皮一鼓一鼓的。身后的陈静只翻个身，继续睡了。

一切看起来就像是什么都没发生过一样，睡一张床，床前的架子上都是白宏给她做的雕塑，一个都不少。

偶尔说起来彤丽，大家都对这个女孩突然离开的决定有些茫然，说她出人意表，也说她不知所云。问到白宏，他只是笑笑，没什么可说的。彤丽临走的时候跟白宏说："陈姐的孩子是你的。"好像这个是她一直要完成的任务一样，说了这句话，就走了。

她开门走的时候，白宏的眼睛刚好能看见人影儿了，彤丽一出大门就听见白宏的窗前飘出歌声，是自己和那些小保姆们一起录下来的影像，一个人一首歌，彤丽站在窗外良久听着，一首一首。白宏坐在电视前，一首一首地听着，事后白宏没有向任何人说起过这个场景，好像是被虚构出来的一样。一次陈静翻出来这个录像，和白宏一起看，白宏一边看一边告诉陈静现在唱歌的是哪个人，在谁家做了多久，性格怎样，有什么样的口头禅，一直到彤丽，白宏直到听见她说话，才仔细地看了看她，只说和自己想象的样子不像，一点儿都不像。

陈静没问白宏想象中彤丽是怎样的。

彤丽临走跟每个人都说了一句话，她跟潘子晴说郑云这人也靠谱，子晴姐别挑了，女人还是早点儿嫁人的好，能嫁出去的才是好女人。

又跟郑云说，子晴姐是刀子嘴豆腐心，你要爱她就要坚持。说得郑云莫名其妙。

彤丽和每个人都有一句话，除了陈静。

如果说非要算出最后一句，那就是彤丽到公司找到陈静，让陈静帮她介绍工作这句话。

陈静帮她介绍了一个公司做会计，彤丽终于可以穿着制服上下班了，没过多久，杨志强一身黑色西装出现在彤丽上班的写字楼大厦里，终日在大厅闲逛，一副悠闲的样子。依旧是保安。依旧等着彤丽下班的时候，远远跟着，然后追上来，一起吃饭。唯一不同的是彤丽脖子上挂着那枚杨志强精心挑选的钻戒。

48、相濡以沫不如相忘于江湖

时间接近午夜。

人们摇摇晃晃地渐渐散去，后海某间酒吧，吧台后面一个二十出头的小伙子给眼前这对儿男女调了一夜的酒。各种各样，好像要在这一夜之内喝完所有的酒似的。调酒师这一夜也听了不少奇谈怪论，包括用猴子证明男人和女人的差别，包括男人改变世界女人改变男人世界观的各种论据。最后，他听见了他这一生中最动人的情话——

男人看着自己手中这半杯血腥玛丽，缓缓地说："等我老了，我一定会记得，在我年轻的时候，有一个女人曾经深深地爱过我。"

此时他对面那个有着长长的亚麻色卷发的漂亮女人打断他说："这个女人肯定不是我！"

调酒的小伙子听到这里嘴角不由得微微一笑。

这个男人却没有停顿，他继续刚才的话说："等我老了，我一定会记得，在我年轻的时候，我曾经深深地爱过一个女人，这个人基本上就是你。"

之后两个人没有再多说一句话，喝完各自杯中剩下的酒，把钱放在桌子上，一前一后地离开。

凌晨的街道上，两辆越野车一先一后，如同赛跑。

道路宽阔，潘子晴和郑云的车最终并排行进。

半夜的马路上已经没有什么车辆，红绿灯依然亮了又亮。

两辆同样风格的越野车在一处路口，红灯，并排停下。

没有人知道他们的决定。

酒吧间的话让潘子晴第一次感到一种难言的窒息，好像一只手在自己心脏上轻轻地揉了那么一下，这个感觉将永远地留在上面。想到郑云曾经笑称自己就是潘子晴的床上用品，即便是最好的，依旧不是唯一的，他想成为那张床，但是这不是由他来决定的。人过了三十五岁爱不爱就不再是那么重要，反倒是自己原本的生活更重要些。十字路口的红灯长久地亮着，两辆车停在线上，转头看着对方。潘子晴明白郑云不错，也只是在众多男人之中的不错，喜欢得再多也不是爱。她的生活是双人房，单人床。无论白天有多少人，晚上只留下自己。习惯是慢慢养成的，就像杂草，长满了走过的路，现在已经来不及收拾。

潘子晴看着旁边车里的郑云，慢慢摇下车窗。

郑云也摇下车窗，看着她。

男人为了挽留女人而不顾一切的举动只有在电视、电影里出现。他们心知肚明，潘子晴甚至因为郑云此时的冷静和节制，松了一口气。她从来不善处理别人的激情和挚爱，现在挺好，两个人都很平静，就这样。

远远的这两个人从紧靠的车窗里探出来，几乎将半个身子都从车窗里伸出来，双手撑在车窗的边缘上，头渐渐靠在一起，亲吻。

红灯变绿。

绿灯变红。

红灯再变绿……

他们身后来了别的车，抗议似的鸣笛，于他们却像是奏鸣，或者听而不闻。

两人在宽阔的街道中央，一个漫长的亲吻，是她和他的告别。

然后两个人重新回到自己车内，摇起车窗，一个掉头，一个前行，自此分道扬镳。

2010 年 5 月
于北京家中